사랑, 행복을 읽는 시간

사랑, 행복을 읽는 시간

박충훈 소설

문이당

작가의 말

말과 생각

말하기 좋다 하고 남의 말을 말 것이
남의 말 내 하면 남도 내 말 하는 것을
말로서 말 많으니 말 말을가 하노라.

조선시대 작자 미상의 시조다.

예나 지금이나 해서는 아니 되는 말들이 얼마나 많았으면 누
가 짓지도 않은 저런 말이 글로 남겨져 사람들 입에 오르내렸을
까? 시조는 남들 보고 말하지 말라고 가르치는 게 아니라, 자신
에게 남의 말 하지 말라고 타이른다. 사람 사는 세상에 말이 없을

수는 없다. 시정잡배, 장삼이사들의 말이라면 그저 농담이고 쓰잘 데 없는 잡담이라고 둘러댈 수도 있다. 하지만 그렇지 않은 사람들 종작없는 말이 예나 지금이나 시정잡배처럼 백성들을 웃기고 실망하게 한다.

말하기 전에 생각하라. 말은 하기 전까지만 내 것이다.

생각하면서 본다. 보면서 생각하면 이미 늦다.

나이가 들수록 말하기 어렵고 생각하기 어렵다. 따라서 말로 글짓기는 더 어렵다. 비로소 깨닫지만, 어려운 걸 알면서도 말로 글짓기를 멈출 수 없으니 나 자신이 참 우습다.

지난 몇 년간 잡지에 발표했던 작품들을 묶어 내면서 책 제목을 『사랑, 행복을 읽는 시간』으로 정하고 한참 생각했다. 사람 살이에서 사랑과 행복은 근본이다. 근본을 지키고 실행하지 못함은 불행이다. 현재의 순간을 있는 그대로 받아들이고 열심히 살면서 사랑하는 것. 행복과 사랑은 값비싼 물건이나 아름다운 외모에 있지 않다. 싸워서 취할 수 없고, 누가 주지도 팔지도 않으니 살아가는 삶에서 찾아야 한다는 너무도 평범한 진리를 살면서 비로소 깨닫게 된다.

2021년 3월

박 충 훈

차례

작가의 말

행복을 읽는 시간

북한산 둘레길을 걷던 중에 고향 친구 유인학의 전화를 받았다. 우리는 그동안 중·고등학교 동창 모임과 향우회도 있어서 가끔 만나던 터였는데, 무턱대고 주먹을 불쑥 내밀듯이 말했다.

"너, 우리 집에 좀 와야겠다."

나는 잠시 어안이 벙벙했다. 고향 친구지만 그의 집에 가본 적은 없었다. 자동차 정비공장을 해서 돈을 많이 벌어 강남 고급 아파트에 살고 있다는 것은 알지만 집 자랑하려고 느닷없이 나를 청하지는 않을 것이다.

"집에 오라니, 내가 왜 너의 집에 가야 하는데?"

"야, 우리 엄니가 미국서 왔다. 니가 보고 싶어 죽겠단다."

"뭐, 엄니가 왔어?"

"그렇다니까. 어제 왔는데, 당장 널 부르라고 성화다. 와서 저녁이나 같이 먹자."

전화를 끊고 나도 어이가 없다. 햇수를 짚어보니 그 노인은 아흔이 넘었을 것이다. 노인네가 망령이 들지 않고서야 나를 죽겠도록 보고 싶을 리가 없다. 하기는 노인네 기억에 아들 친구인 내 흔적이 더러 있었을 것이라는 생각은 들었다. 그렇더라도 미국에서 40년 넘게 살다 온 노인네가 뜬금없이 내가 보고 싶어 죽겠다는 이유를 더듬어 보니 있기는 있었다.

인학이 어머니가 미국으로 가던 해인 1973년 8월 중순이었다. 여름방학을 맞아 고향에 내려온 지 사흘째였는데, 점심을 먹고 대청에 누워 책을 보는데 어머니가 불렀다.

"애야, 얼른 좀 나와 봐라."

일어나 보니 봉당 밑에 서 있는 어머니 얼굴이 몹시 당황한 모습이었고, 거듭 손짓을 하는 것으로 보아 뭔가 심상찮은 일이 벌어진 것 같았다. 지금까지 어머니의 저런 모습을 본 적이 없다는 생각으로 벌떡 일어나 슬리퍼를 끌고 어머니 곁으로 가서 물었다.

"엄니, 뭔 일이 났어요?"

어머니는 대답도 없이 내 손을 잡아끌어 앞세우고 대문을 나섰다. 대문을 나서자마자 나는 가슴이 서늘해지는 충격과 함께 머리가 화끈하도록 열이 올라 잠시 정신이 아득해졌다. 마당에는 건장한 체격의 흑인 남자와 군복을 입은 흑인 청년이 서 있다가 겸연쩍게 히죽이 웃으며 돌층계 앞으로 다가섰다.

나는 여전히 뛰는 가슴을 진정시키며 마당으로 내려서자, 중년의 흑인이 다가서서 손을 내밀어 악수를 청하며 영어로 말했다.

"하우 아 유우?"

나는 이내 짐작하는 바가 있어 손을 잡으며 거두절미하고 영어로 물었다.

"혹시, 유인학이네를 찾으시는 겁니까?"

흑인은 활짝 웃으며 내 손을 다시 움켜잡고 말했다.

"그렇습니다. 그것을 어떻게 알았습니까?"

나는 Y대 영문과를 졸업하고 고등학교 영어교사로 재직 중이라 영어를 웬만큼은 할 줄 알았다. 이 흑인을 20여 년 전에 보았었다. 그렇다면 옆에 서서 빙글빙글 웃는 군복차림의 청년은 이 사람의 아들임이 분명했다. 그렇더라도 두 사람이 대체 나를 어떻게 알고 찾아왔는지가 더 궁금하여 어머니에게 물었다.

"엄니, 이 사람들이 나를 어떻게 알고 찾아왔어요?"

어머니는 이제 모든 상황을 대충 짐작했는지 호기심과 궁금증이 가득한 얼굴로 자랑스레 대답했다.

"찾아오긴, 내가 데려왔지."

"아니, 엄니가 데려오다니요?"

"아, 그 뭣이냐. 얼갈이 열무 뽑으러 밭에 갔는데, 인핵이네 집 터에서 두 사람이 서성거리며 뭐라고 쌀라쌀라하기에 내가 데려 왔다니께. 우리 동네서 미국말 할 줄 아는 사람이 너 말구 누가 또 있냐."

나는 너무 반가워 두 흑인을 집안으로 들여 대청마루에 마주 앉았다. 흑인은 반갑고 고맙다는 인사를 거듭하고는 말을 이었 다. 그 집을 찾아갔더니 집이 없어지고 경작지가 되었더라고 하 며 난감한 표정을 지었다.

나는 그 표정이 안타까워 어머니에게 말했다.

"엄니, 잘하셨어요. 이 흑인이 그때 그 미군이 틀림없고, 이 청 년은 인학이 동생이 분명해요."

어머니는 그 옛날을 회상하는 듯 눈을 가늘게 뜨고 웃으며 대 답했다.

"에미두 그리 생각하구 너한테 데려온 게여. 한데, 인핵이네가 서울 어디 사는지 넌 아니."

"알지요. 가끔 만나는데요."

어머니는 반색을 하며 받았다. 나보다도 어머니가 더 반가워 하고 신기해하는 표정이 역력하다.

"안다니 다행이구나. 서울 데리구 가서 꼭 찾아 줘라. 인핵이 어멈이 살아있다는 소식은 나두 들었다."

우리 모자의 얘기를 알아들을 리가 없지만, 두 흑인이 귀를 기울이고 표정을 살피다가 어른이 물었다.

"유인학 씨를 찾을 수 있습니까?"

나는 자세한 상황은 말할 수 없을뿐더러 구태여 그럴 필요도 없다는 생각이 들어 간추려 대답해주었다.

"그 집은 10년 전에 이사를 갔다. 유인학이는 내 친구다. 친구 전화번호를 내가 안다. 그러나 지금은 알 수 없고, 서울 내 집에 가면 있다."

아들이 아버지에게 물었는데, 나는 그 말을 알아듣고 대답했다.

"당신 어머니 살아있다. 건강하다는 소식도 들었다."

군인은 눈물을 글썽이며 고맙다는 말을 계속했다. 어찌 아니랴! 전쟁 중에 어쩌다 우리 동네에서 태어났는데, 첫돌이 갓 지나 아버지의 나라로 갔던 혼혈아이다. 역시 어머니가 황인종이라서인지 아들은 피부가 아버지보다 덜 검다. 자세히 살펴보니 피부는 검지만 큰 눈과 오뚝한 콧날에 어머니 모습도 보였다.

시계를 보니 3시다. 이들을 우리 집에서 재울 수는 없다. 서울로 가야 한다. 지금 출발해도 밤 10시쯤에는 청량리역에 도착할 것이다. 마침 옆집 육촌 형님 지프가 마당에 있는 것을 보았다. 부탁하면 태워다 줄 것이다. 당시 상황을 알고 있던 형님도 반가워하며 제천역까지 태워다 주었다.

1952년 2월 초순경이었다. 전쟁이 치열해져서 1·4후퇴로 중공군이 밀려온다는 소문에 산 밑의 외딴집이나 독립가옥의 주민들은 이미 피난을 갔다. 마을 중앙의 몇몇 집도 피난 보따리를 싸던 어느 날 어둠이 짙어질 무렵, 중공군과 인민군이 마을에 들이닥쳤다. 마을 사람들은 미리 통보받은 대로 집안에 불을 끄고, 문을 걸어 잠그고, 이불을 뒤집어쓰고 숨소리도 죽여야 했다. 두꺼운 솜이불은 총알이 뚫지 못한다고 해서 집집마다 이불 두세 채씩을 겹쳐서 두툼한 솜이불을 마련해 두었던 터였다. 식구들이 모두 한 이불 속에 웅크리고 있어야 했다.

그렇게 기나긴 겨울밤이 지나고 동이 트면서 마을에 전쟁이 벌어졌다. 중공군 뒤를 쫓던 국군과 미군이 한밤중에 마을 뒷산 국사봉에 진지를 구축하였고, 앞산 화살뫼에 진을 친 중공군과 전투가 벌어진 것이다. 총소리가 콩 볶듯이 요란하고, 연이어 터지는 대포 소리에 귀가 먹먹하여 애 어른 할 것 없이 솜으로 귀를 틀어막아야 했다.

숨 막히게 계속되던 총소리와 대포소리가 앞문에 햇살이 비추며 소나기 멎듯이 뚝 멎었다. 당시 여덟 살이던 나는 이불 속에서 빠져나와 걸린 문고리를 벗기고 마루로 기어 나왔다. 할머니와 어머니가 빨리 들어오라고 쇳소리로 외쳤지만 나는 마루를 엉금엉금 기어 봉당에 내려섰다. 해가 앞산 화살뫼 위에 두어 발 올라왔는데, 동네는 숨이 막힐 듯이 적막했다. 금방 총성이 멎은 뒤의 그 적막! 나는 고희가 넘은 지금도 소름 돋던 그 싸늘한 적막을 그때처럼 느끼고 기억했다.

　대문을 열고 바깥마당으로 나와 담벼락에 붙어서 앞산과 뒷산을 살펴보았다. 앞산과 뒷산의 거리는 대포알이 날아가는 직선으로 2km쯤 될 것이다. 눈이 하얗게 쌓였던 앞 뒷산 산자락은 군데군데 탄흔으로 검게 파헤쳐져 있었는데, 소나무 사이사이로 어른어른 사람이 보였다. 그제야 아버지와 형도 나와서 담벼락에 붙어 서서 살펴보며 아버지가 말했다.

　"화살뫼에 중공군과 인민군이 주둔했구, 국사봉에 아군이 주둔했을 것이여. 집집마다 굴뚝에 연기가 난다. 우리두 어여 아침밥 해 먹자. 곧 다시 전투가 벌어질 것이여."

　아버지는 부리나케 안으로 들어가고 우리 삼 형제는 마당에서 앞 뒷산을 살펴보았다. 후미진 골짜기 여기저기에서 연기가 피어오르고 있었다. 귀가 떨어지게 시리고 발도 시려 우리도 집안으로 뛰어 들어갔다.

　우리 식구가 아침을 막 먹고 났을 때, 지축을 흔드는 요란한 대포 소리와 함께 전투가 다시 시작되었다. 당시 우리 식구는 일곱이었다. 할머니, 아버지, 어머니, 우리 삼 형제, 막내 여동생이 세 살이었다. 이불을 덮어쓰고 앉았던 내가 살며시 빠져나오자 열여섯 살인 큰형이 내 뒤를 따랐다. 식구들의 고함을 못 들은 채

마루로 기어 나와 안마당을 가로질러 대문 앞에 섰다. 총소리와 대포소리는 이미 새벽에 귀에 익었지만, 방고래가 들들들 울리는 꿍음이 무슨 소리인지 알고 싶어 안달이 나던 참이었다.

대문을 열고 나가 담벼락에 붙어 걸으며 바깥마당 가에까지 가서 집 앞 신작로를 보았다. 이런 세상에…… 그림과 사진으로만 보았던 탱크가 신작로에 늘비한데, 탱크 몇 대는 앞산을 향하여 대포를 쏘아대고, 몇 대는 이미 마을로 들어와 개울가와 언덕 밑에서 대포를 쏘고 있었다. 대낮이지만 시뻘건 대포알이 날아가는 것이 뚜렷이 보였다.

언제 나왔는지 아버지와 둘째 형도 무시무시한 전투 광경을 지켜보고 있었다. 마을 한가운데로 난 길로 탱크가 올라가며 논둑 밭둑을 밀어 길을 내고 그 뒤를 커다란 차들이 뒤에 대포를 매달고 국사봉 쪽으로 올라가고 있었다. 전투는 간간이 소나기가 쏟아지듯이 요란하다가 잠시 소강상태가 되기도 하며 하루 종일 계속되었다.

그렇게 하루가 지나고 이튿날이었다. 그날은 전투가 없이 아침부터 조용했다. 앞 뒷산의 군인들은 숫자는 더 많아진 듯이 소란스러웠고, 어제 낮과 밤사이에 우리 마을은 미군 대포부대와 탱크부대 주둔지로 변해있었다. 산자락 여기저기에 탱크와 대포진지가 생겼고, 산자락 밭이며 평평한 땅에 미군과 국군 천막이

들어찼다.

동네 젊은 아낙네와 처녀들은 집안 다락에 숨거나, 광이나 부엌이 넓은 집은 두서너 사람이 숨을 만한 방공호를 팠는데, 옆집 여자들까지 그런 방공호에 모여 숨어 있었다. 중공군과 미군은 젊은 여자를 보기만 하면 환장을 하며 달려든다고 했다. 여자들뿐만 아니라 3, 40대의 남정네들도 국군이나 인민군 눈에 띄면 여지없이 잡혀가서 노무자가 되어 지게로 탄약을 고지에 나르고, 전투하는 군인들에게 밥을 날라야 했다. 목숨이 위태롭기는 싸우는 군인 보다 소위 지게부대로 불리는 노무자가 위태롭다고 했다. 국군에게 잡히면 노무자가 되고, 인민군에게 잡히면 의용군이 되어 죽을 때까지 끌려다닌다고 했다. 동네 남자들도 방공호나 다락에 숨고 노인들과 아이들만 나다닐 뿐이었다.

큰형은 열여섯 살로 덩치가 어른만 해서 함부로 나다닐 수 없어 집안에 숨었지만 열한 살인 작은 형과 나는 이웃 아이들과 어울려 다니며 꿈에도 보지 못하던 신비로운 세상에 정신이 팔려버렸다. 집채만 한 탱크며 바퀴가 두 개 달린 기다란 대포, 집채만 한 차에 그물망을 씌우고 소나무 가지를 빼곡하게 꽂은 자동차들은 아이들을 미치게 했다. 게다가 미군들은 아이들에게 과자를 나누어 주었는데, 그 맛이 기막히게 좋았다. 아이들은 그 과자가 초콜릿이라는 것을 금방 알았고, 가운데 구멍이 뚫린 동그란 과자는 도로포스라는 것도 알았다.

아이들은 구경도 구경이지만 골짜기마다 주둔한 미군들 진지를 찾아다니며 '쪼코레트 기부미'를 연발하며 손을 내밀었다. 그날은 이상하게 전투가 없었는데, 그렇게 하루종일 돌아다니며 미군들에게서 얻은 초콜릿이며, 도로포스, 껌, 통조림 깡통이 조끼 주머니가 넘쳐 조끼를 벗어 싸 들고 집에 왔는데, 통조림 깡통을 식칼로 찍어 따보니 고기와 콩, 과자가 가득가득 들어 있어 우리 식구는 포식을 했다.

우리 마을 한가운데로는 왜정 때부터 신작로가 났다. 충북 제천에서부터 강원도 영월군 주천면 금정리 우리 마을을 지나 주천면소재지와 평창을 거처 강릉까지 이르는 내륙 관통 도로였다. 나는 어릴 때부터 여러 모양의 자동차를 보았고, 말이 끄는 마차도 보았다. 우리 마을 신작로는 늘 오가는 행인들과 장꾼들로 붐비기도 했는데, 충북 제천장이 5일과 10일, 강원도 주천장이 6일과 11일, 평창장이 7일 12일, 봉평장이 8일 13일로 강릉까지 장날이 이어졌다. 장사꾼들은 마차나 달구지, 또는 당나귀나 소잔등에 길마를 매어 물건을 싣고 다니며 장사를 해서 우리 마을 사람들은 어른들은 물론 아이들까지 약아빠지고 영악했다.

큰중말 우리 집에서 4백여 미터 아래가 주막거리인데, 국밥집이 하나 있고 두부와 메밀묵, 메밀전을 파는 집이 두 집이 있었다. 모두 막걸리와 소주를 팔기도 하는 제법 번창한 주막거리다.

미군들이 마을에 주둔한 지 닷새째 되던 날도 마을에서는 전투가 없고, 화살뫼 넘어 용정리쪽에서 전투가 벌어져 대포 소리가 들리고 총소리도 요란하게 들렸다. 중공군과 인민군이 우리 마을 미군 포대를 피해 제천방향 송한리 쪽으로 빠지며 전투가 벌어진다고 어른들이 말했다.

그날 점심때, 골중말 사는 유인학이 뭔가를 한 보따리 들고 우리 집에 왔다. 나와 동갑내기인 녀석은 마을에서 가장 친한 동무였는데, 들고 온 보따리를 안방에 앉아 풀었다. 풀어놓은 보따리에는 크고 작은 통조림 깡통이 여남은 개에 초콜릿이며 도로포스, 껌, 난생처음 보는 과자들이었다. 군인들 옷 색깔인 국방색에 칼자루같이 길쭉한 물건도 있었는데, 녀석은 그것이 이빨을 닦는 약이라고 하며 뚜껑을 열고 눌러 짜서 내 손가락에 묻혀주며 이빨을 닦으라고 했다.

나는 손가락에 묻은 하얀 것을 입에 넣고 문지르다가 그만 '으웩!' 토악질을 하고 뱉어버렸다. 입안이 온통 화끈하고 목구멍까지 쏴아 해서 숨이 넘어갈 지경이었다. 깔깔거리며 웃던 녀석이 제 손가락에 이빨 약을 묻혀 네댓 번 문지르고는 꿀꺽 삼키고 나서 말했다.

"너두 해 봐. 손가락으루 이빨을 문지르고 그냥 먹는 거야. 달달하구 입이 화해서 좋단다. 빨랑 해보라니께."

중학교 3학년인 큰형은 그것이 이를 닦는 치약이라고 했다. 당시 우리 집에서는 두꺼운 종이봉지에 사자 머리가 그려진 사자표 치분을 썼다. 손가락에 치분을 묻혀 손가락으로 이를 문질러 닦았다. 그런 치분도 마을에서 쓰는 집은 여남은 집에 불과하였고, 살림이 어려운 집들은 소금으로 양치를 했다.

우리 식구는 둘러앉아 녀석이 가져온 초콜릿이며 과자를 먹는데, 녀석은 능숙하게 깡통따개로 통조림을 따서 먹으라고 내주었다. 우리가 놀란 것은 녀석의 깡통 따는 솜씨였다. 저런 솜씨라면 깡통을 수십 번은 따본 실력이었다. 놀란 큰형이 깡통을 따보았지만 어림도 없다. 녀석이 들고 온 통조림이며 과자가 워낙 많아 아이들이 미군들에게 '쪼코레트 기부미'해서 얻은 것이라고는 믿을 수 없어 어머니가 물었다.

"인핵아, 너 이거 어디서 났니?"

녀석은 마침 잔뜩 자랑이 마려웠던 터라 손짓 발짓으로 떠벌였다.

"우리 집에 이런 건 암것두 아녀유. 과자는 인제 너무 달구 맛이 읎어 안 먹어유. 괴기깡통은 보루박구루 있구유. 손가락 겉이 길쭉한 괴기두 있구유. 시뻘건 쇠괴기두 뭉테기루 있어유. 미군이 피우는 골련두 많어서 우리 아부지는 인제 골련만 피워유,"

우리 식구는 벌어진 입을 다물 수 없었다. 녀석의 말투로 보아 허풍은 좀 들었겠지만 생판 거짓말은 아닌 게 분명했다. 큰형이 물었다.

"얀마, 그러니께 그런 걸 미군이 그렇게 많이 줬단 말이니?"

"형, 그렇다니께. 그런 거 말구두 또 많어. 미군 담요두 다섯 장이구, 천엽 수건두 열 장이나 있구, 똥구멍 딱는 보드라운 종이두 이만큼이라니께."

우리 식구는 점점 눈이 화등잔만 해질 수밖에 없었다. 대체 아버지나 형이 미군이 아니고서는 어찌 그런 일이 있을 수 있는지 땅띔도 할 수 없을 지경이었다. 답답해서 내가 물었다.

"얀마, 그러니까 그 많은 걸 미군이 다 줬다는 거여?"

"그럼 누가 줘? 낼두 모래두 맨날 준다구 했다니께. 우리 인제 부자 된다. 찬우야, 우리 집에 가볼래? 쪼코레트 마이 줄거니께."

나는 밑이 간지럽도록 궁금해서 녀석을 따라나섰다.

인학이네 집은 골중말 양지바른 산자락 밑에 있다. 집 오른쪽으로 말가웃지기 밭이 있는데, 미군들 천막 다섯 동이 빼곡하게 들어차 있고, 밭 뒤의 산골짜기에 탱크 5대와 커다란 대포 5문이 늘비하게 있었다. 안방으로 들어가자 인학이 엄마가 전에 없이 나를 반갑게 맞으며 어서 오라고 손짓을 하는데, 아랫목에 국방색 담요가 깔려 있고 세 살배기 딸 연순이와 담요 밑에 발을 넣고 앉아 초콜릿을 먹고 있었다.

인학이는 나를 윗방으로 데리고 갔는데, 뜯지도 않은 통조림 박스와 과자 박스가 수북하게 쌓여 있고, 미군 담배도 많았다. 이상하게 생긴 병에 노르스름한 물이 든 병이 다섯 개나 있었는데, 인학이는 그것이 미군들이 먹는 술이라고 했다. 나는 부럽기도 하지만 아무래도 이상하여 왠지 마음이 불안해지기도 했다. 안방으로 내려오자 인학이가 손을 잡아당기며 앉으라고 했다. 주저앉으며 다리를 담요 밑으로 넣으니 방바닥이 따뜻해서 얼었던 발이 금방 풀렸다.

인학이 엄마는 말을 못하는 벙어리다. 버버거리며 초콜릿을 집어주는 얼굴을 보니 엊그제 같은 꾀죄죄한 얼굴이 아니고 허여멀건 데다, 머리를 곱게 빗어 쪽을 진 모습이 눈이 부시게 예쁘다. 인학이 엄마가 얼굴이 예쁘다는 것은 동네가 알지만, 저토록 달라진 모습은 처음이라 나는 정신이 멍해서 눈을 뗄 수 없었다.

인학이와 미군 과자를 먹으며 놀다 보니 날이 저물었는데, 저녁 밥상이 들어왔다. 나는 의도적으로 눌러앉아 있다가 저녁까지 얻어먹게 되었다. 밥은 깡조밥이지만 국은 무를 넣고 끓인 소고기 국이었다. 소고기가 많다던 인학이 자랑이 거짓말이 아니었다. 한해 한 번 먹기도 어려운 소고기를 이 집은 요즘 매일 먹는다고 인학이가 자랑을 했다. 정신없이 밥을 먹고 나자, 미군들이 먹는 술에 취해 얼굴이 벌건 인학이 아버지가 얼른 가라며 쫓다시피 등을 밀었다. 인학이 아버지는 왼쪽 눈이 멀어 별명이 외눈박이다. 어릴 때 동생과 장난을 하다가 꼬챙이에 눈을 찔렸는데 눈동자가 터져 실명을 했다고 한다. 게다가 체구도 왜소해서 인학이 엄마가 한 뼘은 더 크다.

사립문을 나서던 나는 눈앞에 확 닥치는 시커먼 사람에 놀라 기함을 했다. 캄캄한 밤에 시커먼 얼굴, 시퍼런 군복은 바로 앞에서도 어마무시하게 보일 정도로 무서웠다. 낮에 여기저기서 보았던 흑인 미군이었는데, 내 머리를 쓰다듬고는 인학이네 집으로 들어갔다. 인학이네 집은 안채에 방이 둘이고 행랑채에 방이 하나 있다. 나는 살금살금 뒤를 따라갔다. 검은 미군은 주저 없이 제집처럼 불이 켜진 행랑채 방으로 들어갔다. 아무래도 이상해서 창문 밑에 쪼그려 앉아 귀를 기울였다. 칼바람이 매섭게 불어 귀가 시리고 콧등도 시리지만 궁금해서 그냥 갈 수 없었다. 목을 움츠리고 한참을 그렇게 앉아있었는데, 안채 쪽 방문 열리는 소리가 나고 인학이 엄마의 버벅거리는 목소리가 들렸다.

나는 머리가 화끈해지고 온몸이 부들부들 떨렸다. 미군이 뭐라고 떠들어대자 여자의 자지러지는 웃음소리가 들리고 이내 이상한 소리도 들렸다. 더 엿듣고 싶지만 발이 시리고 귀가 떨어져 나가는 듯 아려 봉당에서 뛰어내려 집으로 내달렸다.

골중말 인학이네 집에서 큰중말 우리 집까지는 제법 멀다. 춥기도 하지만 하고 싶은 말이 너무 많아 어둠 속을 마구 달려 집에 들어갔다. 안방에 할머니까지 옹기종기 모여앉아 화롯불을 쬐던 식구들이 다투어 물었다. 인학이네 사정이 궁금하기는 온 식구가 한마음이었을 것이다. 나는 보고 온 모든 실상을 좀 허풍을 떨

어가며 설명했다. 어른들은 이미 짐작하고 있었던 듯 그럴 것이
라고 했고, 작은형과 나는 뭔가 알 것 같으면서도 모르는 채 그저
신기하기만 했는데, 할머니가 걱정스런 얼굴로 말했다.

"하루 이틀두 아니구, 그러다가 애라두 덜컥 생기면 어쩌누."

나는 그날 밤 어른들 얘기를 들으며 인학이 엄마가 스물여섯,
아버지가 서른다섯이라는 것을 알았다. 제천 봉양에 살던 벙어리
처녀는 열일곱 살에 한쪽 눈이 먼 스물여섯 노총각에게 시집을
와서 이듬해 인학이를 낳았다고 했다. 인학이 엄마는 우리 할머
니의 먼 친척인데 할머니 중매로 시집을 왔다는 것은 전부터 알
고 있었다. 인학이 엄마는 벙어리지만 얼굴도 예쁘고 큰 키에 몸
매도 풍성했다. 나는 인학이네 집에 자주 갔었는데, 여름에 가슴
을 풀어헤치고 딸 연순이 젖을 먹이는 광경을 자주 보았다. 그 허
여멀겋고 풍만하던 젖가슴을 나는 지금도 기억한다.

미군 포대와 탱크부대는 우리 마을에서 열이틀 만에 철수했
다. 나는 전투가 없는 날에는 인학이네 집에 가서 살다시피 했었
다. 초콜릿을 비롯한 미군 과자는 물론 고기 통조림, 나중에 알았
지만 소시지, 햄, 소고기까지 먹을 게 너무 많아 점심과 저녁까지
얻어먹고는 했는데, 행랑방에서 매일 밤 인학이 엄마와 자는 흑
인 미군은 계급이 싸진이라고 했다. 미군들 계급을 우리가 알 턱
이 없지만, 많은 미군들이 싸진에게 경례를 하고 어려워하는 것

으로 보아 계급이 높은 줄은 알았다.

대포 사격이 끝나면 대포 뒤에는 싯누런 놋쇠 포탄피가 수북수북 쌓이곤 했는데, 탱크가 산자락에 구덩이를 파놓으면 인학이 아버지는 지게로 포탄피를 쪄다가 구덩이에 쏟아 붓곤 했다. 때로는 인학이와 나도 따스한 온기가 남아있는 포탄피를 하나씩 안아다 구덩이에 던지는데, 쨍그렁 쨍그렁 하는 그 소리가 듣기 좋아 깔깔거리곤 했다. 탱크가 구덩이를 파주는 것은 흑인 싸진의 지시였을 것이다. 인학이는 그런 포탄피 구덩이가 열 개도 넘는다고 하며 나중에 그것들이 큰돈이 된다고 으쓱거렸다.

미군이 철수하여 동네가 조용해지자, 인학이네 집에 동네 아낙네들이 몰려들었다. 그 집에 먹을 것이 많다는 소문이 나기도 했지만, 검둥이 미군과 열흘이 넘도록 밤마다 붙어 잤다는 그 요상한 사건이 궁금해 안달이 나던 젊은 아낙네들이었다. 인학이 엄마는 방안에 빼곡하게 들어찬 아낙네들에게 과자며 통조림 등을 내놓았고, 아낙네들은 손으로 연신 주워 먹으며 손짓 발짓으로 검둥이 미군과 열흘간이나 어떻게 지냈는지를 물었다.

나는 첫날 인학이와 방구석에 끼어 앉아 지켜보았다. 인학이 엄마는 입에 거품을 물고 손짓을 하며 버벅거리고는 오른손을 벌어 왼손으로 팔꿈치를 잡고는 흔들며 목을 움츠리고 자지러지는 시늉을 하여 여자들이 배꼽을 잡고 웃었다. 인학이네 옆집 창섭이 엄마가 손짓 몸짓으로 물었는데, 말귀를 알아들은 인학이 엄마는 다시 목을 움츠리고 자지러지며 손가락 두 개를 펴기도 하고 세 개를 펴기도 하였다. 방안은 여자들의 기성과 자지러지는 웃음으로 떠나갈 듯했다.

"어머나, 어머나! 하룻밤에 두세 번씩이나!"

인학이와 나도 멋모르고 덩달아 낄낄거리자, 우리 당숙모가 벌떡 일어나 내 뒷덜미를 잡아 내쫓았다. 그 뒤에도 며칠간 인학이네 안방은 여자들이 들끓었다. 인학이는 내게 미군 담요 한 장과 천엽수건이라는 커다란 수건 두 장을 주었다. 수건은 국방색에 몽실몽실한 털실 같은 것이 빼곡했는데, 정말 소 내장 천엽 같은 느낌이 드는 수건이었다. 우리는 그 수건을 애지중지하여 이태가 넘도록 썼다.

그해 1952년 늦은 봄부터 인학이 엄마 배가 점점 불러지기 시작했는데, 동네에서는 큰 관심거리였다. 산달이 가까워지며 마을 아낙네들은 두셋만 모여 앉아도 인학이 엄마 얘기였다. 과연 검둥이 트기가 나올 것인가 아닐까 아이들까지 궁금하지 않은 사람이 없었다.

그런데 이상한 것은 인학이 엄마가 흑인 미군과 열흘이 넘도록 밤마다 붙어 잤지만, 동네 사람 누구도 흉물스럽다고 따돌리거나 놀림거리로 삼지 않았다. 또한 마누라가 행랑방에서 밤마다 검둥이 품에 안겨 기성을 질러대도 모른 척 지낸 인학이 아버지를 멍청이 바보라고 놀리지도 않았다. 인학이 엄마는 귀가 먹어 자기 소리도 듣지 못해서 밤마다 질러대는 요상한 소리가 길거리에서도 들리더라는 소문이 났었다.

그들 부부가 신체적으로 정상적인 부부였다면 아마 사정은 달랐을지도 모를 일이다. 또한 동네 아이들도 처음에 인학이를 양갈보 새끼라고 놀렸지만, 미군 과자와 고기 깡통을 얻어먹으며 한두 달이 지나면서 시나브로 잊고 말았다. 그러나 인학이 아버지는 그때부터 매일 독한 양주를 먹어서 주정뱅이가 되어버렸고, 술에 취해 밤마다 마누라를 두드려 잡는다는 소문이 마을에 퍼졌다.

11월 중순, 마침내 인학이 엄마는 아들을 낳았다. 우리 할머니가 가서 애를 받았는데, 떡두꺼비 같은 검둥이 아들이었다. 할머니는 70평생 동네 산바라지를 도맡아 했지만 그렇게 크고 토실토실한 애를 받아본 것은 처음이라고 했다.

한 이레가 지나고부터 인학이네 집에는 다시 아낙네들이 들끓었다. 대체 시커먼 사람과 허연 사람이 관계를 해도 애가 태어난다는 것이 신기하지 않을 수 없고, 그런 아이는 과연 어떻게 생겼는지 궁금하지 않으면 사람이 아닐 것이다. 그때부터 동네 사람들이 부르는 인학이 동생 이름은 그대로 검둥이였다. 인학이는 딴에 '검둥이'가 듣기 싫어 아버지가 지어준 이름 개똥이라고 우기지만 여전히 검둥이였다.

　검둥이가 세 살이 되던 해 1954년 8월, 전쟁이 휴전되고 이듬
해였다. 여름방학이었는데, 우리학교 운동장에 군용지프 한 대가
들어와 멎었다. 나무 그늘에서 땅 따먹기를 하던 우리는 차로 달
려갔다. 차에서 군인 두 명이 내렸는데 하나는 흑인 미군이었고
하나는 한국 군인이었다. 나는 그 흑인이 검둥이 아버지라는 것
을 금방 알아보았다.

　인학이는 비명 같은 소리를 내지르며 미군에게 달려들었다.
미군도 인학이를 받아 안고 머리를 쓰다듬으며 뭐라고 말했다.
한국 군인이 인학이에게 물었다.

　"너 미군아저씨 아니?"

　내가 얼른 대답했다.

　"예. 알아요. 검둥이 아부지걸랑요."

　"뭐, 검둥이?"

　인학이가 냉큼 받았다.

　"검둥이 아니구, 개똥이유. 미군아저씨가 우리 개똥이 아부지
래유."

　한국군은 영어로 뭐라고 말했고, 흑인은 반색을 하고 인학이
손을 움켜잡으며 흔들어댔다. 군인이 물었다.

　"너네 집이 어디냐, 빨리 가자."

인학이는 미군 손을 뿌리치고는 집으로 냅다 내뛰었고, 내가
두 사람 앞장을 섰다. 전쟁 때는 탱크로 찻길을 냈었지만, 밭 임
자가 다시 밭으로 만들어 찻길이 없다. 걸어서 십 분쯤 가야 골중
말이다. 인학이가 먼저 뛰어와 알려서 식구들이 모두 마당에 나
와 있었다. 미군을 본 인학이 엄마는 황소 영각 켜는 소리를 지르
며 달려들었다. 부둥켜안고 비벼대는 검은 얼굴과 흰 얼굴에 눈
물이 흐르는 것을 나는 보았다.

그들은 안으로 들어가 마루에 모여 앉았고, 우리또래 대여섯
은 햇볕이 따가운 마당에 모여 서서 지켜보았다. 처음 미군이 개
똥이를 안으려 하자 자지러지게 울던 아이가 말뚱한 눈으로 잠시
쳐다보더니, 엄마가 번쩍 들어 안기자 하얀 눈으로 쳐다보며 울
기는커녕 방싯방싯 웃고 있었다. 나는 그 광경을 보며 괜스레 턱
밑까지 매달렸던 가슴이 추르르 떨어지며 길게 한숨이 나왔다.

흑인 미군의 말을 한국군이 전했다. 틀림없이 아이가 태어났
을 것 같은 예감이 들어 혹시나 하고 왔는데, 아들을 찾게 되어
기쁘다며, 며칠 후에 다시 와서 미국으로 데려갈 것이라고 했다.

그 말을 들은 인학이 아버지는 불같이 화를 내며 개똥이를 번
쩍 들어 아비 품에 내던지고는 당장 데리고 가라며 윽박질렀다.
바보처럼 순하던 인학이 아버지가 하얀 눈을 희번덕이며 그토록
무섭게 화를 내는 모습을 나는 처음 보았다. 입으로 말은 하지 않
았지만, 그 속은 아이 피부색만큼이나 시커멓게 멍들고 있었음이

분명했다. 엄마는 떨어지지 않으려고 발버둥 치는 아들을 품에 안으며 서럽게 울었지만, 개똥이는 그날 해 질 녘에 친아버지 품에 안겨 우리 마을을 떠났다. 출생신고도 하지 않았으니, 그저 강아지 남 주듯이 주면 그만이었다. 그들이 돌아간 뒤에 알았지만, 2년 전 계급이 싸진이던 미군은 준위가 되었더라고 했다.

그로부터 19년이 흘러 1973년 여름, 개똥이 아버지는 스물두 살이 되어 미국군으로 한국에 파병된 아들을 데리고 어머니를 찾아 우리 마을에 온 것이다. 나는 두 부자와 함께 기차를 타고 청량리역까지 오며 많은 이야기를 했다. 이름이 짐 마티네스라는 개똥이 아버지는 1926년생으로 나이가 47세였다. 그렇다면 인학이 엄마와 동갑이다. 인학이 동생인 개똥이는 이름이 태우스 마티네스라고 했다. 그는 그동안 인학이네 가정사를 물었다. 나는 아는 대로 말해주었다.

개똥이를 친아버지가 데려간 그해 가을, 인학이네는 땅속에 묻었던 포탄피를 꺼내 팔아 논을 다섯 마지기나 샀었다. 그때부터 밥술이나 먹게 되어 잘 살던 인학이네는 1963년 영월 탄광으로 이사를 갔다. 인학이가 고등학교 3학년 때였다. 사촌 형의 꾐에 빠져 영월 탄광으로 이사를 갔는데, 이태 만에 쫄딱 망했다고 한다. 그리고 이듬해 인학이 아버지는 홧병과 술병으로 죽었다고 했다.

그들 부자를 데리고 마포에 있는 내 하숙집에 오니 11시 40분이었다. 통금시간이 되었으니 어쩔 수 없이 좁은 하숙방에서 세 사람이 자야 했다. 나는 책상 서랍을 뒤져 유인학이 명함을 찾아냈다. 그는 군에 입대하기 전까지 자동차 정비공장에서 일하다가 제대한 뒤에 독립해서 정비공장을 차려 제법 쏠쏠하게 돈을 번다고 자랑을 했었다. 그는 밤중인데도 금방 전화를 받았다. 자초지종 내 말을 들은 그는 당장 이쪽으로 오겠다고 설쳤지만 통금 시간이 되어 올 수 없었다.

그로부터 두 달 뒤에 유인학이 전화를 해서 만나자고 했다. 식당에서 저녁을 먹으며 그가 말했다.

"우리 엄니, 오늘 미국으로 갔다."

"미국을 가다니? 개똥이 아버지가 데려갔다는 말이니?"

"그렇다니까. 마누라가 작년에 죽었다고 하더라. 그래서 우리 엄니를 아주 데려갔어."

나는 잠시 정신이 멍해졌다. 하기는 두 남녀가 아직 47세인 한창때다. 인학이 어머니는 비록 듣고 말하지는 못해도 얼굴이며 몸매도 눈에 띄는 여자다. 포탄이 쏟아지는 전쟁 속에서 만난 피부색이 다른 두 남녀는 어쩌면 천생연분이었는지도 모를 일이다. 게다가 여자는 말하지 못하니 영어를 배울 필요도 없다.

술잔을 입에 털어 넣듯이 마신 그가 툴툴거렸다.

"말두 못하는 엄니 꼴이 가관이었다. 내가 가지 말라고 했더니 잡아먹을 듯이 대들더라. 죽은 우리 아부지만 불쌍하지. 말 못하는 마누라한테 평생 쥐여살다가 한창나이에 술병을 껴안고 죽었잖냐."

"니가 왜 못 가게 해? 엄니 이제 마흔일곱이야. 외려 잘된 일 아니냐."

"하긴 그렇다. 낯 뜨거운 말이지만 우리 엄니 색꼴이다. 아직 신혼인 우리 부부 잠자리를 번번이 엿봐서 집사람한테 민망해 죽을 지경이었다."

그랬을 것이다. 나도 어릴 때부터 그렇게 생각했었다.

"생각할수록 여러 가지로 잘된 일이다. 니가 엄마 그리워 못 살 나이도 아니잖아."

"그래, 그 검둥이가 울엄니 고생시킬 사람은 아닐 것으로 보았다. 개똥이두 있으니까 가서 잘 살 것이여."

그렇게 미국으로 간 인학이 엄마가 43년 만에 나이 아흔이 넘어 큰아들에게 돌아왔다고 한다.

그의 집은 강남구 반포동의 고급 아파트였다. 거실에 들어서자 소파에 앉았던 머리가 하얀 노인네가 벌떡 일어나더니 달려와 나를 덥석 안고 서양식으로 양쪽 볼에 입을 맞추고는 등을 두드리며 한참을 버벅거렸다. 만나서 반갑고, 너도 많이 늙었다는 말일 것이다. 노인의 가슴이 내 가슴에 뭉클하게 느껴져 엉거주춤 엉덩이를 빼며 불현듯 옛 생각이 떠올랐다. 앞섶을 풀어헤치고는 허여멀건 풍만한 젖가슴으로 검둥이 아들 젖을 먹이던 그 모습! 행복한 얼굴로 젖을 물리고 검은 엉덩이를 투덕거리던 모습을 나는 생생하게 기억한다. 노인을 떼어내 소파에 앉히고 마주 앉았다. 머리만 새하얄 뿐 노인은 70대로 보일 만큼 젊고 몸매도 탱탱하다. 참 곱게 늙은 부잣집 마나님 같다.

개똥이가 내 옆에 앉으며 한국말을 했다.

"형, 만나서 반가워요."

아버지 어머니를 닮아 잘생긴 이 흑인도 그새 예순이 넘었다. 노인은 흑인 아들과 나를 번갈아 바라보며 손짓으로 떠든다. 짐작컨데, 나 때문에 검둥이 아들을 찾았고, 꿈에도 못 잊던 아이 아버지도 만나 미국에 가서 행복하게 잘 살았다는 말일 터였다.

참혹했던 한국전쟁은 66년이 지난 지금까지 휴전상태로 언제 다시 터질지 모를 활화산이다. 66년간 전쟁은 간헐적으로 계속되며 많은 사람이 죽었다. 그래도 사람들은 그 국지적인 전쟁이 6·25전쟁의 연속임을 느끼지 못했다. 하도 많은 크고 작은 전쟁에 만성이 되어서 그럴 것이다.

전쟁은 적대적으로 싸워 죽이는 것만이 전쟁이 아니다. 죄 없는 수많은 사람이 전쟁에 휘말려 죽고 몸과 마음이 상했다. 강원도 산골의 유영오 씨 가족은 전쟁으로 피 한 방울 흘리지는 않았지만 상흔이 깊다. 검둥이의 품에 안겨 열흘이 넘도록 밤마다 희열에 몸부림치던 마누라를 지켜본 외눈박이 남편은 그 분노와 한을 오직 술로 풀다가 젊어서 죽었다. 이제 아흔이 넘어 회한과 아픔을 비록 말로는 하지 못하지만, 전쟁을 몸으로 겪은 노인이 생을 마감해야 인학이네 집안에 드리운 암울한 전쟁의 그림자는 사라질 것이다.

생각해보면 나는 1952년 2월부터 이들 가족의 한가운데 있었다. 내가 영문과를 택한 원인은 개똥이 아버지가 아들을 찾으러 왔을 때, 통역을 하던 운전병을 보고 나서였다. 나는 그때 인학이 아버지의 화산같이 터지는 분노를 젊은 운전병이 흑인에게 제대로 전해주지 못할까봐 조바심을 했었다. 내가 보기에도 개똥이는 친아버지가 데려가는 것이 좋다고 생각했기 때문이었다. 운전병의 긴 설명에 흑인은 몇 번이나 고개를 끄덕이며 듣고는 마침내 아들을 데려가겠다고 했다. 나는 지금도 운전병의 말을 기억한다.

"아버지가 아들을 지금 데려가겠다고 합니다. 잘된 일입니다."

나는 그때, 꼭 미국말을 배워 운전병처럼 되겠다고 결심했었다.

노인의 수화대로 내가 아니었으면 이들 가족의 만남은 이루어지지 못했을지도 모른다. 노인은 그것을 알기에 내가 보고 싶었을 것이다. 기구한 운명이었지만, 그래도 이들은 행복한 사람들이었다고 생각하며 나는 마음의 위안을 삼는다.

저주

　저주詛呪란 무엇인가? 사람이 살아가면서 누구나 미운 사람, 싫은 사람, 죽이고 싶도록 증오스러운 사람도 있을 것이다. '소리 안 나는 총이 있으면 쏴 죽이고 싶다.'는 말이 자연스럽게 들리기도 한다. 그런 상대가 없는 사람이라면, 부처님 가운데 토막이거나 바보일 것이다. 저주는 눈에 보이지는 않지만 서슬이 퍼렇게 존재한다.

　'일부함원 오월비상—婦舍怨 五月飛霜'이라는 옛말이 있다. 한 여자가 한을 품으면 여름에도 서리가 내린다는 말이다. 나는 한 사람의 저주를 받아 반년 동안에 세 사람이 죽는 것을 보았다. 바로 사흘 전에 그 세 번째 저주받은 사람이 죽었다. 저주할 저詛, 빌 주呪자인 저주를 국어사전에서 찾아보았다.

저주詛呪 : 명사 ①몹시 증오하는 상대가 불행이나 재앙을 당
하도록 빌고 바람.
②미움을 받아서 당하는 몹시 불행한 일.

저주를 무고巫蠱라고도 한다. 무당 무巫에 독 고蠱자를 쓰는
데, 독이 있는 벌레, 악기惡氣를 이르는 글자이다. 저주는 미신도
아니고, 종교적 신앙도 아니고, 과학적이지도 않다. 형이상학적
도 아니고, 형이하학적도 아니다. 특정한 주술呪術도 없고, 기도
祈禱도 아니다. 무고를 흑주술黑呪術에 해당한다고 하는데, '사악
한 힘'을 의미한다.
저주는 조선시대 왕가에서 흔히 일어나던 일이었다. 저주의
방법으로 죽은 사람의 두골·치아·손톱·머리카락 등과 벼락 맞
은 나무, 무덤 위의 나무, 시체의 살, 닭, 개, 고양이, 쥐 등의 사
체를 말려서 저주받을 사람의 처소에 숨겨두거나 자주 다니는 길
에 묻는 방법이 있었다. 조선시대 궁중에서 일어난 저주 사건은
왕조실록 기록으로 남아있어 알게 되지만, 민간에서는 민담과 전
설 같은 옛이야기로 전해진다.
저주란 인간이 집단을 이루는 원시시대부터 발생했을 것이다.
그 방법은 아주 은밀하지만 또한 공공연히 전승되어 민속신앙의
하나로 존재하며 면면히 이어졌다. 그러나 사람이 달나라에 여행
을 예약하는 현대에는 저주의 방법으로 끔찍한 물건을 쓰거나 신

앙적으로 주술을 하지 않는다.

저주받는 사람은 받을만한 과오가 있거나, 오해에서 비롯되는 수도 있을 것이다. 제삼자가 보기에는 아무것도 아닌 일도 당사자에게는 치명적이거나 치욕적인 고통일 수도 있으므로 나무라거나 충고도 할 수 없다. 게다가 저주란 드러내놓고 하는 것이 아니다. 오직 자신의 마음속으로, 전신의 기를 짜서 상대방이 죽거나 큰 불행을 당하도록 흑주술을 하는 것이다. 그것이 겉으로 드러나면 저주가 아니라 울화통이고 폭력으로 발전한다. 울화통을 못 참고 폭력을 쓰면 결국 나만 손해다.

내게는 동갑내기로 가장 친한 친구이며 이종사촌 동서지간인 한상우 사장은 사람들이 흔히 말하는 법 없이도 살 사람이다. 지금 우리가 사는 세상은 누구나 사장이다. 구멍가게 주인도 사장이고, 순댓국집 아줌마도, 복덕방 주인도, 1톤 트럭에 과일이나 부식거리를 싣고 다니며 장사하는 사람도 사장이다. 그저 부르기 편하고 듣기에 좋으니 '사장님'이다. 그러나 한상우 사장은 건물 두 채를 임대하는 임대업자로 임대수입이 월 5천만 원이 넘는 당당한 사장이다.

한상우 사장의 오피스텔 건물은 7층인데, 50가구를 월세로 놓아 임대료가 매월 4천5백만 원씩 나온다. 다른 건물은 3층인데, 1층에 10평짜리 점포가 셋이고 2층과 3층은 주거용으로 4가구와 지하실을 월세로 놓아 전체 임대료 8백만 원이 나온다. 그의 살림집은 중계동 불암산 밑에 있는 50평짜리 아파트다.

나는 한상우의 3층 건물과 10미터의 도로를 가운데 두고 정면으로 마주 보는 3층짜리 건물 3층에 산다. 건물 평수와 구조는 두 건물이 똑같다. 20년 전인 1996년 봄에 그와 나는 상의 끝에 똑같은 건물을 함께 짓기로 하고 공사를 시작하여 그해 8월에 완공하여 입주했다. 그리하여 그와 나는 3층에서 마주 보며 15년을 살다가 그는 5년 전에 아파트를 사서 이주했다.

아파트단지가 아닌 단독주택지대는 서울 시내 어딜 가나 쓰레기 전쟁이다. 단독주택지대는 준주거지역으로 이면도로의 넓고 좁은 골목으로 형성되어 있다. 건물은 2층, 3층, 높아도 5층인 근린시설 건물로 대부분 1층은 점포이고 2, 3층은 거의 주택이다. 도로에 접한 건물이 아닌 안쪽의 집들은 거의 반지하에 지상 2, 3층으로 보통 한집에 4~6가구가 사는 서민들의 주거지다. 따라서 인구가 많아 생활 쓰레기도 많이 나온다. 도로에 접한 건물주인들은 매일 쓰레기와 전쟁을 치르기 일쑤다.

보통 가정에서는 10ℓ~20ℓ 짜리 쓰레기 봉지를 쓰는데 값이 8백 원~1천2백 원이다. 그 돈이 아까워서인지 귀찮아서인지 분리도 안 한 쓰레기를 골목 입구에 마구 버렸다. 사람의 심리는 누구나 거의 비슷하다. 손에 종이컵이나 음료수 캔을 들고 가다가 쓰레기가 조금이라도 쌓인 곳에 던지고 간다. 이런 사람은 그래도 양심이 있는 사람이다. 어떤 사람은 아무렇지도 않게 길거리에 그냥 휙 던진다. 그런 사람은 보나 마나 자기 집 쓰레기도 그렇게 아무 데나 마구 버리는 사람이다. 현대인은 개개인이 쓰레기를 양산하는 쓰레기 공장이다. 대소변 배출에서부터 먹고 마시는 행위 자체가 쓰레기 생산이다. 게다가 걸어 다니는 쓰레기 공장이기 때문에 더욱 문제다.

나는 그런 사람들과 십 수 년을 싸우며 살고 있다. 쓰레기가 쌓이는 장소가 우리 건물 출입구 옆일뿐더러 우리 대문 앞이라 어쩔 수 없이 내가 돈을 들여 치워야 하기 때문이다. 한 번이라도 나와 싸운 사람들은 우리 집 앞이나 골목 입구에 쓰레기를 버리지 않는다. 그러나 골목 안쪽에 가구 수가 많다 보니 입주자가 자주 바뀌어 늘 쓰레기가 마구 버려졌다.

사람들 심보가 어찌 그리도 똑같은지 새로 이사 온 사람과는 틀림없이 시비가 붙었다. 한번 싸운 사람은 다음에는 복수를 한답시고 더 더러운 쓰레기를 버리게 마련이다. 음식물쓰레기와 일반 쓰레기를 마구 뒤섞어 내다 버리면 그야말로 고역이다. 그런 쓰레기가 나온 사나흘 뒤에 인적이 뜸한 11시쯤에 2층 베란다에서 지키면 어김없이 그 사람이 쓰레기 봉지를 들고나와 골목 입구에 버린다. 나는 조용히 창문을 열고 말한다.

"이봐요. 이제 그만할 때도 되었잖아. 먼저도 당신이 버린 거 알아요."

여자라면 앙알거리며 되돌고 가지만, 남자는 욕지거리를 하며 대든다.

"재수가 없을 라니 시벌, 저 개새끼는 잠두 없나봐."

거기에 대거리 하면 한밤중에 나만 손해다. 그렇지만 한마디 한다.

"앞으로 거기에 쓰레기 또 있으면 당신 짓인 줄 알 테니 알아서 하시오."

나는 그렇게 20년을 살고 있다. 그런데 바로 길 건너에 있는 한상우의 건물이 문제였다. 건물주인이 살고 있지 않으니 건물 양쪽이 동네 쓰레기장이 되곤 했다. 그의 건물은 10평짜리 점포가 셋인데 오른쪽이 순댓국집이고, 가운데는 통닭집, 왼쪽은 복덕방이다. 복덕방 옆은 지하실 출입구인데, 30평 지하는 아동복을 생산하는 공장이다. 지하실 출입구 옆은 폭이 6미터 골목이고 그 안쪽에 20여 가구가 산다. 그 20가구의 쓰레기가 매일 골목 입구인 지하실 출입구 옆에 쌓였다. 집 구조가 우리 집과 똑같다.

그의 건물 순댓국집 출입문 왼쪽은 기둥과 건물 벽이고, 40cm 간격을 두고 옆집 담장인데 높이가 사람 허리쯤이다. 벽과 담장 사이 40cm 배수로 좁은 공간에 일반 쓰레기가 아닌 온갖 폐기물이 버려졌다. 가구 부서진 폐목, 깨진 유리, 형광등, 쓰지 못하는 그릇 등 처치 곤란한 폐기물이 계속 쌓였다. 폐목은 동사무소에 가서 폐목 수거 딱지를 사다 붙여야 하고, 유리나 사기그릇 등 태우지 못하는 쓰레기는 마대 쓰레기 자루를 사다 담아야 수거해간다. 형광등은 따로 모아 폐기물 자루에 담아 버려야 한다.

그런 폐기물을 내 돈 들여 분리해서 치워야 하는 사람은 시쳇말로 똥 씹은 기분이고, 미치고 팔짝 뛸 지경이다. 유리나 깨진 사기그릇을 치우다 보면 손을 찔려 피를 보기도 하는데, 버린 사람을 안다면 쫓아가 물어뜯어 죽이고 싶도록 분하고 억울하다.

한상우는 아파트로 이사를 간 뒤에 그 짓을 한해쯤 하다가 하도 지겨워 건물 관리원 하나를 두었다. 70대의 노인이었는데, 오피스텔 건물과 우리 집 앞 건물을 관리한다. 오피스텔은 7층 계단 청소와 엘리베이터 관리만 하면 되지만 근린시설 건물 관리는 쓰레기 치우는 것이 일이다.

윤씨 노인은 어느 날 배수로 입구를 판자때기로 사람 키 높이까지 막아버렸다. 과연 며칠은 폐기물이 쌓이지 않았다. 그런데 웬걸, 대엿새 지나면서부터 폐기물 쓰레기 외에 음식물쓰레기까지 버려서 그대로 쓰레기장이 되어버렸다. 옆집 담이 허리 높였으니 얼마든지 버릴 수 있고, 판자로 가려 보이지 않으니 얼씨구나 하고 마구 버린 결과였다. 어쩔 수 없어 판자를 뜯어버린 윤씨 노인은 결국 반년이 못 되어 죽어도 못하겠다며 나가떨어졌다.

한상우는 견디다 못해 감시카메라를 설치하기로 하고 비용을 알아보니 소형이 8만 원에서 10만 원이며, 관리비가 매월 8만원이라고 했다. 그는 그래도 설치하려 했지만 문제가 생겼다. 카메라를 설치하면 순댓국집에 드나드는 손님이 그대로 노출되었다. 그뿐만 아니라 바로 옆집 점포는 감자탕집인데, 그 점포까지 카메라에 잡혔다. 결국 감시 카메라도 설치할 수 없고, 오직 몸으로 싸울 수밖에 없었다.

4년간 관리인 세 사람이 바뀌면서 채용한 사람이 65세인 김용학이다. 김용학은 아예 한상우 건물 3층으로 이사를 왔다. 월세 없이 월급 2백만 원을 받으니 2백7십만 원을 받는 셈이다. 김용학 부부는 키가 크고 덩치도 실팍해서 한상우가 특별히 월세 7십만 원을 받지 않는 조건으로 채용한 사람이다.

김용학은 첫눈에 보아도 얼굴이 광대뼈가 불거져 너부데데하고 거무튀튀한 데다 눈이 왕방울만 해서 우락부락하게 생겼다. 게다가 목소리 또한 인상에 걸맞게 괄괄했다. 어느 싸움이든 그렇겠지만, 이웃 간에 쓰레기 싸움이라면 우선 덩치와 인상으로 상대방을 제압해야 유리하다. 왜소한 체구에 목소리도 작고 말재간도 없다면 외려 무고죄로 뒤집어쓰고 치도곤을 당하기 일쑤다.

그의 부인은 키는 크지만 호리호리한 체구에 얼굴이 자그마한 데다 볼이 강파르고 턱이 뾰족해서 여우상이다. 여우가 무덤을 파헤쳐 해골을 꺼내 들고는 제 머리에 맞춰 박박 긁어 뒤집어쓰고 재주를 팔딱팔딱 세 번 넘어 여자가 되었다는 구미호九尾

狐! 나는 여자를 처음 보는 순간 그런 생각이 떠올라 왠지 섬뜩
했었다.

아니나 다를까, 김용학은 이사 온 이튿날부터 동네 사람들과
싸우기 시작했다. 밤 9시부터 3층 베란다에 의자를 놓고 앉아 지
켰다. 그 방법은 바로 내가 전에 써먹던 방법이었다. 그날 밤부
터 대판으로 싸움이 벌어졌다. 11시가 넘었는데, 쓰레기를 양손
에 들고 와서 버리는 장면을 사진으로 찍고 되가져 가라고 했지
만 여자는 골목 안으로 뛰어 달아났다.

용학 씨가 3층에서 뛰어 내려갔으나 어느 집으로 들어갔는지
알 수가 없다. 그는 하릴없이 골목을 서성거리다가 건물 지하실
입구에 쭈그리고 앉아 지켰다. 12시가 넘자 골목 안에서 두 여자
가 커다란 쓰레기 봉지를 양손에 들고 와서 휙 던졌다. 숨었던 용
학 씨가 불쑥 튀어 나갔다.

"아줌마, 왜 거기다 버려요?"

한 여자는 외마디 비명을 지르며 털썩 주저앉았고, 한 여자는
뛰어 달아났다. 주저앉은 여자는 잠시 멍하더니 이내 통곡을 하
기 시작했다. 호기심으로 창문을 열고 지켜보던 내가 내려갔다.
밤중에 난데없이 여자가 통곡을 하니 막 잠이 들던 동네 사람들
이 하나둘 모이기 시작하여 여남은 명이 되었는데, 그중에 여자
의 남편이 용학 씨 멱살을 거머잡았다. 하도 기가 막혀 멀거니 섰
던 용학 씨는 그제야 정신을 차리고 대들었다. 남자는 늙수그레

한데 체구가 왜소하여 용학 씨 상대가 아니었다. 그자의 멱살을 움켜잡고 소리쳤다.

"쓰레기를 버리고 도망치기에 소리쳤더니 놀라서 주저앉았는데, 내가 떠밀었다고 대들잖아."

"쓰레기를 버리던 말던 당신이 뭔 참견이여. 쓰레기 우리만 버리는 줄 알어?"

"내가 이 집 주인이여. 앞으로 여기다 쓰레기 버리면 모조리 신고하여 벌금을 물게 할 테니 각오들 하시오."

주저앉았던 여자는 이제 적반하장으로 나왔다.

"이 사람이 저기 숨었다가 튀어나와 나를 껴안았단 말예요. 그래서 놀라 비명을 질렀다고요. 난 쓰레기 버리지 않았다고요."

나는 저 여자를 안다. 작년에 골목 끝집 2층에 이사 온 여자인데 나와 두 번이나 싸운 적이 있었다. 나도 방금 쓰레기 버리는 것을 분명 보았지만 나설 수는 없었다. 사진도 찍지 않았고, 제삼자가 보지도 못했으니 여자가 발뺌을 하면 방법은 하나뿐이다. 용학 씨는 112에 신고하여 경찰을 불렀다.

경찰은 5분 만에 왔다. 여자는 경찰 앞에서 여전히 발뺌을 하고, 숨어 있다가 튀어 나와 성추행을 했다고 덮어씌웠다. 뒤늦게 나온 용학 씨의 처가 앙팡지게 대들었다.

"이 할마시가 시방 뭔 개떡 같은 소리여. 우리 남편이 집 앞에서 멀쩡하게 젊은 마누라 놔두고 왜 늙은이를 껴안아? 이게 돼질

려구 환장을 했잖아."

경찰은 느닷없이 대드는 여자가 가당찮기는 하지만 말은 맞는
지라 물었다.

"아주머니가 쓰레기 버렸어요?"

"난 안 버렸다니까요. 저 안쪽에서 어떤 여자가 나와서 버리고
도망갔어요."

하도 기가막혀 말도 못하고 방방 뛰던 용학 씨가 소리쳤다.

"좋아요. 쓰레기 봉지를 풀어봅시다. 쓰레기에 우편물이나 단
서가 될 것들이 있을 것이오."

쓰레기 봉지는 여섯 개였다. 그중에 어느 것이 여자의 것인지
는 용학 씨도 알지 못하니, 밤중에 쓰레기를 뒤적거리며 가려낸
다는 것은 참 개떡 같은 짓거리다. 경찰 두 명도 어처구니가 없는
지 서로 얼굴만 마주 보다가 상관인 경사가 말했다.

"밤중에 이 많은 쓰레기를 다 풀어헤칠 수도 없으니 그만둡시
다. 아주머니, 성추행당한 건 아니지요?"

여자는 잠시 쭈뼛거리다가 대답했다. 옆에 섰던 남편이 옆구
리를 쿡 찌르는 것을 나는 보았다.

"갑자기 튀어나와 소리를 쳐서 놀라 주저앉았다고요."

경사가 물었다.

"그러니까, 이 사람이 아주머니한테 손을 댄 건 아니네요?"

"난 너무 놀라 정신이 없어서 모르겠다니까요."

용학 씨가 냅다 소리쳤다.

"이 여자야, 내가 우리 집 앞에서 왜 하필 늙은이를 껴안아? 허이고야, 이거 그냥 미치겠네."

여자 남편이 나섰다.

"그냥, 그만합시다. 서루 오해가 있었던 것 같으니 우린 들어가겠소."

나는 용학 씨 옆구리를 찌르며 고개를 끄덕했다. 더 나선다고 해결될 일이 아니다. 구경 중에 싸움박질 구경만큼 재미있는 것도 없다. 사람이 열댓 명 모였는데, 용학 씨가 큰 소리로 말했다.

"내가 어제 우리 집 3층으로 이사를 왔습니다. 아파트에 살다가 쓰레기 때문에 왔는데, 앞으로 여기다 쓰레기 버리면 가만 안 둘 것이니 그리들 아세요."

용학 씨 부인도 팔을 걷어붙이고 나섰다.

"그래요. 집주인이 없으니 쓰레기를 개판으루다 마구 버렸는데, 이젠 어림두 없어요. 내 손에 걸리기만 하면 그냥 머리털을 죄다 쥐뜯어 놓을 테니 그리들 아세요. 이 동네 인간들이 아주 개판이라니까."

쓰레기를 버린 범인도 못 잡고 경찰은 돌아가고, 한밤중 소동은 그렇게 끝났다.

그 이튿날부터 골목 입구에 쓰레기가 쌓이지 않았다. 용학 씨 부부가 하는 일이라고는 건물 좌우를 감시하는 것이 일과였다. 남편이 오피스텔 건물에 가면 부인이 밖에 나와 감시를 했다. 벌건 대낮에도 쓰레기를 버리는 사람이 있게 마련인데, 어느 날 용학 씨 부인이 우리 건물 1층 커피숍에 앉아 지키는 줄 모르고 골목에서 외출복 차림의 여자가 쓰레기 봉지를 들고나와 휙 던지고 전철역 쪽으로 휑허케 걸어갔다.

용학 씨 부인이 쫓아가서 여자의 뒷덜미를 잡아채며 외쳤다.

"쓰레기를 왜 거기다 버려요? 당장 가져가요."

여자는 손을 뿌리치고 앙칼지게 대들었다.

"이 여편네가, 깜짝 놀랐잖아. 누가 쓰레기를 버렸어? 왜 생사람을 잡아!"

"뭐, 생사람! 내가 저 앞에서 지키고 있었는데 생사람이여? 경찰 부르기 전에 어서 치워요."

여자는 그제야 기가 죽으며 툴툴거렸다.

"에이, 재수 없어. 어디서 별 거지 같은 년이 와서 개지랄이네."

욕을 먹고 가만있을 용학 씨 부인이 아니다.

"뭐야, 거지 같은 년! 이런 개쌍년이 어따대구 욕질이여. 너 어디 죽어봐라."

두 여자가 달려들어 머리채를 잡았다. 우리 집 앞에서 지켜보던 한상우가 달려가 뜯어말렸다. 그 여자 역시 나와 한 번 싸운 적이 있었다. 나를 힐끔 보고는 뭘 담았는지 무거운 쓰레기 봉지를 들고 뒤뚱거리며 골목으로 사라졌다. 쓰레기를 버리다 들키면 남녀노소 열이면 열이 하는 말이 똑같다.

"에이, 재수가 없을려니 원. 치우면 되잖어, 왜 소린 지르구 난리야."

그 정도는 약과고 욕지거리를 하며 대들지만, 핸드폰을 들이대면 발뺌도 할 수 없다. 용학 씨가 온 뒤부터 한상우 건물 골목 입구는 비교적 깨끗해졌다. 두 부부가 겨끔내기로 골목을 지키며 지나가는 사람이 담뱃갑이나, 음료수병을 던져도 잡아내어 되가져가게 했다. 그러나 건물 오른쪽 배수로에는 여전히 폐기물이 쌓였다. 매일 밤새도록 지키기 전에는 잡아낼 도리가 없었다. 폐가구, 깨진 유리, 사기그릇, 형광등, 이불 등이 사흘돌이로 버려졌다. 비가 자주 오는 초여름이라 치우지 않으면 배수로가 막혀 지하실 환풍구로 물이 넘쳐 치우지 않을 수 없었다.

어느 날 밤 12시가 넘어 외출에서 돌아오던 용학 씨는 배수로에 폐기물을 버리고 돌아서는 사람을 잡았다. 잡고 보니 화장대 부서진 폐목뿐만 아니라 깨진 유리, 싱글침대 매트리스까지 있었는데, 그자는 자기가 버리지 않았다고 잡아떼었다. 싸우는 소리가 들려 창문을 열고 내다보니 우리 옆 골목 뒷집으로 사흘 전에 이사 온 사람이었다. 가정폐기물은 이사를 가거나 오는 사람들이 버리게 마련이다. 그러나 용학 씨도 그자가 버리는 것을 본 것이 아니라 버리고 돌아서는 순간 잡았으니 발뺌을 하는 것은 당연하다. 하지만 술이 얼쩡하게 취한 용학 씨는 입에 게거품을 물고 대들었다. 잡히기만 하면 손모가지를 꺾어놓겠다고 벼르던 참이었으니 그 분노가 오죽하랴. 결국 용학 씨 부인까지 나와서 악을 쓰며 대들고, 식당에서 술 마시던 사람들이며 동네 사람들이 모여들자 잡아떼던 그자는 인정하고 폐목은 가져가겠지만 매트리스는 아니라고 대들었다. 결국 112에 신고하여 경찰이 출동하자 그자는 매트리스까지 메고 가며 사건은 끝났다.

그런데 문제는 사흘 뒤에 또 벌어졌다. 용학 씨가 아침에 일어나 둘러보니 배수로에 사금파리, 이징가미(질그릇 깨진 조각), 깨진 유리조각들을 수북하게 쏟아 놓았고, 곯아 물러터진 묵은김치, 수박껍데기 등 음식물쓰레기가 범벅이 되어있었다. 성질이 불같은 용학 씨 부부는 펄펄 뛰었지만 속수무책이었다.

내가 아침을 먹고 나가보니 순댓국집 출입문 옆 돌기둥에 빨간 글씨의 경고문이 붙어 있었다.

　-경고
여기에 폐기물 버리신 분 오늘 중으로 가져가시오.
가져가지 않으면 석 달 안으로 비명횡사 할 것이오.

　　　　　　　　　　　　　　　　　　　　-건물주인 백

나는 순간적으로 섬뜩한 기분이 들어 잠시 들여다보다가 한상우에게 전화를 걸었다.

"아침부터 웬일이여?"

"좀 와봐야겠다. 김용학이 요상한 경고문을 붙여 놓았어."

"요상하다니, 그게 무슨 말이여?"

"암튼 어여 와보라니까."

중계동 그의 집에서 여기까지 차로 5분이면 온다. 출근한 순댓국집 아줌마도 출입문 옆 기둥에 붙은 경고문을 보고는 당장 떼어야 한다고 난리를 쳤다. 마침 한상우가 왔다. 그는 버려진 폐기물을 보고 잠시 생각하다가 내게 물었다. 폐기물은 50ℓ 짜리 마대로 하나가 넘을 양이었다.

"넌 어떻게 생각하니?"

우리는 이종사촌 동서지간이지만 그냥 친구다.

"글쎄, 내 생각은 너무 과한 것 같다. 하지만 용학 씨 입장에서 보면 이해가 된다."

그는 관리인을 불렀다.

용학 씨는 건물주를 보자 말도 꺼내기 전에 펄펄 뛰며 입에 거품을 물었다. 그는 흥분하면 입귀에 거품이 괸다.

"사장님, 이런 쳐 죽일 놈이 어디 있습니까? 이건 분명 엊그제 나와 싸운 놈 짓이 틀림없습니다."

용학 씨 부인이 더 펄펄 뛰다가 이를 갈며 울분을 토했다.

"이런 개새끼는 내가 신령님께 빌어 저주를 퍼부어서라두 죽일 겁니다."

부인이 종작없이 나대자, 한상우가 짐짓 점잖게 나왔다.

"용학 씨 심정은 이해가 되지만, 너무 과하지 않어?"

"과하다니요? 사장님, 이거 치우는 심정 저보다 더 잘 아시잖아요. 이런 놈은 죽어 없어져야 마땅합니다. 낼까지 기다려 봐서 안 가져가면 내 정말 뒈지라고 저주를 퍼부을 겁니다."

순댓국집 아줌마가 나섰다.

"아무리 그래도 그렇지요. 그냥 좋은 말을 써 붙여요."

"좋은 말이라니요? 저걸 보면서 어떻게 좋은 말이 나옵니까? 자루나 박스에 담아 버렸다면 내가 덜 분해요. 이건 날 골탕 먹이려고 일부러 한 짓이잖아요. 게다가 저 음식물쓰레기를 어쩝니까? 깨진 유리에 뒤섞여 손으로 골라낼 수도 없잖아요."

한상우는 골똘히 생각하는 눈치더니 말했다.

"용학 씨, 다시 써다 붙여요. '주인 백'이 아니고 '건물관리인 백'이라고 써서 벽에다 붙여요. 저주한다고 사람이 죽지는 않겠지만, 버린 사람이 보면 섬뜩하긴 하겠네요."

나도 이건 너무하다는 생각이 들기는 하지만 용학 씨 입장을 생각하면 할 말이 없다. 용학 씨가 벌컥 하고 나섰다.

"보이지도 않는 벽에다 붙이면 무슨 소용입니까? 관리인 백이라고 써서 좀 위쪽에다 붙이겠습니다. 사장님은 그저 모르는 체

하세요. 제가 알아서 하겠습니다. 제 놈이 죽는 게 겁나면 치우겠지요."

용학 씨 부부는 자기가 집주인이라고 동네방네 유세를 떨었는데, 관리인이었음을 꼼짝없이 제 손으로 밝혀야 하니 떨떠름하였고, 순댓국집 여자가 반지빠르게 나섰다.

"너무 냄새가 나니까 음식쓰레기나 치워주세요."

"그것도 놔둬야 하지만 냄새가 지독하니 치워야겠네요."

사람이 다칠 수도 있는 폐기물은 일반 쓰레기처럼 아무 대나 버리지 않는다. 쓰레기를 무단 투기하는 사람들도 마지막 하나 양심은 있다. 한상우 건물 벽 밑의 40cm 배수로는 깨진 유리와 사금파리, 폐가구 등을 버리기에 딱 맞는 한갓진 장소였다. 사람들은 순댓국집과 감자탕집을 드나들며 골치 아픈 쓰레기 버릴 곳을 눈여겨 두었다가 새벽에 버릴 것이다.

한상우와 나는 우리 건물 1층의 커피숍에 마주 앉았다.

"아무래도 너무 과격한 사람을 둔 것 같다."

"아니다. 잘하는 짓이야. 골목 입구는 깨끗해졌잖아. 저런 사람 아니면 어려운 일이야. 부부가 똑같다니까."

"오피스텔 사람들도 너무 잔소리가 심하다면서 관리인 바꾸라고 난리야."

그럴 것이다. 50가구에 거의 독신 젊은이들이 임차해서 사는데, 관리하는 일이 간단하지 않을 터이다.

"그래도 그만한 사람 구하기 쉽지 않다. 잘 타일러서 데리고 있어."

"그 집에 들어가 보았는데, 다용도 창고 구석에 산신령 같은 그림을 붙여 놓고, 그 밑에 작은 다과상에 물그릇이 있더라고. 그 여자 무당인 거 같아."

나는 구미호 같던 느낌이 맞아떨어져 섬뜩하지만 대꾸하고 싶은 생각은 없었다.

"귀찮은데 다 팔아 치우고 홍천으로 들어가자. 너만 좋다면 당장 집 짓자."

그는 홍천군 상남면 풍광이 좋은 곳에 땅 1천5백 평을 사놓았고, 나도 그 옆의 땅 8백 평을 함께 샀다. 벌써 3, 4년 전부터 집을 짓고 들어가자는 것을 내가 미적거리고 있던 참이었다.

"그냥 가면 되지 건물은 왜 팔아치워?"

"매일 돌아봐도 불안한데, 내 성질에 궁금해서 하룻들 어떻게 견디냐? 꼭 뭔 일이 터질 것만 같다니까."

"뭔 일이 터져? 넌 그게 문제라니까. 터지면 해결하면 되지."

"난 그게 귀찮다니까. 돈이 문제가 아니라 사건이 나서 여기저기 불려 다니고 그 해결하는 과정이 번거롭고 지겹다 이거야."

하기는 그럴 것이다. 힘 안 들이고 돈을 1백억을 넘게 벌었으니, 얼마 남지 않은 생을 골치 썩이며 아옹다옹 살고 싶지 않을 것이다. 한상우는 이 동네 토박이로 삼십대 초에 5천여 평의 땅을 물려받았다. 두 형은 사업을 한답시고 많은 땅을 모조리 날려 먹었지만, 좋은 대학 경제학과를 나온 그는 땅을 깔고 앉아 20년 간 우직하게 현대식 비닐하우스를 설치하고 농사를 짓다가 땅이 아파트단지에 수용되며 부자가 된 사람이다. 이런 사람은 땅을 투기해서 졸부가 된 사람과는 근본이 다르다. 삼십대의 농부 한 상우는 내게 말했었다.

"농사지어 밥만 먹고 살면, 내 땅은 적어도 매년 5억씩은 벌어 준다."

그의 장담은 정확하게 맞아떨어져 5천 평 땅은 20년 만에 1백 억이 되었다.

이튿날 아침이었다. 용학 씨가 큰소리로 떠벌려 대서 내려가 보니 A4용지에 써 붙였던 경고문이 구겨진 채 배수로 폐기물 더 미에 버려져 있었다. 버린 쓰레기를 치우기는커녕 더 약을 올렸 으니 그가 펄펄 뛰는 것은 당연했다.

"내가 이 개새끼를 잡아 죽이지 못하면 인간이 아니다. 사장 님, 이 새끼 먼저 그놈이 틀림없죠? 쫓아가 죽여 버릴까요?"

"글쎄요. 보지 못했으니 단정할 수는 없지. 그나저나 다시 붙 여도 떼어버릴 텐데 이제 그만 하지요."

"그만하다니요. 오늘 다시 붙이구 오늘 밤은 내가 보초를 설 거구면요. 꼭 잡든가 저주를 퍼부어 죽이고 말겠어요. 나보다 우리 마누라가 더 이빨을 갈구 있다니까요."

그는 분을 못 참아 식식거리며 큰길 쪽으로 횡허케 걸어갔다.

11시쯤에 한상우 목소리가 들려 나와 보니, 용학 씨가 의자를 놓고 올라서서 먼저보다 좀 더 높은 출입문 위에 경고문을 접착제로 붙이고 있었는데, 흰색 아크릴 판에 빨간 글씨로 쓴 경고문이었다. 순댓국집 출입문 위 왼쪽 기둥에 붙였는데, 주인아줌마가 보더니 기함을 하고는 건물주에게 항의했다.

"사장님, 이건 아니지요. 옆에 벽에다 붙이세요. 이거 보고 누가 순댓국 먹겠다고 들어오겠어요."

용학 씨가 대들었다.

"아니, 순댓국 먹는 손님이 쓰레기 버려요. 버린 사람만 죽는다니까요."

"김 씨 아저씨, 지금 세상에 쓰레기 안 버리는 사람이 어디 있어요. 손님들이 저 끔찍한 걸 보고 밥맛이 나겠어요?"

한상우가 입맛만 쩝쩝 다시다가 말했다.

"용학 씨, 내가 떼어 버리란 말은 못하겠는데, 이쪽 벽에다 붙여요."

–경고

이 건물 배수로에 쓰레기나 폐기물을 무단투기 하는 사람은

3개월 안에 비참하게 비명횡사 할 것입니다. 죽기 싫으면 버리지 마세요.

—건물관리인 백

용학 씨는 얼굴이 벌겋도록 울화통을 참으며 경고문을 떼어서 옆 벽에다 드릴로 구멍을 뚫어 볼트로 고정을 시켰다. 툴툴대며 작업을 마치고 그가 말했다.

"사장님, 소주 한 잔 사주세요. 열불이 나서 못살겠네요."

우리 셋은 12시도 안 된 대낮이지만 돼지 머리고기를 놓고 마주 앉았다. 용학 씨가 소주를 연거푸 석 잔이나 마시고 나서 울분을 토했다.

"내 차라리 막노동을 하는 게 낫지, 이 짓거리는 못하겠네요. 양심이라고는 파리 좆대가리 만큼도 없는 인간들이 세상에 이렇게 많다는 걸 예순이 넘어 이제 알았네요. 오피스텔 사는 놈들도 그래요. 계단에 담배꽁초, 깡통, 종이컵이 널려 하루에 두세 번씩 쓸어야 한다니까요. 음식쓰레기도 분리 안 하고 버리는 인간이 절반이 넘어요."

한상우가 묵묵부답이니 내라도 대거리를 해 주어야 했다. 이런 건 내 성격이기도 하지만, 그는 내 속내를 들여다보고 있을 터였다.

"한 사장이나 나나 그 짓거리를 20년 넘게 했어요. 전에는 좀 덜했었는데, 이 동네 방세가 좀 싸다 보니 외국인들과 특히 중국 동포들이 많이 살아서 더해졌어요."

"그렇다니까요. 싸워보면 대번 알아요. 그 인간들은 음식쓰레기 분리 절대 안 하고 버려요. 골목 안에 들어가 보세요. 구더기가 버글버글하다니까요."

그건 나도 보았다. 골목 입구에 용학 씨 부부가 지켜 못 버리니까 골목 끝집 담벼락 밑이 쓰레기장이 되어버린 것이다. 그 집은 대문이 반대쪽에 있으니 누가 버리는지 알 턱이 없고 관심도 없다. 하지만 날씨가 점점 더워지며 문제가 생겼다. 창문 밑에 쓰레기가 쌓여 냄새가 나는데, 더워도 창문을 열 수 없을 정도이니 싸움이 나지 않을 수 없다. 그러나 그 집은 맞벌이 젊은 부부라 지킬 수도 없어 몇 번 싸우다 창문을 봉해버리고 포기했다.

20여 가구가 매일 버리는 쓰레기는 많다. 음식물쓰레기와 분리 안 된 쓰레기는 절대 수거하지 않는다. 사나흘만 지나도 쓰레기는 산더미를 이뤘다. 고양이가 파헤치고 파리가 꼬여 썩는 냄새가 코를 찌르고 구더기가 골목에 기어 나오기 시작했다. 결국 골목 안쪽 사람들끼리 싸움이 벌어지고, 집주인 서넛이 주민들을 모아 의논 끝에 쓰레기를 치우고는 집집마다 분리수거용 쓰레기 봉지를 사용하기로 하고 문제를 봉합했다. 그러나 그것도 잠시, 양심이 없는 몇몇 사람은 그야말로 귀신같이 분리 안 된 쓰레기를 버려 악취는 물론 구더기가 여전히 기어 다녔다.

이튿날 아침, 용학 씨가 또 떠들어대서 나가보니 어제 아크릴 판에 써 붙인 경고문에 빨간 페인트로 온통 벽까지 시뻘겋게 칠갑을 해놓았다. 용학 씨는 그야말로 방방 뛰었다.

"간밤에 세 시까지 지키다가 졸려서 들어가 잤는데, 이건 두세 시간 전에 뿌린 겁니다. 페인트가 아직 마르지도 않았어요. 이 주변 놈이 분명해요. 이 개 씹으로 빠진 개새끼 어디, 니가 이기나 내가 이기나 해보자."

하도 답답해서 내가 말했다.

"한 도둑 열 순사가 못 지킨다는 말이 있어요. 고생스럽더라도 그냥 치우고 말아요. 버린 놈도 오기가 나서 되가져가지 않을 거요."

"그거 나도 압니다. 이 새끼 경고문 지울 때마다 지가 버린 폐기물 보면서 양심이 찔릴 겁니다. 난 그걸 노리는 겁니다. 저주가 별겁니까? 이 새끼 하루에도 몇 번씩 이거 생각이 날꺼고, 지 양심에 지가 괴로워하면 그것두 저줍니다."

듣고 보니 그렇다. 자기 말로 중학교도 중퇴하고 평생 노가다 판으로만 돌았다는 이 사람 이제 보니 맹탕이 아니라 생각이 깊은 사람이다. 함부로 대할 사람이 아니라는 걸 알게 되었다.

"그래서 다시 붙일 겁니까?"

"붙여야죠. 이번엔 아주 더 크게 써 붙일 겁니다."

사흘 뒤였다. 아침 8시였는데, 용학 씨가 전화를 했다.
"사장님, 여기 좀 내려와 보세요."
이틀간 조용하더니 또 무슨 일이 난 모양이라 내려가 보았다.
한상우도 이미 와있었는데, 먼저보다 곱절은 더 크게 써 붙인 경고문은 역시 시뻘건 페인트 칠갑이었고, 그 밑에 A4용지에 컴퓨터로 글을 써 붙였다.

–이거 써 붙인 놈은 두 달 안에 피똥 싸고 비참하게 뒈질 것이다. 하느님 백

그뿐만 아니라 깨진 오지화분과 유리 조각, 벽돌 조각이 수북하게 쌓여 있었다. 우리가 모여 있으니까 도로변 건물주들이 하나둘 모이다 보니 예닐곱이 되었는데, 모두 굳은 얼굴로 혀를 내둘렀다. 이건 완전히 죽기 살기의 보이지 않는 감정싸움이 되어버렸다. 이럴 때 장본인을 잡으면 둘 중에 하나는 죽을 것이다.
사람들 심리는 참 가지각색이고 유치할 정도로 이기적이다. 좀 귀찮고 돈이 몇 푼 들더라도 쓰레기 분리수거용 봉지나 마대를 사다가 담아 내놓으면 동네가 깨끗하다. 타지 않는 폐기물용 마대는 50ℓ 가 5천 원, 20, 10ℓ 는 2, 3천 원이다. 폐목이나 가구

는 크기에 따라 2, 3천 원 아니면 5천 원 미만이다. 생활쓰레기 봉지는 10ℓ 가 8백 원, 20ℓ 가 1천2백 원이다. 음식물쓰레기는 6ℓ 리터 한 통에 6백 원이다. 그런 돈이 아까워 쓰레기를 무단 투기하고, 표딱지나 봉지를 사오는 게 귀찮은 사람이라면 살아있을 이유가 없다. 인간이기를 포기한 짐승만도 못한 인간이기에 그러하다.

용학 씨가 건물주에게 말했다.

"사장님, 이쯤 되면 저도 절대 물러설 수 없습니다. 아크릴판 2만 원입니다. 이 새끼 뒈질 때까지 제 돈으로 매일 써다 붙이겠습니다. 폐기물도 장마 때까지 그냥 두겠습니다. 제놈두 경고문 지우면서 지가 버린 폐기물 보면 괴로울 겁니다. 이거 허락 안 하시면 전 오늘부로 그만두겠습니다."

한상우는 버릇대로 입맛을 쩝쩝 다시다가 잘라 대답했다.

"좋아요. 당신한테 다 맡길 테니, 맘대로 해요. 그 대신 뭔 일이 나더라도 날 부르지 말아요."

"알겠습니다. 사장님 고맙습니다. 건물 깨끗하게 관리하겠습니다."

장마가 시작된 7월 초였다. 그동안 용학 씨는 경고문을 두 번 다시 붙이고 조용했다. 그러나 폐기물과 쓰레기는 계속 쌓여 양이 많지는 않지만, 용학 씨 부부가 투덜거리며 네다섯 번 치웠다. 부인은 치울 때마다 악다구니를 퍼부었다.

"이런 개 같은 인간들 안 잡아가는 걸 보면 이젠 하느님도 포기했나 봐."

"개만도 못한 인간들이 하두 많으니까 순서대로 잡아가는 겨. 느긋하게 지둘러봐, 효험이 있을 거여."

용학 씨는 맞장구치며 헛헛하게 웃고는 했다.

7월 9일이었다. 아침부터 내리기 시작한 비가 오후부터 장맛비가 되어 세차게 쏟아지고 있었다. 어둠이 내리는 8시경이었는데, 구급차 비상벨 소리가 한참 나다가 조용해지더니, 용학 씨가 전화를 했다.

"사장님, 순댓국집으로 좀 내려와 보세요."

나는 직감적으로 뭐가 느껴져서 다급하게 물었다.

"뭔 일 났어요?"

"그놈이었습니다. 그놈이 그예 내 저주를 받았어요."

순댓국집에는 용학 씨가 혼자 소주를 마시고 있었는데, 비가 쏟아지는 탓인지 손님은 없었다. 용학 씨가 벌떡 일어나 자리를 권하며 말했다.

"그놈이었다니까요. 이사 온 이튿날 깨진 유리와 매트리스를 버린 그놈이 지금 차에 치어 구급차에 실려 갔어요."

"그래요? 그 사람인 줄 어떻게 알아요?"

"제가 가서 봤다니까요. 마누라가 운전하는 차에 치인 모양인데, 기절해 축 늘어진 걸 봤어요."

순댓국집 아줌마도 거들었다.

"저도 봤어요. 어떻게 된 건지는 모르지만 김 씨 아저씨와 싸운 사람이 틀림없어요."

나는 잠시 정신이 멍해졌다. 배수로에 폐기물을 버린 사람이 그 사람일 것이라는 짐작은 했지만, 정말 이런 일이 일어나리라고는 생각지 않았다.

"마누라 차에 치이다니, 자기 집 앞에서 왜 마누라 차에 치어요?"

"옆에 있던 사람이 그랬어요. 암튼 누구 차에 치었던 간에 그놈이었다니까요."

"허, 거참! 그렇다고 죽었는지는 아직 모르잖아요."

"그렇기는 하지만 전봇대 밑에 피가 벌겋고 축 늘어진 걸 구급차가 싣고 갔어요."

아무래도 이상한 생각이 들어 물었다.

"한데, 용학 씨는 어떻게 마침 그걸 보았어요?"

"저녁 차려줄 마누라가 친정에 가서 없고, 비는 쏟아지는데 술 생각도 나서 내려왔는데, 갑자기 삐뽀삐뽀해서 나가봤지요. 나자빠진 게 바로 그놈인 걸 보니 머리끝이 쭈뼛하더라고요. 한참 정신도 멍하더라니까요."

"한 사장한테 전화했어요?"

"아직 안했는데요."

"잘했어요. 지금 하지 말고 다음에 만나면 말해요."

용학 씨는 소주를 유리컵으로 마신다. 소주 한 병이 유리컵으로 두 잔이다. 소주 한 컵을 벌컥 마시고 나서 침통한 얼굴로 말했다.

"사장님, 그 저주라는 게 통하긴 통하네요. 그렇지만, 정말 죽을 줄은 몰랐는데……. 쓰레기를 치울 때는 내 손으로 잡아 죽이고 싶었지만, 막상 눈앞에서 보고 나니 똥 씹은 기분이네요."

그 기분은 나도 그렇다. 용학 씨 부부의 저주로 그 사람이 죽었다는 것을 증명할만한 것은 아무것도 없다. 그냥 교통사고일 뿐이다. 그런데도 왜 내 기분까지 이 모양인지 참 묘한 일이다.

"죽었는지 살았는지 아직은 모르잖아요."

그는 또 술을 벌컥 마시고 나서 대꾸했다.

"죽지 않았으면 좋겠지만, 왠지 죽었을 거라는 생각이 자꾸 들어요."

쓰레기를 버리는 사람도 치우는 사람도 인간적인 본능은 같다. 본능적으로 악인인 인간은 없다. 쓰레기를 습관적으로 버리는 사람도 용학 씨 처지가 되면 같은 행동을 할 것이다.

"용학 씨 마음은 이해가 되지만, 그냥 교통사고잖아요. 너무 자책하지 말아요."

그는 발칵 해서 좀 과장되게 떠벌였다.

"제가 왜 자책을 합니까? 그런 나쁜 놈들은 죽어야 해요. 남을 죽도록 괴롭히는 그런 놈은 죽어야 합니다. 사장님도 아시잖아요. 그 더럽고 치우기 어려운 남이 버린 쓰레기를 내 돈 들여 치워야 하는 그 심정, 차라리 내가 죽어버리고 싶도록 분하고 더러운 기분 아시잖아요. 저 지금 자책하는 거 아닙니다."

말은 그렇게 하지만 그 표정은 아니다. 술병 모가지를 비틀어 잔을 채우며 입으로만 히죽히죽 웃었다. 그 웃음이 자신을 비웃는 자책임을 나는 안다. 소주 세 병을 마신 그는 횡설수설 하는데, 그의 아내가 와서 껴잡고 3층으로 올라갔다.

자기 집 앞에서 교통사고를 당했다는 그 사람은 죽었다. 처남 칠순잔치에 가서 술을 먹었는데, 부인이 운전을 하고 와서 주차를 하다가 남편을 치었다는 소문이 돌았다. 그 집은 한상우의 건물 맞은편, 그러니까 우리 집 옆의 골목 중간 3층 집인데, 나이가 67세라고 했다.

용학 씨는 그 사람이 죽었다는 소문을 듣고는 건물 배수로 벽에 써 붙였던 경고문을 떼어버렸다. 그 뒤부터 한상우 건물 배수로에 쓰레기를 버리는 사람은 없었다. 그러나 왼쪽 골목의 쓰레기 전쟁은 계속되었다. 용학 씨 부부는 골목 안 사람들과 사흘돌이로 싸웠다. 쓰레기를 버린 범인은 용학 씨가 잡지만, 싸움은 대부분 구미호 여우상인 부인이 도맡는다. 골목 거주자 거의가 월세로 살다 보니 이사를 가고 오는 가구가 많다. 그래서 쓰레기가 더 많이 나오고 싸움도 잦다.

지루한 장마가 끝나고 가을이 되었다. 10월 이사철이 되면서 한상우 건물 배수로에 다시 생활폐기물이 버려지기 시작했다. 여전히 처치 곤란한 깨진 유리와 이징가미, 가구 부서진 폐목, 침대 매트리스 등이 좁은 배수로 골목에 가득하다. 용학 씨는 이제 만성이 되어 화도 내지 않는다. 그러나 참다못해 아크릴 판 경고문을 다시 써다 붙였다.

－경고
이 건물 배수로에 쓰레기나 폐기물을 무단투기 한 사람은 누구나 3개월 안에 비참하게 비명횡사 할 것입니다. 석 달 전에 버린 사람은 죽었습니다.
－건물관리인 백

이번에는 며칠이 지나도 경고문에 페인트 칠갑을 하는 사람도 없이 조용하지만, 쓰레기는 이제 더 구겨 넣을 틈도 없이 꽉 들어찼다. 건물주 한상우는 그 꼴이 보기 싫어 아예 발길을 끊었고, 용학 씨는 쓰레기를 거들떠보지도 않는다. 장마가 지났으니 어지간한 빗물은 폐기물 밑으로 흐른다.

배수로 담장 옆은 감자탕집인데, 출입문 오른쪽이 쓰레기더미가 되니 용학 씨에게 치우라고 성화지만 콧방귀만 뀐다. 순댓국집과 감자탕집은 오래전부터 앙숙이었는데, 관물관리인 용학 씨와도 원수지간이 되었다. 배수로에 쓰레기가 넘쳐 흐르면 감자탕집이 치워야 하니 싸움이 날 수밖에 없다.

경고문을 붙인 지 나흘째 되는 날, 경찰이 와서 용학 씨를 잡아갔다. 영문 모르고 잡혀 온 김용학 씨 앞에 경찰이 사진 한 장을 내밀며 물었다. 사진은 배수로 벽에 붙은 경고문이었다.

−이 건물 배수로에 쓰레기나 폐기물을 무단투기 한 사람은 누구나 3개월 안에 비참하게 비명횡사 할 것입니다. 석 달 전에 버린 사람은 죽었습니다.

−건물관리인 백

"이 경고문 당신이 써 붙였어요?"
"그렇습니다. 그런데 왜요?"
"석 달 전에 이런 거 써 붙여서 사람이 죽었다면서요?"
용학 씨는 정신이 멍해지며 가슴이 덜컥 떨어졌다. 속으로 은근히 걱정했던 것이 현실로 맞아떨어졌다. 그러나 인정할 수는 없겠다고 생각했다.

"그래서 그런지는 몰라도 쓰레기 버리다가 나와 싸운 사람이 죽긴 죽었습니다."

"그런 줄 알면서도 또 이런 걸 써 붙여요?"

"죽기 싫으면 안 버리거나 되가져가면 그만인데 계속 쌓이잖아요. 일반 쓰레기도 아닌 처치 곤란한 쓰레기를 버린 사람이 나쁘지, 버리지 말라는 사람이 나쁩니까?"

그때, 경찰이 어떤 여자를 데리고 와서 용학 씨와 마주 보고 앉게 했다.

"김용학 씨, 이분 알아요?"

남편을 차로 치어 죽게 한 여자였다. 용학 씨는 또 가슴이 철렁했다.

"압니다."

"장순옥 씨, 이 사람이 맞아요?"

"맞습니다."

"김용학 씨, 당신이 저주해서 남편이 죽었다고 이분이 당신을 고발했습니다. 인정합니까?"

용학 씨는 정신이 혼란해졌다. 저주를 한 것은 맞다. 그러나 그래서 죽었다는 근거는 없다. 인정할 일이 아니라고 생각되었다.

"이분이 남편을 차로 치어 죽게 했다고 들었습니다. 그게 왜 내 탓입니까?"

여자가 파르르하며 대들었다.

"이 사람이 저주해서 남편이 죽었어요. 나는 골목에서 주차를 하려고 후진을 했는데, 차에서 내려 보니 남편이 쓰러져 있었어요. 죽을만한 상처도 없었으니, 내가 차로 친 게 아니었다고요."

"그럼 남편이 쓰레기를 버린 건 사실인가요."

"처음 이사 왔을 때 버리다가 싸웠어요. 그 뒤론 안 버렸어요."

용학 씨가 나섰다.

"그 사람과 싸우고 며칠 후에 바로 그 자리에 깨진 유리와 그릇, 묵은 김치와 음식쓰레기가 배수로에 가득 쌓여 있었습니다. 나는 하도 가기막혀 빨리 되가져가라고 경고문을 써 붙였습니다. 그런데 가져가기는커녕 경고문에 시뻘건 페인트칠을 계속하고 끝끝내 안 가져가서 결국 내가 돈을 만원이나 주고 마대자루 두 개를 사다가 유리조각에 손을 찔리며 치웠습니다. 무단 투기한 쓰레기 치우면서 욕 안하는 사람이 세상에 어디 있답니까?"

"장순옥 씨는 왜 남편이 김용학 씨 때문에 죽었다고 생각했습니까?"

"저도 처음엔 그렇게 생각하지 않았는데 며칠 전에 보니, 석 달 전에 쓰레기 바린 사람이 죽었다고 써져 있더라고요. 그래서 하도 열불이 나서 고소를 했습니다. 우리 남편은 분명히 이 사람이 저주를 해서 죽었습니다. 본인도 인정하잖아요."

여자는 울음을 터트렸고, 입맛만 쩝쩝 다시던 경찰이 용학 씨에게 물었다.

"건물주가 그런 경고문 써 붙이라고 했습니까?"

용학 씨는 펄쩍 뛰었다.

"아, 아닙니다. 우리 사장님은 당장 떼어버리라고 했지만, 남이 버린 쓰레기 치우기가 하도 지겨워서 내가 책임진다고 우겨서 붙였습니다."

"책임을 진다구요? 어떻게 책임을 져요. 사람이 죽을 수 있다는 걸 알았어요?"

용학 씨는 정신이 번쩍 들었다. 잠시 생각을 궁굴리다가 대답했다.

"그건 아닙니다. 그것 때문에 싸움이 난다든가 뭐 그런 책임을 진다는 말입니다. 쓰레기 버렸다고 다 죽으면 세상에 살아남을 사람이 몇 명이나 있겠습니까? 쓰레기 무단투기한 사람 다 죽는다면, 아마 한국사람 멸종위기종이 될 겁니다."

경찰도 할 말이 없어 빙긋 웃기만 했다.

김용학 씨 부인이 한상우에게 전화를 해서 그가 경찰서에 갔다. 한상우는 경찰과 김용학이 주고받은 조서 내용을 대충 훑어보아도 그렇거니와 이건 경찰이 개입할 문제가 아니었다. 경찰도 보기에 사건이 아니기는 하지만, 살인자라고 고발을 했으니 조사를 하지 않을 수는 없었다.

한상우는 골머리 쓰기 귀찮아 경찰서장에게 전화를 걸었다. 서장은 한상우 당질이었다. 서장은 조사과장에게 지시를 내려 직접 조사하게 했다. 그러나 사건이 될 수 없는 일이었다. 결국 김용학은 무혐의로 오후 늦게 풀려났지만, 혐오감을 주는 경고문은 떼고 다시는 붙이지 못하게 했다.

그리고 며칠 뒤에 한상우 건물 골목 입구와 배수로 벽에 현수막이 걸렸다.

−쓰레기 무단투기는 죄를 짓는 일입니다. 그 죄는 자식 대대로 불운하게 만듭니다.

현수막이 걸린 날 밤 12시경이었다. 현수막 밑에서 싸움이 벌어졌다. 나는 창문을 열고 내다보았다. 건장한 체격의 40대 두 남자였는데, 한 사람은 골목 안 왼쪽 둘째 집 2층에 사는 사람이었고, 한 사람은 그 집 반지하에 사는 사람이었다. 2층에 사는 사람은 부부간에 대여섯 살배기 딸이 있었고, 반지하에 사는 사람은 독신인 것 같았다. 두 사람은 서너 달 전에 같은 날 이사를 와서 내가 기억하거니와 아재비 조카로 보았다. 두 사람은 순댓국집에도 자주 와서 나도 가끔 보았는데, 지하 사람이 네댓 살 아래로 깍듯이 아저씨로 부르는 중국 조선족이었다.

싸움의 내막은 모르겠으나, 서로 욕지거리를 하며 싸우다가 한 사람이 옆집 담벼락에 있던 각목으로 머리통을 후려갈겼다. 픽 쓰러졌던 사람이 비틀거리며 일어나더니 품속에서 칼을 꺼내 상대방 복부를 찔렀다. 그 사람은 복부에 칼이 꽂힌 채 들고 있던 각목으로 비틀거리는 사람 머리를 다시 내리쳤다. 두 사람은 동시에 쓰러졌고, 누가 신고를 했는지 경찰 백차가 왔다. 쓰러진 두 사람을 살펴보던 경찰들이 신고하여 119구급차 두 대가 요란하게 들이닥쳤다.

이튿날, 싸우던 두 사람이 모두 죽었다고 했다. 그 집 3층에 사는 주인이 말했다고 하는데, 반지하에 사는 조카가 2층에 사는 재당숙모와 눈이 맞아 사통을 하다가 들켰다고 한다. 2층에 사는 사람은 일주일에 사나흘씩 야간 근무를 했다고 한다.

나는 그들이 이사 오던 며칠 뒤에 싱글침대 매트리스와 더블침대 매트리스가 반 지하 출입문 옆에 세워져 있는 것을 보았다. 그리고 이튿날 아침, 매트리스 두 개가 한상우 건물 배수로에 버려져 있었다. 그 매트리스와 폐기물을 용학 씨 부부가 사흘 전에 꾸덜대고 앙알거리며 말끔하게 치웠다.

우리집에 오는 천사들

현관문 열리는 소리가 나더니 이내 세나 목소리가 들렸다.

"할아버지, 세나 왔어요."

내 방에서 책을 읽다가 접고 일어섰다. 30분 전에 세나가 전화를 해서 친구 둘을 데리고 오겠다고 했었다. 5학년에 올라와 처음 데리고 오는 친구라 어떤 아이들인가 궁금했다. 거실에 나가던 나는 깜짝 놀랐다. 소파에 세나까지 네 아이가 앉아있었는데, 셋이 전혀 낯선 아이들이었다. 낯설다는 말은 처음 보는 사람을 두고 이르는 말이기도 하지만 지금 내 말은 그게 아니고, 달리 어떻게 표현할 수 없기에 한 말이다. 남자애가 둘, 여자애가 하나인데, 요새 흔히들 말하는 다문화가정 아이들이었다.

나를 본 아이들이 모두 일어나 인사를 했다.

"할아버지, 안녕하세요."

"오냐, 잘들 왔다."

얼굴과 피부색만 조금씩 다를 뿐 말은 그 또래 아이들의 맑은 목소리였고 발음도 외국적이지 않은데, 그 표정들이 저들끼리 떠들 때와는 달리 금방 좀 굳어진 듯 했다. 얼결에 인사를 받고 나서도 어안이 벙벙하여 손녀 세나를 보았다. 세나도 약간 겁먹은 듯이 무안한 얼굴로 마주 보다가 친구들에게 말했다.

"얘들아 앉아. 우리 할아버지가 맛있는 거 주실 거야."

손녀 세나는 성격이 활달하고 사교성도 좋아 친구들을 잘 사귄다. 초등학교에 입학하여 2학년이 되면서부터 걸핏하면 친구들 두셋씩을 집으로 데리고 와서 두세 시간씩 놀곤 하였다. 나는 아이들의 재잘거리며 노는 모습도 보기 좋거니와 내 방에서도 들리는 깔깔대는 웃음소리에 마음이 새파랗게 젊어지는 듯싶어 즐거워지곤 했었다. 고희를 넘긴 내 나이에 저런 아이들의 천진한 놀이와 웃음소리를 자주 들을 수 있다는 것은 큰 즐거움이고 위안이었기에 손녀에게 언제든 친구들을 데리고 와서 놀아도 좋다고 했었다. 그뿐만 아니라 실뜨기와 바둑 오목두기 등 놀이를 가르쳐주기도 했다.

그런데, 오늘은 5학년에 올라가서 처음으로 그것도 다문화가정 아이들을 셋이나 데리고 왔으니 늙은 내 머리로는 대체 이해가 되지 않는다. 세나 학교에 다문화가정 아이들이 있으리라고는

생각도 못 했었고 손자가 중학교 2학년, 손녀가 초등학교 5학년
이 되도록 다문화가정 아이들 이야기를 들어본 적이 없었다.

아이들을 따라 소파에 앉으며 세 아이를 보다가 아무래도 궁
금하여 우선 여자아이에게 물었다.

"이름이 뭐니?"

"김소라예요."

"예쁜 이름이구나. 엄마는 어느 나라 사람이니?"

소라는 갑자기 얼굴이 발갛게 달아오르더니 금방 울 듯이 입
을 비죽거리다가 꿀꺽 울음을 삼키고는 싸늘하게 대답했다.

"필리핀요."

나는 당황하여 옆에 앉은 소라를 달랬다.

"소라야, 왜 그래? 할아버지가 그냥 궁금해서 물어본 거야."

좀 면구스럽기도 하여 주먹으로 눈물을 훔치는 아이를 보다가
세나 옆에 앉은 체구가 왜소하고 촌티가 나는 남자아이에게 방패
막이 삼아 물었다.

"넌 이름이 뭐니?"

"이상연이요."

아이는 이름을 말하고는 왈칵 울음을 터트리며 덧붙였다.

"울엄마는 베트남이래요."

소라가 벌떡 일어나더니 꺽꺽 흐느끼는 남자아이 손을 잡아끌
며 매몰차게 말했다.

"애들아, 우리 가자."

세나가 발딱 일어서며 쇳소리로 외쳤다.

"할아버지 나빠! 왜 그랬어?"

세 아이가 우르르 현관 앞으로 몰려갔고, 나는 당황하여 아이들 앞을 막아서며 다급하게 말했다.

"애들아, 왜 그래? 그게 아니야, 할아버지 말뜻은 그게 아니다."

아이들은 셋은 모두 훌쩍훌쩍 울고 있었다. 나는 콧잔등이 시큰하고 가슴이 꽉 막혀 아이들 셋을 한꺼번에 쓸어안았다. 아이들 머리를 쓰다듬으며 더듬더듬 말했다.

"미안하다. 애들아, 정말 미안하다. 할아버지가 잘못했다. 자, 어서 들어가자."

아이들을 하나하나 돌려 세우자, 소라가 젖은 눈으로 빤히 쳐다보며 물었다.

"할아버지, 세나랑 놀아도 돼요?"

나는 가슴이 철렁하며 저절로 탄식이 터졌다.

"아!"

가슴에서 뜨거운 것이 울컥 치밀어 올라오며 숨이 막혔다. 쪼그려 앉아 소라 양손을 모아 잡고 답했다.

"그럼, 놀아도 되지. 매일매일 와서 놀아도 되지. 어서 들어가 앉자."

세나가 밝게 말했다.

"거봐, 어서 들어와. 우리 할아버지가 맛있는 거 많이 주실 거야."

아이들이 모두 소파에 앉고 나도 따라서 앉았다.

"소라야, 상연아 미안하다. 할아버지는 그런 뜻으로 물어본 거 아니여. 소라야, 이해하겠니?"

소라는 맑은 눈으로 빤히 마주 보다가 대답했다. 그제야 보니 눈이 크고 얼굴이 갸름한 예쁜 아이였다.

"할아버지, 죄송해요. 저는 세나랑 친하게 놀고 싶어요."

상연이가 밝게 웃으며 끼어들었다.

"할아버지, 저도요. 그런데, 할아버지가 세나랑 놀지 못하게 할까봐 겁이 났어요."

그동안 시무룩하게 앉아 눈치만 살피던 남자아이가 쭈뼛거리며 말했다.

"할아버지, 우리 엄마는 캄보디안데, 얘들이랑 같이 놀아도 돼요?"

나는 또 가슴이 짠해서 넉넉하게 웃으며 대답했다.

"그럼 되고말고. 넌 이름이 뭐니?"

녀석은 제 이름을 알리고 싶어 안달이 난 듯이 얼른 대답했다.

"보라미요. 주보람"

"오, 보람이! 아주 예쁜 이름이구나. 캄보디아는 앙코르와트가 있는 아름다운 나라지. 할아버지는 두 번이나 갔었단다."

녀석은 활짝 웃으며 자랑했다.

"할아버지, 저도요. 작년 여름방학 때 아빠랑 엄마랑 함께 갔어요. 앙코르왓 정말 멋있어요."

"그럼, 그렇지. 자, 이제 할아버지가 맛있는 거 줄게."

열흘 전에 미국으로 시집간 막내가 왔었는데, 내가 좋아하는 초콜릿이며 이름도 모를 짭짜름하면서도 고소한 과자를 많이 갖고 왔다. 미국 과자는 왜 그런지 거의 짜지만 맛있다. 딸이 술안주로 먹으라며 내 방에 둔 과자였는데, 속으로 아깝기는 하지만 아이들을 울린 죄로 푸짐하게 내다 주었다.

아이들은 초콜릿과 과자를 보고 탄성을 질렀다.

"야, 맛있겠다. 할아버지, 잘 먹겠습니다. 고맙습니다."

아이들이 다투어 집어다 먹는 모습을 잠시 보다가 일어서며 세나에게 일렀다.

"세나야, 과자 먹고, 냉장고에 과일도 내다 먹어라."

"예, 할아버지. 걱정 마세요."

내 방으로 들어와 책상 앞에 앉았다. 마음이 마구 뒤엉겨 갈피를 잡을 수 없었다. 세 아이들의 말과 얼굴이 눈앞에 아른거렸다. 생각해보니, 손녀가 참 대견하다. 어떻게 저 아이들을 셋이나 데리고 올 생각을 했을까? 정말 저 아이들과 친하게 지내고 싶었을까? 5학년에 올라와 봄방학이 끝나고 개학 한지 불과 한 달 남짓이다. 그럼, 지금까지 초등학교에 입학하여 5년이 되도록 다문화가정 아이들이 학교에 없었던 것일까? 엄마가 베트남이라는 상연이는 말투와 행동으로 보아도 시골에서 막 올라온 아이였다. 궁금해 견딜 수가 없어 거실로 나갔다. 그새 아이들은 과자를 다 먹고 귤을 까먹고 있었다. 벽시계를 보니 4시다. 소파에 앉으며 에멜무지로 말했다.

"과자 더 줄까?"

소라가 얼른 대답했다.

"할아버지, 배불러요. 잘 먹었습니다."

소라는 똑똑하고 영악한 아이 같다. 말도 야무지고 행위도 당차다. 다문화가정은 대게 중산층 이하의 어려운 가정으로 알고 있던 내 고정관념이 잘못되었음을 깨닫게 한다. 하기는 고희가 넘도록 살면서 어려서 전쟁 후의 미국 혼혈아들은 더러 보았지만, 동남아계 혼혈아들을 본 것은 오늘이 처음이다. 가장 궁금한 것을 조심스레 물었다.

"상연이는 서울에서 태어났니?"

아이는 귤을 까면서 대답했다.

"아니래요. 강원도 영월에서 작년에 이사 왔어요."

왈칵 반갑다. 영월은 내 고향이다. 아까 아이의 첫 말투에서 강원도 영서지방의 짙은 시골 냄새를 맡았었다.

"그렇구나. 할아버지도 고향이 영월이란다. 넌 영월 어디서 살았니?"

"서면 쌍용이라는 데서 살았어유. 아빠가 세멘트공장에 댕기다가 짤려서 작년에 서울로 이사 왔어유."

"그럼, 아빠는 지금 뭐하시니?"

내 고향이 영월이라는 말에 마음이 놓였는지, 상연이는 까놓은 귤을 탁자에 놓고 생글생글 웃으며 대답한다.

"아빠는 아파트 경비원 나가구유. 엄마는 식당에서 일해유."

금방 강원도 아이로 변하는 말투와 모습에서 내 열두 살적 모습이 보인다. 내친김에 물었다.

"상연이는 형이나 동생은 없니?"

"형은 없구유. 지집애 동생이 인제 여섯 살이래유."

"그렇구나. 그럼 동생은 누가 보니?"

"우리 할머이가 보지유 머."

나는 점점 호기심이 일었다. 할머니라면 내 또래쯤일 것이다.

"할머니 연세를 상연이가 아니?"

아이는 잠시 멈칫하다가 대답했다.

"우리 외할머닌데유. 우리가 서울루 이사 오면서 할머이두 베트남에서 동생을 봐준다구 왔어유."

"그랬구나. 그럼 아빠는 몇 살이니?"

"쉰다섯이래유. 엄마는 서른 넷이구유."

역시 내가 짐작한 그대로다. 마흔세 살 노총각이 스물두 살 베트남 처녀에게 장가를 들었다. 돈깨나 들였을 것이다. 그래도 이렇게 두 남매를 낳고 잘살고 있으니 참 다행이다. 하기는 우직한 강원도 영월 촌놈이 뒤늦게 장가를 든 것만도 감지덕지일 것이다. 촌티를 못 벗은 아이에게 부쩍 애착이 갔다. 어떻게든 도와주고 싶은 생각으로 물었다.

"상연이네 집은 어디니?"

"중계동 임대아파트에 살어유."

그럴 것이다. 그래도 용케 임대아파트에 들어갔다. 이제 마음이 놓였다. 좀 되바라지게 생긴 보람이게게 물었다.

"보람이 아빠는 뭐 하시니?"

"우리는 작년에 안양에서 이사 왔어요. 아빠는 60살인데 아파트 경비원이구요. 엄마는 40살인데 고모네 갈빗집에서 일해요."

녀석은 상연이와의 대화를 꼼꼼하게 들었는지 한꺼번에 줄줄이 꿨다. 그래도 한 가지 빼먹어서 물었다.

"보람이는 형제가 있니?"

"있어요. 형은 중학교 2학년이구요. 여동생은 우리학교 2학년이에요."

"보람이는 형도 있고 여동생도 있어서 참 좋겠다."

성격이 까스라진 소라에게는 묻지 않고 바라만 보자, 기다렸다는 듯이 말했다.

"우리 집은 중계동 청구아파튼데요. 48평이라 엄청 넓어요. 아빠는 50살인데 한전에 다니고요. 엄마는 47살인데 영어학원 선생님이에요."

나는 적잖이 놀랐다. 이는 두 남자아이의 경우와는 차원이 다른 국제결혼이다. 궁금하지만 아이에게 물을 수 없어 그저 고개만 끄덕이는데, 아이가 반지빠르게 덧붙였다.

"우리 엄마 아빠는 연애를 했대요. 아빠가 한전 직원으로 필리핀 마닐라에 파견 나왔었는데, 엄마를 만나 연애를 하다가 결혼했어요. 오빠는 고등학교 1학년이에요."

"오, 그렇구나! 소라는 참 좋겠다."

자랑을 한 소라는 고개를 쳐들고 으스댄다. 두 남자아이에 비하면 으스댈 만도 하다. 특히 이 또래 아이들의 사기는 가정에서부터 살아난다.

궁금증이 풀렸으므로 일어서며 말했다.

"재미있게 놀아라. 할아버지가 있다가 피자 사줄게."

세나가 반색을 했다.

"할아버지, 정말?"

"그럼, 정말이지."

아이들 웃음을 뒤로하고 내 방으로 들어왔다. 보던 책을 펴지만 눈에 들어오지 않았다. TV를 켜 보지만 늙은이가 볼만한 프로는 없었다. 나는 일흔이 넘으면서부터 TV는 뉴스만 봤다. 그러나 최근에는 보기 싫은 사람들, 듣기 싫은 말들이 너무 많아 뉴스도 거의 보지 않고 신문만 꼼꼼히 봤다.

　오늘 세 아이들에게서 잠시지만 참 많은 것을 알고 깨달았다. 다문화가정! 베트남, 필리핀, 캄보디아, 중국, 방글라데시 등 동남아 나라에서 시골의 노총각들이나 중소공장의 근로자들이 신붓감을 돈을 주고 데려온다는 말은 많이 들었다. 특히 베트남 여자가 많아 6천5백여 쌍이 국제결혼을 했다는데, 거기에 브로커들이 끼어들어 사기를 친다는 말도 들었다. 그야말로 벼룩이 간을 내먹을 인간들이다. 그중에서도 저 세 아이들의 부모는 성공적으로 정착한 가정이다. 물론 그런 가정도 많겠지만 실패하는 경우도 많다는 것을 언론 보도로 알고 있다. 그 2세들인 저 아이들이 우리 아이들과 동화되기까지는 적잖은 세월이 흘러야 하고, 많은 우여곡절을 겪어야 할 것이다.

　경우가 같지는 않지만 내게도 저 아이들과 엇비슷한 어린 시절이 있었다. 내 어머니는 일본 여인이었다. 1919년 3·1독립만세운동 당시 열아홉 살이던 아버지는 영월지역 만세운동을 주도하다가 일경에 쫓겨 일본으로 밀항했다. 온갖 난관 끝에 좋은 일본인을 만나 경도의 공업고등학교 전기과를 졸업했다. 공부를 잘했던 아버지는 일본 화력발전소에 취업하여 15년을 근무하다가 1937년, 서른일곱 살에 조선전업주식회사가 영월에 화력발전소를 건설하며 내선관리과장으로 발령받아 고향으로 돌아왔다.

열일곱 살에 결혼했던 아버지는 전처에서 아들 둘 딸 둘 4남매를 두었었는데, 귀국할 때 세 살배기 아들이 달린 일본인 현지처를 데리고 나왔다. 그 뒤 8년의 세월이 흐르는 동안 내 위로 누나가 태어나고, 1945년 양력 8월 14일에 내가 태어났다. 내가 태어난 이튿날, 일제 36년의 사슬에서 벗어나는 해방이 되었으니, 나는 시쳇말로 오리지널 해방둥이다.

그리고 5년 뒤에 6·25 한국전쟁이 터졌다. 낯선 이국땅에서 전쟁을 겪으며 어린 삼 남매를 키우던 어머니는 전쟁이 휴전된 지 이태 뒤인 1955년 겨울에 46세의 나이로 세상을 떠났다. 당시 스물두 살이던 형은 군에 입대했었고, 내가 열 살, 누나가 열세 살이었는데, 우리 남매는 어쩔 수 없이 아버지의 본처인 큰어머니 밑으로 들어갔다. 본가에는 조부모와 부모, 이복형 둘, 누나 셋 모두 아홉 식구였는데, 우리 남매까지 열한 식구가 되었다. 할머니에게는 일곱 명의 손자가 모두 같은 손자였기에 우리를 앉혀놓고, 엄마가 죽고 없으니 큰엄마를 엄마로 부르라고 타이르곤 했다. 그러나 우리는 큰엄마를 엄마라고 부르지 않았다.

그에 따라 우리 남매는 한솥밥을 먹는 식구이면서 물과 기름처럼 겉돌았다. 누나는 식모나 다름없었지만 우리는 집안의 애물단지였다. 누나보다 한 살 위인 이복형과 나보다 한 살 위인 누나는 아버지만 없으면 대놓고 '왜갈보 새끼', '쪽발이 새끼'라고 구박하며 놀렸다. 집안에서도 그랬으니 밖에서나 학교에서도 누나와 나는 아이들의 놀림감이었고, 이복형의 부추김을 받은 동네 아이들조차 우리 남매를 왜갈보 새끼라고 놀렸다.

6·25전쟁이 끝나고 내 어린 시절이던 60년대 말까지는 빨갱이나 왜놈들은 남녀노소 누구에게나 불구대천지원수 취급을 당하던 시절이었다. 그런 환경에서 안팎으로 놀림과 학대를 받고, 학교에서는 시쳇말로 왕따를 당하던 내가 초등학교 시절에 죽어라고 할 수 있는 것이라고는 공부였고, 아이들과 싸워 이기는 것은 힘뿐이었다. 그러나 아무리 공부를 잘하고 힘이 있어도 왜갈보 새끼의 동무가 돼주는 아이들은 없었다. 내 어머니가 일본에서 과연 갈보 짓을 했는지 양갓집 규수였는지 나로서는 알 길이 없다. 다만 분명한 것은 우리 남매에게 붙은 그 별명이 우리 집안에서부터 비롯되었다는 것을 나는 알았다. 집안에서 소문을 내지 않았다면, 외모가 조금도 다르지 않은 우리가 왜갈보 새끼라는 것을 아는 사람이 없었을 것이다.

참으로 오랜만에 어린 시절을 회상하며 60여 년 전의 사진첩을 꺼내 보았다. 곰팡이 냄새가 코를 찌르는 사진첩에는 63년 전에 저세상으로 간 어머니 사진도 있고, 군대에서 전사한 형의 사진도 있고, 미국으로 이민 가서 20년째 살고 있는 누나 사진도 있어 내 어린 시절이 고스란히 남아있다. 생각해보니 나는 이 사진첩을 13년 만에 꺼내 본다. 환갑 때, 세 딸과 두 사위 우리 부부가 함께 사진첩을 보았던 기억이 난다. 빛바랜 사진이지만 내게는 참 소중한 보물이라는 것을 이제야 깨닫는다.

문을 두드리고 세나가 들어왔다.

"할아버지, 다섯 시 반이야. 피자 시킬까요?"

벽시계를 보니 그새 그렇다.

"그래 시켜야지."

아들 내외는 일곱 시경에 퇴근한다. 오기 전에 아이들을 먹여 보내야 했다. 온종일 직장에서 시달린 아들 내외는 남의 집 아이들을 나처럼 반기지 않았다. 아들은 고등학교 선생이고, 며느리는 우체국 국장이다. 시쳇말로 아들 내외는 정년이 보장된 철밥통 직장이다.

나 또한 젊어서 직장에 어려움 없이 살았다. 67년 3월 베트남 전쟁에 맹호부대 보병으로 참전했다. 귀국을 한 달 앞둔 1968년 2월 중순에 시작된 맹호와 백마 합동작전인 오작교작전 앙케전투에서 오른쪽 대퇴부에 두 발의 총상을 입고, 복부에도 한 발의 총알을 맞았다. 대퇴부의 총알 한 방은 뼈를 관통하였고, 복부는 다행으로 내장을 뚫지 않아 목숨을 건지고 응급처치를 거쳐 일주일 만에 한국 국군병원으로 후송되었다.

오작교작전이 시작된 지 닷새만인 2월 21일, 월맹 정규군 1개 중대와 교전한 앙케지역 전투에서 우리 소대는 전멸하다시피 패전했다. 소대장을 포함하여 병사 5명이 현장에서 전사하고 14명이 부상하는 참패를 당했다. 나를 포함한 14명의 부상병 중에 병원에 후송되어 2명이 전사했으니, 오작교작전 앙케전투는 주월한국군 맹호부대 작전에서 가장 치욕적인 전투였다.

나는 제대를 6개월 앞두고 상이 제대를 하여 상이 2급 국가유공자다. 매월 2백만 원이 넘는 보훈 수당이 나오고, 내가 부상당한 앙케전투에서 화랑무공훈장을 받아 무공수당 20여만 원을 포함하여 2백3십여만 원을 받는다. 영월공고 전기과를 나온 덕택으로 제대 후에 상이군인 특전으로 전기안전공사에 취업하여 과장으로 정년퇴직했다. 퇴직연금으로 매월 1백7십여만 원을 받는다. 또한 월세를 놓은 내 아파트에서 임대료 1백5십만 원을 받으니 내 월수입은 5백5십만 원이다.

늙을수록 돈에 쪼들리지 않으면 행복하다. 비록 오른쪽 다리를 잘름잘름 절기는 하지만 생활에 큰 불편이 없고 돈을 내 마음대로 쓸 수 있으니 즐겁다. 매월 용돈으로 2백만 원 넘게 쓰지만 3백여만 원은 통장에 고스란히 쌓였다. 돈이 차곡차곡 쌓이는 재미도 꽤 쏠쏠하다. 젊음과 육신을 나라에 바치고 평생 불구로 살지만, 노년이 보장된 나는 행복하다고 여기며 살고 있다.

아내는 5년 전에 갑작스런 사고로 세상을 떠났다. 아내가 죽었을 때, 손자가 열 살, 손녀가 일곱 살이었다. 아내가 있을 때는 아들 집에 가서 아이들을 돌보았는데, 결국 두 손자를 내가 맡게 되었다. 며느리가 아이들을 학교에 보내고 출근하면, 내가 12

시경에 아들 집에 갔다. 아이들이 학교에서 돌아오면 학원에 보내고 데려오는 것이 내 일과였다. 그렇게 1년을 지내다가 며느리의 제의로 내가 아들 집으로 들어오게 되었다. 아침저녁 다니는 것이 번거롭기도 하려니와 늙은 홀아비 혼자 사는 것이 안쓰럽다고 해서 살림을 합쳤다. 사실 나는 아들 내외와 사는 것이 싫었지만, 혼자 사는 내 아파트를 세놓아 임대료를 받으니 그 또한 좋은 방안이라 승낙했다.

이제 아이들이 커서 돌보아줄 일이 별로 없으니 편하다. 나는 오전 10시면 헬스클럽에 가서 상체 근육운동을 한 시간 하고, 같은 건물에 있는 수영장에서 한 시간 수영을 한다. 나는 절름발이라 걷기나 등산은 하지 못하므로 상체 근육운동과 수영으로 건강을 지켰다. 매일 운동으로 모이는 친구가 넷인데, 둘은 월남전 전우로 앙케전투에서 같은 날 부상을 당한 상이 2급 국가유공자다. 둘은 고등학교 동창으로 나까지 다섯이 모두 해방둥이다.

수영을 한 시간 하고 나면 12시 30분경이다. 우리 다섯은 주변의 이름난 맛집을 찾아다니며 점심을 푸짐하게 먹었다. 모두 용돈에 구애받지 않는 늙은이들이다. 나는 3시경 손녀가 집에 올 시간에 들어간다. 주5일 근무제도는 썩 잘한 국가정책이다. 아들 내외가 집에 있으니 나는 이틀간 자유다. 친구들과 1박2일 여행도 가고, 전국의 유명 맛집도 일삼아 찾아다니며 마음 놓고 느긋하게 술도 마셨다.

이튿날, 학교에서 돌아온 손녀에게 궁금한 것을 물어보았다.

"세나야, 어제 데리고 왔던 아이들 말이다. 모두 너네 반 아이들이니?"

"할아버지, 그럼요."

"근데, 4학년 때는 그런 아이들이 없었니?"

"3학년 때는 그런 아이들이 별로 없었는데, 4학년부터 전학을 와서 좀 많아졌어요. 선생님이 그러는데, 다문화가정 아이들이 우리 학교에 30명 넘는다고 했어요. 우리 반에만 어제 그 아이들 셋인데, 늘 지들끼리만 놀아요."

"저런, 아이들이 따돌려서 그러니?"

"그렇기도 하지만, 자기들끼리 금방 친해지더라고요. 그러니 애들이 점점 따돌리고 그래요."

"그럼, 선생님은 그런 걸 알고도 가만있어?"

"할아버지도 참, 선생님은 그러지 말라고 하지만, 어떤 애들 엄마는 그런 애들과 놀지 말라고 야단도 친대요. 우리 반 애들 거의가 공부도 못하는 상연이와 보람이를 바보 취급을 해요. 그래서 제가 속상하다니까요."

나는 속 깊은 손녀가 대견해서 가슴이 따뜻해졌다.

"그래서, 속상해서 그 애들을 집에 데려왔니?"

"그럼요. 제가 그 애들과 놀면, 왜 저런 애들과 친하냐고, 사귀냐고 빈정대요. 그래서 애들과 몇 번 싸웠어요."

나는 가슴이 철렁했다. 저러다 정말 세나까지 왕따를 당하면 큰일이다.

"그래도 싸우면 안 되지. 선생님께 말하면 어떨까?"

"할아버지, 소용없어요. 제가 반장하고 친하니까 잘 말해서 왕따 안 당하게 할 거예요. 그래서 일부러 친한 척하는 거예요. 걱정마세요, 할아버지."

세나는 2학년부터 줄곧 반장을 했었다. 그런데 5학년 올라와서 귀찮고 공부에 방해가 된다며 반장을 하지 않겠다고 했다. 고등학교 영어 선생인 제 아비의 영향이었을 것이지만 나도 잘했다고 생각했다. 세나는 1학년부터 4학년까지 반에서는 늘 1등이었고, 전교에서도 3등 밖으로 밀려난 적이 없는 아이였다. 어른들 말투로 말하자면, 세나의 말발은 담임선생도 무시하지 못한다는 것을 나는 안다.

"우리 세나 참 장하다. 세 아이들 말고 다른 애들도 함께 집에 데려와. 맛있는 거 사주고 자장면도 사줄게. 그리고 상연이와 보람이네가 생활이 어려우면 할아버지가 어떻게 좀 도와줄 수 없을까?"

세나는 눈을 반짝이며 반겼다.

"할아버지, 정말?"

"그럼, 정말이지."

"음, 그렇담……. 제가 보기에 상연이네는 좀 그런 거 같았어요. 그렇지만 할아버지가 어떻게 도와줘요?"

나는 잠시 생각하다가 대답했다.

"상연이 옷 입성이 아직도 촌티가 나더라. 좀 좋은 옷을 사줄까?"

세나는 활짝 웃으며 찬성했다.

"할아버지, 그러세요. 사실은 저도 그런 생각을 했어요. 애들은 옷이 안 좋은 애하고 노는 것도 싫어해요. 저까지 창피해진다고 따돌려요."

그럴 것이다. 내가 어릴 때, 그 어렵던 시절에도 누더기 옷을 입은 애들과는 놀지 않았다. 내가 자라면서 작아 못 입는 옷들을 할머니가 가난한 이웃 아이들에게 나누어 주곤 했었다. 내친김에 물었다.

"상연이 말고도 옷 입성이 추레한 애들이 또 있니?"

세나는 잠시 생각하다가 대답했다.

"할아버지, 우리 반에 남자애가 하나 있어요. 할머니와 여동생 셋이 사는데요. 할머니가 폐지 주워서 먹고 사는데, 냄새가 지독한 반지하방에 살아서 옷에서도 냄새가 나요."

"그래? 그럼 내일이라도 상연이와 그 아이, 여동생도 데리고 와봐. 할아버지가 살펴보아서 정말 그러면 옷도 사주고 신발도 사줄 거야. 알겠지?"

"할아버지, 근데 그 애가 좀 나쁜 애거든."

"나빠, 어떻게 나쁜데?"

"왕따를 당하니까 저보다 약한 애들을 맨날 괴롭혀요. 저학년 애들한테 돈도 뺏어서 경찰서에 잡혀가기도 했어요."

"저런, 그 애와 처음으로 같은 반이 된 거니?"

"아니, 3학년 2학기 때 같은 반이었는데요. 그때는 어려서 그런지 꼭 병신같이 비실비실했어요."

그럴 것이다. 비행 청소년 70%가 결손가정 아이들이라고 한다. 그 아이도 그대로 두면 나이가 들수록 빗나갈 것이 뻔하다.

"세나야, 괜찮으니까 데려와 봐."

이튿날 4시, 세나가 상연이와 그 두 남매를 데리고 왔다. 열두 살과 아홉 살이라는 남매는 첫눈에도 가난에 찌든 아이였다. 남루한 옷이라도 깨끗하게 빨아 입히면 덜하지만, 땟국이 흐르는 입성은 냄새도 나고 더욱 초라해 보였다. 그렇게 보아서 그런지 사내아이 눈빛에 증오와 불만이 가득했다. 아이들에게 미리 준비해 두었던 초콜릿과 빵을 먹이고는 택시를 타고 아웃렛매장에 갔다. 예쁜 옷을 사주겠다는 내 말에 아이들은 어리둥절해서 외려 겁먹은 얼굴이었지만, 아웃렛 아동복매장에 데리고 가자 입이 함지박만큼 벌어졌다.

우선 이름이 임지나라는 여자아이 옷을 골랐다. 세나가 나서서 옷을 골라 탈의실에 가서 입히고 나왔다. 봄 점퍼와 바지였는데 잘 맞았다. 다시 치마를 하나 골라 입혀 보았다. 옷이 날개라고 꾀죄죄하던 아이가 확 달라 보였다. 점퍼, 티셔츠, 바지, 치마를 9만5천 원에 샀다. 느닷없는 상황을 이해할 수 없고, 믿을 수 없다는 뜻한 얼굴로 내 눈치만 살피는 아이 오빠 주영이에게도 옷을 고르라고 했더니 그제야 얼굴이 펴지며 말했다.

"할아버지, 정말 저도 사주시는 거예요?"

"그럼, 인석아. 어서 골라 봐. 상연이도 어서."

두 녀석은 활짝 웃으며 점퍼를 하나씩 집어 들고는 나를 보았다.

"바지와 티셔츠도 골라."

세 아이 옷값이 모두 29만 원이다. 아이들을 데리고 신발매장으로 갔다. 운동화 세 켤레가 15만 원이다. 세나가 돈 3만 원을 달라고 해서 돈을 주었더니 지나를 데리고 어디로 갔다. 잠시 뒤에 돌아와 돈 6천 원을 돌려주며 말했다.

"할아버지, 지나 양말하고 속옷을 사요. 괜찮죠?"

나는 가슴이 울컥 따뜻해져서 두 아이를 당겨 안아주었다. 아까 우리 집에 아이들이 들어왔을 때, 역겨운 발 냄새가 심하게 났었다. 세나는 역시 속이 깊은 아이다.

"잘했다! 세나, 참 잘했다. 애들도 양말을 사야 되겠구나."

매장을 나와 아이들에게 말했다.

"세나야, 상연이와 먼저 가거라. 할아버진 주영이네 집에 가봐야겠다."

두 아이를 보내고 내친김에 어렵게 산다는 주영이네 집에 가보기로 했다. 주영이네는 중계동 단독주택단지 반지하 단칸방에 살고 있었다. 다행으로 주영이 할머니에게는 구형이지만 휴대폰이 있어서 미리 연락이 되어 기다리고 있었다. 방으로 들어가자 안노인이 맞이하는데, 마치 시궁창 같은 고약한 냄새가 코를 찔렀다. 내 평생 이런 방은 처음 들어와 봤다. 주방과 화장실이 옆에 붙어 있고, 현관이며 좁은 공간마다 쓰레기 같은 별별 잡동사니가 잔뜩 쌓여 있어 냄새가 더할 것이다.

노인이 고맙다고 인사를 했다.

"어르신네, 고맙습니다. 애들한테 이런 좋은 옷을 사주시고 찾아주시니 참말루 고맙습니다."

"아닙니다. 괘념치 마세요. 한데, 아이들 부모는 없나요?"

노인은 길게 한숨을 쉬고는 대답했다.

"없지요. 애비는 이태 전에 간암이 걸려 죽었답니다. 상계동 9단지 아파트에 살았는데, 병원비로 날아가고 방 두 칸짜리 반지하에 살았지요. 한 반년 살았는데, 며느리가 어느 놈과 눈이 맞아 도망갔어요. 전세를 빼서 이 방을 3천에 얻어놓고서 나머지 5천을 갖고 내뺐답니다."

나는 70평생 살면서 말로만 들으면서도 설마 했던 일들을 현실로 보고 있다. 참, 인간은 비정하다. 어린 자식들을 늙은 시모에게 내팽개치고 돈까지 챙겨 달아난 그 어미, 어딜 간들 행복하게 살고 있을까? 눈물을 훔치는 노인에게 물었다. 무슨 말이든 하지 않을 수 없는 분위기이기도 해서 혹시나 하고 물었다.

"참, 못된 여자군요. 혹시, 아이들은 몰래 만나는 것이 아닐까요?"

나는 주영이 눈치를 보며 물었는데, 노인이 펄쩍 뛰었다.

"그러기라도 하면 얼마나 좋겠어요. 천벌을 받을 그년은 절대 그럴 년이 아니랍니다. 평소에도 말버릇 하며 하는 행위가 인정머리라고는 털끝만치도 없어요. 오죽하면 지 새끼들도 에미 없으니 살 것 같다고 할까요. 지 남편 죽기 1년 전부터 바람이 나서 두 새끼를 맨날 개 패듯이 팼답니다."

"그럼, 그때 노인께서도 같이 사셨나요?"

"그럼요. 영감이 십년 전에 죽었으니 내가 어디 갈 데가 있나요. 며느리가 직장이라고 매일 나가니 내가 애들을 돌봐야지요."

차차 이 가정의 지난했던 삶이 이해가 되었다. 우리나라가 GNP 3만 달러 선진국에 진입한다고 말하지만 이 가정은 60년대 1백달러 시대에서 머물러 있다.

"노인께선 지금 연세가 얼마이십니까?"

노인은 잠시 쭈뼛거리다가 대답했다. 딴에 여자라고 남정 노인에게 나이를 대기가 멋쩍은 모양이다.

"주책없이 나이만 먹어서 올해 일흔하나랍니다. 저것들 고등학교나 졸업시키고 죽어야 눈을 감을 텐데, 몸뚱이가 나날이 달라집니다."

노인의 신산한 신세타령에 내 가슴이 답답하고 울화가 치민다. 세상에…… 어찌 이런 인생도 있는가! 여든 살이 가까울 것으로 생각했는데, 일흔하나면 나보다 두 살 아래다. 내가 사는 이웃에 이런 사람들이 있었다니! 그동안 호의호식한 내 삶이 죄스럽다. 아이들을 봐서라도 노인을 돌봐주어야 한다는 생각으로 물었다.

"고향은 어디십니까?"

"충청도 괴산인데, 남편이 마흔 살 때 서울로 왔어요. 남편이 저와 동갑이었지요. 벽돌 쌓는 기술을 배워 아파트도 한 채 사고 젊어서는 그런대로 살았지요. 환갑이 넘도록 건축공사장 벽돌을 쌓다가 3층에서 떨어져 팔이 부러졌는데, 병신 되어 일을 못하더니 고만 죽더라고요."

"자녀는 몇이나 두셨나요?"

"딸 둘에 밑으루 아들 하난데, 큰딸은 마흔 살에 위암으루 죽구, 작은딸은 미국으루다 이민을 갔지요. 그래서 내가 더 의지가 지없는 신세가 됐구먼요."

들을수록 참 노인 팔자가 기구하다. 남편 앞세우고, 자식 둘을 앞세워 보내고 늘그막에 아비 어미 없는 손자 둘을 떠맡았다. 어찌 이런 인생도 있는가! 이것은 누구의 잘잘못이 아니다. 그저 타고난 운명이라고 여길 수밖에 없다. 가난하게 태어난 것은 자신의 실수가 아니지만, 죽을 때 가난한 것은 자신의 실수라는 말도 이런 경우에는 타당하지 않다. 노인의 신세타령을 들으며 생각했던 바를 말했다.

"내가 노인보다 두 살 더 먹었군요. 저 두 아이도 그렇지만, 노인이 안타까워서 내가 좀 도와드리겠습니다. 사양하지 마시고, 그리 알고 계세요. 오늘은 이만 가겠습니다."

펑펑 우는 안노인을 위로하고는 손자에게 돈 5만 원을 쥐어주고 그 집을 나왔다.

저녁을 먹고 아들 내외와 차를 마시며 그 안노인 실상을 이야기하고 내 계획을 말했다.

"내가 그 노인네를 좀 도와주기로 작정했다."

아들이 받았다.

"아버지 말씀 듣고 보니 불쌍하기는 한데, 어떻게 도와주실 건데요?"

"우선 방을 옮겨야 한다. 단칸방에다 주방과 화장실이 옆에 붙어 있어 고약한 냄새가 코를 찌른다. 노인이 청소를 안 해서 그렇기도 하겠지만 온갖 쓰레기 잡동사니가 집안에 그득하다. 방 두 칸짜리를 얻어주고, 내가 덜 쓰더라도 생활비도 좀 보태줄 생각이다.”

며느리가 말가리 든다.

“방을 전세로 얻자면 돈이 제법 들 터인데요.”

“지금 전세가 3천만 원이라니, 두 칸짜리 반지하방을 얻으면 1억 정도면 되겠더라. 전세를 내 명의로 할 테니 너희가 이해를 해 주면 좋겠다.”

며느리가 아들 눈치를 보다가 대답했다.

“아버님께서 좋은 일을 하시는데 저희가 왜 반대를 하겠어요. 생각대로 하세요.”

그럴 줄 알았지만 시원스런 동의가 반갑다.

“어미야, 고맙다. 두 아이도 그렇지만 안노인네가 하도 딱해서 그런다. 그리고 참, 이헌이와 세나가 작아서 못 입는 옷들 있으면 그 아이들 주면 좋겠는데, 다 버렸니?”

며느리가 반색을 했다.

“아네요, 아버님. 더러 버리기도 했지만 찾아보면 많을 거예요. 내일 토요일이니까 제가 챙겨 볼게요.”

며느리의 흔쾌한 대답에 내 가슴이 흐뭇하다. 내가 어렸을 적에도 그랬다. 우리 형제들이 작아서 못 입는 옷들을 할머니가 챙겨 가난한 집 아이들에게 나누어 주곤 했었다. 우리 아이들은 제 어미가 좋은 옷만 사다 입혔으니 그 집 두 남매에게는 횡재일 것이다.

이튿날, 수영장에서 친구 네 사람에게 그 안노인 이야기를 했다. 친구들은 모두 점심값 술값을 조금씩 아껴서라도 도와주기로 했는데, 국가유공자 두 친구는 10만 원씩, 고향 친구 둘은 5만 원씩을 매월 내놓기로 했다. 30만 원에다 내가 20만 원을 보태서 매월 50만 원을 노인에게 주기로 하고, 그 기간은 3년으로 정했다.

우리 다섯은 그날부터 점심값을 절약하자는 뜻으로 5천 원짜리 칼국수를 먹었다. 점심을 먹고 두 친구는 약속이 있다며 가고, 나와 친구 둘이 노인이 살 집을 보러 다녔다. 마침 노인이 살고 있는 집에서 2백여 미터 떨어진 3층집 반지하 방 두 칸짜리가 전세 1억2천에 나온 것이 있었다. 안노인을 불러다 보였더니, 넓은 주방과 넓은 화장실을 둘러보며 고맙다고 펑펑 울었다. 신세가 신세인 만큼 노인은 눈물이 많아 툭하면 울었다.

그로부터 20일 뒤에 노인네가 이사를 했다. 토요일이었는데, 주워 들인 생활 쓰레기 등 더러운 것들을 휘뚜루 버리고 나니 숟가락과 전기밥솥, 이불, 옷가지 몇 벌뿐이다. 이사랄 것도 없는 이사는 친구들이 거들었고, 며느리는 우리 아이들이 입던 옷과 자기가 입던 오래된 옷들까지 챙겨 와서 노인네 집이 옷가게가 되었다. 그뿐만 아니라 친구들 딸과 며느리들이 안 쓰고 처박아 두었던 주방기구며 그릇들을 챙겨 와서 주방이 넘칠 지경이었다.

노인은 너무 많아 부자가 되었다며 즐거운 비명을 질러서 모두 한바탕 웃었다. 내가 보기에도 옷이며 그릇들이 너무 많아 버려야 할 지경이다. 강원도에서 작년에 이사 왔다는 상연이네 집에 연락하여 그 집 내외가 왔다. 서로 인사를 나누고, 모아진 옷가지들과 주방기구들을 나누었다. 우리 며느리가 입던 옷들은 비슷한 나이인 상연이 엄마가 보고 환장을 하며 챙기는 바람에 안노인이 앙칼지게 심술을 부리기도 했다.

이름이 방순자라는 노인은 이제 폐지를 줍지 않아도 되지만, 노는 것이 심심하다면서 여전히 작은 손수레를 끌고 다니며 폐지를 줍는다. 나는 노인에게 다짐을 두었다. 폐지를 줍더라도 집안에 쌓아놓지 말고, 집안 청소는 게을리하지 말라고 다짐을 두었다. 두 아이에게도 할머니를 도와 집안을 깨끗이 청소하라고 타일렀다. 내가 보기에 방순자 노인은 천성이 깨끔하지 못하다. 집이 아무리 좋아도 쓸고 닦지 않으면 금방 돼지우리가 된다. 나는 그런 걸 못 보는 성미다.

미성년 손자 둘을 키우는 만 70세 안노인에게 정부에서 매월 노령 기초연금을 포함하여 1백5십여만 원의 생활보조금이 나온다고 했다. 거기에다 나와 우리 친구들이 50만 원을 보태주니 이제 먹고 사는데 지장은 없다. 안노인에게서 수십 년 가난에 찌든 땟물이 서서히 벗겨지며 비로소 여자다운 티가 되살아났다.

옷이 날개라더니, 아이들도 노인도 몇 달이 지나자 허여멀끔해졌다. 우리 친구 다섯 중에 홀아비는 나 하나다. 친구들이 아예 방순자를 꿰차라고 놀렸다. 아닌 게 아니라 노인은 은근히 나를 의식하는지 어설프고 같잖게 화장을 하고 입술에 **빨간** 칠을 하는데, 고추장에 밥 비벼 먹은 것 같은 입술이 가관도 아니다. 그러면서 언제부턴가 폐지도 줍지 않았다. 그제서 보니 그 고생을 했는데도 얼굴이며 몸매가 그런대로 괜찮다. 금방 죽을 듯이 우거지상을 하고 골골거렸는데, 잘 먹고 근심이 없어져서 그런지 처음 보았을 때보다 십 년은 젊어 보였다.

친구들 놀림도 그렇거니와, '가'자 뒷다리도 모르는 까막눈에다 천박한 행위가 점점 눈에 거슬려 돈은 통장으로 넣어주고 노인을 멀리하기로 작정했다. 아들 내외의 이상한 눈치도 부담스럽다. 평온한 일상이 남에 의해 침해되는 일을 나는 참지 못했다.

우리 손녀 세나는 그해 2017년 겨울방학이 되도록 매주 한 번씩 다문화가정 아이들을 비롯하여 때로는 예닐곱 명씩 집에 데려와 재잘거리며 놀곤 했다. 나도 일흔 중반에 접어들어 비로소 늙어 가는지, 아이들에게 간식 사주고 피자 사주고 자장면 사주는 것이 귀찮아졌다. 하기는 4년간이나 그 짓을 했다. 그래서 6학년이 되면 아이들을 데려오지 않기로 손녀와 약속했다. 그것은 6학년이 되면 공부를 열심히 해야 한다는 손녀와 제 어미와의 약속이기도 하다. 그도 그렇지만, 점점 커가는 아이들을 점점 늙어가는 늙은이가 상대하기 버겁기도 했다. 대신 내가 아이들에게 해주던 만큼 세나에게 용돈을 넉넉하게 주어 친구들과 어울리게 했다.

운수 나쁜 날

누군가를 애타게 부르는 소리를 꿈결인 듯 들으며 소설가 박길부朴吉富 씨는 잠이 깨었다. 여전히 일정한 간격으로 계속되는 그 소리는 분명 꿈은 아니었는데, 잠자리에 그대로 누워 귀여겨 들어봐도 그 말뜻을 도대체 이해할 수 없다. 남녀가 번갈아 '누구야! 누구야!' 하는 것도 같았고, 점차 가까워지는 소리를 들으니, '두구야! 두구야!' 하고 누군가를 애타게 부르는 소리임은 분명했다. 골목을 기웃거리는지 그 소리는 잠시 들쭉날쭉하더니 차츰차츰 멀어지며 세탁소 골목으로 사라지는 듯싶었다.

점점 멀어지는 소리를 아련하게 들으며 길부 씨는 뻑뻑한 눈두덩을 양손으로 문지르고는 다시 잠을 청했다. 온몸을 침대에 가라앉히며 수면睡眠에 잠기기를 기도했지만, 이상하게도 두 남녀의 애절한 부름 소리가 귓전에 여전히 남아 메아리처럼 아른거렸다. 하지만 먼동이 틀 새벽녘까지 작업을 했던 길부 씨는 잠시 뒤척이다가 이내 홀연히 그루잠에 빠져들었다.

얼마를 잤는지도 모를 잠속에서 그 이상한 부름 소리를 어렴풋이 들으며 길부 씨는 다시 깨어났다. 잠자리에서 눈을 감고 들어도, '두구야! 두구야!' 하고 부르는 그 소리는 이른 아침과 같은 소리였는데, 이번에는 옆 골목 안쪽에서 들리는 것 같았다. 점점 가까워지던 소리가 창문 앞에 이르렀을 때, 길부 씨는 그예 벌떡 일어나고 말았다.

양파나 배추, 달랑무를 사라거나, 사과나 밀감을 떨이로 싸게 판다는 자동차 행상인들의 호객 소리는 이제 만성이 되어 귓전에 미치지도 않는다. 하지만 눈이 껌벅껌벅하고, 꼬리를 살랑살랑 흔드는 갈치나 삼치가 왔다는 외침은 그래도 길부 씨의 귓전에 걸리기는 하지만 그저 픽 웃고 만다. 한데 저 소리는 같은 육성 소음일 뿐인데도 난생처음 들어보는 애절한 부름이라서 그런지, 귓속으로 파고들며 신경을 곤두세워 길부 씨로 하여금 짜증이 일게 했다.

이제 길부 씨의 잠은 천 리만큼 달아나고, 멍하던 머릿속에 울화통이 확 치밀었다. 길부 씨는 참지 못하고 침대에서 내려와 창문을 열어젖혔다. 머리를 내밀고 둘러보았으나, 여전하게 간절한 그 부름 소리는 앞 골목 교회 모퉁이를 돌아 아득히 사라지고 있었다. 입맛을 쩝쩝 다시며 다시 침대에 걸터앉았지만, 이미 멀리 달아난 잠을 다시 청할 수는 없다.

길부 씨가 께적지근한 머릿속을 식힐 겸 세수를 하고는 신문을 잠시 뒤적거리다가 점심 겸 조반을 먹으려고 식탁에 앉았는데, 누군가를 부르는 그 소리가 또 들리기 시작했다. 이번에는 남자 어른 목소리가 빠지고 여자와 어린아이의 목소리였는데, '두구야! 두구야!' 하고 부르는 아이의 애절한 목소리에는 듣기에도 안타까운 느낌이 들 정도로 울음이 잔뜩 묻어있다.

하도 괴이쩍어 창을 열고 내다보니, 삼십대 중반의 여자와 여남은 살이나 먹었을까 싶은 여자아이가 골목마다 기웃거리며 누군가를 애타게 부르고 있었다. 두 사람 모두 낯선 얼굴이었으니 이웃 사람은 아닌 것 같았는데, 기름이 자르르 흐르는 짙은 갈색 모피코트를 입은 여자와 아이의 입성으로 보아 돈푼깨나 만지는 집사람들 같았다.

울음이 베었을망정 비교적 또렷한 아이의 목소리를 들으니 '도그야! 도그야!' 하는 걸 보면 강아지를 찾고 있음이 분명했다. 별시답잖은 사람들이 다 있구나, 싶어 길부 씨는 콧방귀를 뀌고 말았지만, 손해 본 잠이 억울하기는 애초보다 더해져서 은근히 부아가 치밀었다.

길부 씨는 저녁나절까지도 강아지를 애타게 부르던 그 소리가 이상하게도 귓가에 어른거려 일이 손에 잡히지 않았다. 눈에 들어오지 않는 책을 이것저것 뒤적거리는 둥 뒤스럭을 떨다가, 외출을 하려고 대문 밖에 나가보니, 대문 옆 담벼락에 눈에 확 띄는 연분홍빛깔의 방문이 한 장 붙어 있었다.

─강아지를 찾습니다.

색깔:짙은 갈색

특징:코끝이 살색. 겁이 무척 많아 아무나 따르지 않습니다.

성별:우(여자)

이름:도그

몸길이: 35cm

키: 25cm

잃어버린 날자:2017년 12월 20일 오전 10시경

연락처:010-6000-0000

사례금:100만원 (1,000,000)

위의 강아지를 데리고 계신 분이나, 보신 분 연락 주시면

사례금 100만 원을 드리고 평생 은인으로 모시겠습니다.

방문을 읽고 난 길부 씨는 먹기 싫은 것을 억지로 먹은 듯이 속이 메슥거려 마른침을 모아 꿀꺽 삼켰다. 그러면서도 발길이

떨어지지 않아 방문 아랫부분을 다시 읽어보았다. 머리를 끄덕이며 숫자 단위를 헤아려 보아도 사례금액은 1백만 원이 분명했다. 사례금 1백만 원도 엄청나지만, 도대체 개 찾아주는 사람을 평생 은인으로 모시겠다는 정중한 문구가 하도 같잖고 어처구니가 없어 멀거니 서 있다가, 방문을 뜯어 와싹 구겨서 내던지고는 골목을 나섰다. 애타게 강아지를 찾는 방문도 그렇거니와 길부 씨는 자기 집 담벼락에 광고 나부랭이가 붙는 것을 병적일 만큼 싫어하는 사람이었다.

그런데 골목을 벗어난 길부 씨의 첫눈에 띄는 것이 또 그 방문이었다. 전봇대에 붙은 그 방문은 연초록빛이었는데, 그제서 둘러보니 컴퓨터로 작성한 강아지를 찾는 방문은 전봇대며 골목의 담벼락 공간마다 연분홍 또는 연초록빛으로 총총히 붙어 있었다.

소설가 박길부 씨는 개에 대해서는 전혀 손방이라 개의 종류도 구분 못 하거니와, 개 값은 더더구나 짐작도 못했다. 다만 백 근이 넘는다는 돼지도 오십만 원 남짓하다는데, 조막만한 강아지한 마리에다 돼지 두 마리 값에 해당하는 사례금을 걸고 목메어찾는 사람을 길부 씨는 도대체 이해할 수 없었다.

길부 씨는 생각 같아서는 그 같잖은 방문을 모조리 떼어 내팽개치고 싶었지만, 구태여 자기가 열 낼 일도 아니므로 갈 길을 서둘렀다. 전철역을 향하여 걸으며 곰곰이 생각해 봐도 그 방문에그토록 심기가 상하게 되는 이유를 알 듯하면서도, 그 알 듯한 이

유가 또 애매하고 모호하여 자신의 심기를 자신이 모를 노릇이어
서 이래저래 마음만 어수선했다.

길부 씨의 외출은 많아야 일주일에 두 번, 아니면 열흘에 한
번이나 때로는 보름에 한 번 외출을 할 때도 있다. 강아지 찾는
방문을 본 뒤 나흘만인 금요일, 길부 씨는 문득 그 강아지 생각
이 나서 창문을 열고 밖을 내려다보았다. 길 건너편 전봇대에 붙
어 있던 강아지 방문은 어느새 없어지고, 일어 개인지도를 한다
는 광고문이 오징어 다리 같은 전화번호 꼬리표를 달고 대신 붙
어 있었다.
길부 씨는 별안간 부쩍 궁금증이 일어 베란다로 나가서 세탁
소 골목 담벼락을 보았다. 그 담벼락에 붙었던 강아지 방문 역시
사라지고 없었다. 그렇다면 누군가가 돈 백만 원 횡재를 한 것임
에 틀림없을 것이고, 강아지를 비롯한 그 집 식구들로부터 평생
은인으로 꼼을 받게 될 것을 생각하다가, '피시식!' 하고 노인 방
귀 뀌는 소리로 웃고 말았다.
과연 그 집 식구들이 개 찾아준 사람을 어떻게 평생 은인으로
모실까 싶어 웃기는 했지만, 길부 씨는 그날 아침에 단잠을 훼방
받아 온종일 께적지근하게 더럽던 기분을 떠올리며 방으로 들어
와 컴퓨터 앞에 앉았다. 막 작업을 시작하려는 참인데 창문 밑에
서 '쿵!' 소리가 들렸다. 그 소리는 차가 부딪치는 소리가 분명한

데, 저만한 소리라면 어디가 되었든 간에 크게 찌그러졌을 것이라고 여기며 컴퓨터 자판을 두들기기 시작했다. 한데 밖이 잠시 소란스럽더니 길부 씨네 거실의 초인종이 요란하게 울렸다.

길부 씨는 그제야 뭔 일이 벌어졌구나 싶어 급히 나가서 현관문을 열고 내다보았다. 대문 앞에 길 건너 칼국수 집 여자가 서 있다가 빠른 손짓을 하며 다급하게 말했다.

"선생님, 빨리 나와 보세요. 차가 들이 받혔어요."

"아니, 내 차를 받았단 말입니까?"

"그렇다니까요. 빨리 나오세요."

길부 씨는 안방으로 들어가서 점퍼를 걸치고는 밖으로 나갔다. 골목 입구에 세워둔 길부 씨의 승용차 왼쪽 헤드라이트가 왕창 깨지고 푹 쭈그러들었는데, 서른대여섯이나 먹었을까 싶은 청년이 차 앞에 서 있다가 대뜸 대들었다.

"이봐요, 아저씨! 아무리 자기 집골목이라지만, 차를 주야장창 골목 입구에 처박아놓는 법이 어디 있습니까? 이 골목만 들어왔다 하면 차 돌리기가 늘 지랄 같다니까."

길부 씨는 하도 기가 막혀 청년을 멀거니 바라보다가 번버듬하게 물었다.

"당신이 내 차를 받은 거요?"

"내가 안 받았으면, 미쳤다고 여기서 떠듭니까?"

순간적으로 열이 확 치밀어 놈의 따귀를 후려갈기고 싶었지만, 꾹 눌러 참고는 길부 씨도 거칠게 나갔다.

"가만 서 있는 차를 받아놓고 뭘 잘했다고 됩데 대드는 거요? 뭐 이런 사람이 다 있어!"

길부 씨가 악을 쓰고 대들자 청년은 금방 숙지근해졌다.

"서 있는 차를 받은 것은 내 잘못이지만, 아저씨 잘못도 있다 이 말입니다. 자기 집 옆이라고 차는 주야장창 대면서 왜 눈을 안 치워 빙판을 만드냐 이겁니다. 빙판에 헛바퀴가 돌다가 들이받았 잖아요. 내가 일주일에 두세 번은 이 골목에 들어오는데, 먼지가 보얗게 앉은 이 차가 늘 여기 처박혀 있더라 이 말입니다. 여러 사람들이 다니는 좁은 골목에다 하루 이틀도 아니고 주야장창 이래도 되는 겁니까?"

그러잖아도 주차 때문에 마음 한구석이 늘 개운찮고 골목 사람들한테 민망스럽던 참이었는데, 청년이 정곡을 찌르고 대들자 길부 씨도 할 말이 없어졌다. 그러나 이대로 밀렸다가는 안 되겠다 싶어 다시 목청을 높였다.

"보행이 불편해도 이 골목 사람들이 불편하지, 당신이 뭔데 나서는 게야. 당신하고 더이상 말씨름하기 싫으니까 빨리 해결이나 하시오."

"에이 씨팔 드러워, 재수가 없으려니까. 얼마면 되겠수?"

"그걸 내가 어떻게 알아, 정비소에 가봐야 알지."

청년이 처음 대들 때와는 달리 의외로 순하게 나오자, 길부 씨는 점퍼 주머니에 있던 휴대폰으로 20여 미터쯤 앞쪽 골목 입구에 있는 카센터 간판의 전화번호를 눌렀다. 이내 달려온 카센터 사장은 차를 살펴보더니, 백만 원은 들어야 될 것 같다고 했다.

청년은 오만상을 쓰며 듣고 있다가 '픽!' 하고 웃더니 카센터 사장에게 대들었다.

"아니 이까짓 다 썩은 찬데, 어디를 어떻게 고쳐서 백만 원이나 든단 말이오. 내 보기에는 오십만 원이면 썼다 벗었다 하겠수다."

길부 씨는 카센터 정 사장이 그냥 가버리면 어쩌나 싶어 짬짬이 눈짓을 했는데, 카센터 사장이 알아채고는, 라이트며 앞 범퍼를 중고로 간다 치고, 쭈그러든 보닛을 펴고 칠하는 수공을 계산하면 백만 원도 모자란다고 야무지게 말뚝을 박았다.

청년은 카센터 사장의 구체적인 답변에 머쓱하더니, 이제 길부 씨에게 대들었다.

"카센타 사장이 그렇다니 그렇다 치고, 이 차 앞대가리는 전부터 찌그려져 있었으니 어차피 수리를 해야 할 차였소. 그러니 난 오십만 원밖에 못 주겠소."

청년이 금방이라도 돈을 줄 듯이 지갑을 꺼내들자, 카센터 사장이 정말로 찌그려졌었냐고 물었다. 왼쪽 라이트 밑이 약간 찌그러지기는 했어도 그냥 타고 다닐만해서 그냥 두었었는데, 청년은 어느 틈에 그것까지 보았던 모양이다. 게다가 청년의 스포티지 자동차 뒷 꽁무니로 들이받은 부분이 바로 그 자리였다.

길부 씨가 그렇다고 머리를 끄덕이고는 말했다.

"찌그러지기는 했어도 보기 싫은 정도는 아니어서 지금까지 그냥 타고 다녔으니 그것과는 상관 짓지 마시오. 당신은 당신이 망가뜨린 부분만 고쳐주면 그만이오."

청년은 그러니까 오십만 원만 주겠다고 했고, 길부 씨는 백만 원을 내라고 맞섰다. 젊은 놈이 와와거리며 게거품을 물고 대들자, 카센터 사장은 바빠서 그만 가봐야 한다며 황급히 뛰어갔다. 청년은 이제 길부 씨에게 버썩 대들어, 똥차 받아놓고 새 차 값 물어줄 멍청한 놈이 어디 있느냐고 떠들어댔다.

"이 사람이 뭘 잘했다고 대들어, 똥차건 새 차건 당신이 받았으니 원상태만큼만 고쳐 놓으란 말이오."

"글쎄 고쳐준다는데 왜 그래요. 이 앞부분은 원래 찌그러졌었으니까, 나머지 부분 수리비는 물어주겠다 이 말이오. 게다가 무단 주차한 아저씨 책임도 있으니 삼십만 원만 받으란 말이오."

길부 씨는 기가 막혔다. 금방 오십만 원을 주겠다고 하더니, 카센터 사장이 가버리자 단박 판을 뒤집고 나왔다. 사실 오십만 원만 주면 다소 손해를 보더라도 그걸로 끝내고 말겠다는 생각을 하던 길부 씨는 울컥 화가 치밀었다. 서로 언성을 높여 콩이니 팥이니 말씨름을 했지만, 점점 거칠어지기만 할 뿐 결말이 날 일이 아니었다. 길부 씨도 이제는 약이 올라 갈 데까지 가기로 작정을

하고는 골목 입구에 있는 경찰 지구대로 전화를 걸었다. 지구대
란 말에 잠시 무르춤하던 청년은 어떻게 작정을 했는지 외려 다
부지게 대들며 당장 지구대로 가자고 설쳐댔다. 청년이 서둘고
나오자 길부 씨는 되려 기가 죽고 뒤가 찜찜했지만, 이제는 엎질
러진 물이다 싶어 걸어서 3분 거리인 지구대로 가게 되었다.

길부 씨네 통 담당경찰인 차석 박진수 경장은 자초지종을 듣
고 나서 말했다.

"골목 주차 문제는 그 동네 사람들이 해결할 문제니까, 당신은
자동차 수리비만 주고 가시오."

청년이 정색을 하고 받았다.

"글쎄 누가 안 준답니까? 삼십만 원을 준다고 했는데, 날 여기
까지 끌고 온 거라 이 말입니다. 그 골목 안쪽에 내 친구가 사는
데, 이 아저씨 차 때문에 동네 사람들이 불편하다고 말이 많다고
합디다. 어쨌든 무단 주차를 한데다, 차 앞에 눈을 안 치워 얼어
붙어서 사고가 났다 이 말입니다."

이런 일을 난생처음 당해보는 길부 씨로서는 과연 자신에게
잘못이 있는지 없는지조차도 모르겠거니와, 나이를 먹어도 이놈
보다 곱절은 더 먹었을 자신이 이런 봉변을 당하는 것이 우선 속
이 뒤집혀 아무런 생각도 나지 않고 우선 한방 후려갈기고만 싶
었다. 하도 약이 올라 길부 씨가 말도 못하고 식식거리자, 눈치를
살피던 박 경장이 나섰다.

"자기 집 앞에 차를 세우는 것은 무단 주차가 아니니까, 당신은 상관 말고 당신 책임질 일만 해결하시오."

"나 이런 참 답답해 미치겠네. 돈을 주겠다는데 이 아저씨가 안 받잖아요."

박 경장이 길부 씨를 힐금 보고는 말했다.

"이 봐요, 1백만 원이나 든다는 수리비를 칠십만 원이나 깎으면 말이 되나. 어쨌든 그 문제는 두 사람이 빨리 합의를 보시오."

길부 씨는 더는 입씨름할 기력도 없어 잘라 말했다.

"이 봐, 젊은이. 당신이나 나나 자꾸 떠들어 봐야 서로 피곤하니까, 처음에 당신이 말한 대로 오십만 원만 주시오."

그래도 청년이 대중없이 억지를 부리고 대들자 박 경장이 비집고 들었다.

"내 생각에도 오십만 원이면 적당하네. 그렇게 해결을 봐요."

연방 뭐라고 씨부렁거리던 청년은 할 수 없다고 체념을 했는지, 지갑에서 돈을 꺼내 침을 퉤퉤 뱉어가며 헤아리더니, 박 경장 책상에 탁 놓고는 길부 씨를 잔뜩 꼬나보며 영수증을 써달라고 말했다.

길부 씨는 30년이 넘도록 운전을 했지만, 자동차 때문에 시비를 하거나 시비를 받아본 적도 없는 무사고 운전자였다. 남들이 자동차 접촉사고를 놓고 옥신각신하는 경우는 더러 보았으나, 그 결말이 어떻게 나는지도 길부 씨는 전혀 아는 바가 없었다. 이런 경우에도 영수증을 써야 하는지 어떤지 몰라 멍하니 서 있자, 청년이 쏘아붙였다.

"아저씨는 영수증도 쓸 줄 몰라요? 몇 월 며칟날 몇 시 누가 누구 차를 받았는데, 수리비로 얼마를 받고, 다시는 딴소리 안 하겠다고 쓰란 말이오."

청년의 퉁바리를 먹은 길부 씨는 더욱 멍해져서 박 경장을 쳐다보는 것이 고작이었다. 박 경장은 백지와 볼펜을 꺼내 놓고는 씽긋 웃으며 말했다.

"써달라는 대로 써 주세요."

길부 씨는 책상에 엎드려 영수증을 쓰기 시작했지만, 손이 떨려 글씨가 제대로 되지도 않을뿐더러, 놈이 뭐라고 씨부렁거렸는지조차도 생각나지 않아 붓방아만 찧고 있었다. 그렇다고 다시 물을 엄두도 나지 않아 진땀을 빼고 엎드려 있는데, 박 경장이 보다못해 볼펜을 빼앗아 영수증을 쓰기 시작했다.

길부 씨는 박 경장이 쓴 영수증 맨 밑에 자필로 이름을 쓰고는 사인을 해서 청년에게 내밀었다.

청년은 영수증을 낚아채 들여다보더니, 잔뜩 가소롭다는 낯꽃으로 씨부렁거렸다.

"이 아저씨는 멀쩡하게 생겨가지고 한글도 못 쓰나봐. 에이 씨팔 드러워, 제수가 없을래니까 원."

영수증을 뒷주머니에 쑤셔 넣은 청년이 박 경장에게 고개를 꾸벅하고는 용수철에 퉁긴 듯이 뛰어나갔다.

박 경장이 그 뒤 꼭지를 꼬나보다가 길부 씨를 보며 말했다.

"저런 망할 놈 같으니라고. 박 선생님, 오늘 봉변을 당하셨습니다. 그저 목소리 큰 놈이 이기는 세상이라니까요."

길부 씨는 하도 어처구니없고 멋쩍어 뒤통수를 긁적거리며 얼버무렸다.

"그러게 말입니다. 이런 변은 난생처음 당하는 것이라서 뭐가 어떻게 된 노릇인지 아직도 정신이 멍합니다."

"그러실 테죠. 그나저나 그 돈으로 자동차 수리비가 되겠습니까?"

"할 수 없지 어쩝니까. 그놈 말에도 일리가 있으니까요."

길부 씨가 인사치례를 하고 막 나오려는 참인데, 파출소 문이 펄떡 열리더니 머리가 허연 바깥노인 하나를 젊은 남자와 여자가 양쪽에서 팔을 껴 잡은 채 들이닥쳤다. 길부 씨는 한쪽으로 비켜서서 노인을 보다가 깜짝 놀라며 다가섰다.

"아니, 영감님⋯⋯."

"예? 아이구, 박 선생님! 마침 잘 만났습니다. 내가 지끔 이 불한당 같은 놈한테 봉변을 당합니다, 그려."

길부 씨를 못마땅한 눈길로 꼬나보던 젊은이가 노인의 말꼬리 끝에 왁살스럽게 대들며 삿대질을 했다.

"이 양반아, 봉변이라니? 멀쩡한 생명을 죽여 놓고 봉변이라

니? 박 경장님, 이 사건 좀 해결해 주십시오. 나 원 참 기가 막혀
서⋯⋯."

박 경장이 노인에게 꾸벅 인사를 하고는 젊은이에게 돌아서며
말했다.

"김 사장, 대체 무슨 일인데 노인네를 붙잡고 그래?"

길부 씨가 보기에도 박 경장과 젊은이는 서로 잘 아는지 꽤 임
의로워 보였다. 노인 또한 동네에서 알아주는 노인이었으니 박
경장이 모를 턱이 없다. 대체 무슨 일인가 싶어 노인을 바라보던
길부 씨는 깜짝 놀라 한발 다가섰다. 평상시에 늘 점잖은 노인이
었는데, 얼굴이 온통 긁힌 상처에 피가 맺혀 있었고, 노인의 왼쪽
팔에는 아직도 젊은 여자가 달라붙어 표독스런 눈초리로 노인과
박 경장을 할금거리고 있었다.

길부 씨의 동정어린 눈길을 받은 노인이 그제서 정신이 드는
지, 여자가 잡고 있는 팔을 확 뿌리치며 냅다 쏘았다.

"이거 놔요. 늙은이가 도망이래두 갈까봐 매달리는 겨? 내 참
드러워서⋯⋯."

팔에서 떨어진 여자가 노인 턱밑으로 붙어 서서 삿대질을 하
며 대들었다.

"뭐야, 드러워? 생떼 같은 남에 새끼를 죽여 놓고 드러워? 이
영감탱이가 말이면 단줄 알어. 그래, 좋아. 누가 드러운지 어디
보자구. 여보, 빨리 사실대로 고발을 해요."

순경이 의자 세 개를 나란히 놓자, 박 경장이 말했다.

"자, 자 그리들 앉아서 얘기합시다. 새끼를 죽였다니, 그게 대체 무슨 말입니까?"

엉거주춤 서 있는 길부 씨를 보고 노인이 손짓을 하며 말했다.

"박 선생님두 거기 앉아서 얘기 좀 들어 보시우. 세상에 원 이런 일이 어디 있겠습니까."

그러잖아도 노인이 젊은 여자의 새끼를 죽였다는 말에 부쩍 궁금증이 일던 길부 씨는 옆에 있던 의자를 당겨놓고 주저앉았다. 그제서 보니 젊은이가 눈에 익었는데, 길부 씨가 이 동네로 이사를 오던 10여 년 전만 해도 동네 토박이들이라는 또래들과 어울려 다니며 깡패 짓을 하던 청년이었다.

박 경장이 젊은이를 보며 취조하듯이 물었다.

"김 사장, 대체 뭐가 어떻게 됐다는 말이오, 새끼를 죽이다니?"

김 사장이라는 젊은이가 뒤통수를 긁적거리며 어물거리자, 여자가 암팡지게 나섰다.

"이 영감이 우리 식구들이 애지중지하는 강아지를 패대기쳐 죽였단 말입니다. 그것도 우리 아이들까지 보는 거실에서요. 그 강아지는 우리 애들이 너무너무 예뻐해서 잘 때도 침대에서 껴안고 자는 귀염둥이였는데, 이 영감이 애들 앞에서 패대기를 쳐 죽…… 으흑 으흐흐흑."

여자는 양손으로 얼굴을 가리고는 책상에 엎어지며 애간장이 녹을 만치 서럽게 흐느끼기 시작했다. 박 경장과 길부 씨는 씁쓸하게 웃으며 서로 멀거니 마주 보는 것이 고작이었고, 젊은이는 엎드려 우는 여자의 어깨를 잡아 흔들며 짜증을 섞어 달래고 있었다.

"여보, 그만해요. 운다고 해결될 일이 아니잖아. 빨리 해결이나 짓자고."

여자의 방정맞은 울음이 숙지근해지자, 박 경장이 젊은이에게 물었다.

"이 봐요, 김 사장. 뭐가 어떻게 돼서 그런 일이 벌어졌는지 설명을 해 봐요."

"어떻게 되긴요. 우리 집사람이 지금 말했잖아요. 우리 거실에서 그것도 온 식구들이 보는 앞에서 저 영감이 우리 강아지를 패대기쳐 죽였다니까요. 그러고도 되려 잘 했다고 벅벅거리며 대들고, 우리 큰딸을 내박질러 저만치 나가떨어지면서 까무러쳤다니까요."

젊은이 말을 들으며 내동 오만상을 짱당그리던 노인이 냅다 쇳소리를 질렀다.

"이눔이 여 지끔 생사람 잡네. 뭐여 까무러쳐? 지 승질에 지가 못 이겨 깜박 기가 넘었던 것이지, 내가 내박질러 까무러쳐? 이런 개망나니 같은눔. 그래 잘 됐다. 어디 누구 잘못이 더 큰가 한 번 따져보자. 내 그까짓 개 값 물어주면 되고, 설마 개 한 마리 죽였다고 늙은일 감옥에 보낼까? 박 경장님, 내가 자초지종을 얘기하리다. 이눔 말 들을 것도 없어요.”

듣고 보니 사건의 말미가 대충 짐작이 되어 길부 씨가 일어서자, 노인이 기겁을 하며 길부 씨 손을 잡았다.

“박 선생님, 가지 마시우. 이 쪼간이 소설보다 더 기가 막히고 재미가 있을 터이니 듣구 가시우. 낸들 생명이 있는 남에 강아지를 이유도 없이 패대기를 쳤겠수. 하지만, 솔직하게 말해서 난 죽으라구 내던졌던 건 아니었다우.”

의자에 털썩 주저앉은 노인은 말끝을 맺으며 손수건을 꺼내 핑! 하고 코를 풀었는데, 주름진 눈가에 눈물이 맺혀 있었다.

길부 씨는 노인의 눈물을 보는 순간, 가슴이 짠하게 더워져서 다시 주저앉았는데, 두 부부가 입을 앙다물고는 싸늘한 눈길로 길부 씨의 전신을 훑고 있었다. 젊은 부부의 느닷없는 적대적인 행위에 부쩍 심기가 상하고 오기가 치민 길부 씨는 끝까지 사건의 결말을 지켜보기로 작정을 했다.

부부의 행위를 눈치챘는지 박 경장이 길부 씨에게 말했다.

“박 선생님, 자리를 좀 비켜 주시죠.”

순경이 한쪽 구석에다 얼른 의자를 놓고는 길부 씨를 손짓으로 불렀다. 길부 씨는 하릴없이 미적미적 걸어가서 의자에 느긋하게 기대앉았다.

박 경장이 젊은이에게 뭐라고 물었는지, 돌연 벌컥 소리를 질러댔다.

"여러 말 할 거 없잖아요. 이 영감이 우리 강아지를 패대기쳐 죽였으니, 똑같은 강아지를 사다 주든가 강아지 값을 달라 이겁니다."

젊은이의 말이 미처 끝나기도 전에 여자가 발딱 일어서며 악악거렸다.

"당신 지금 정신 나갔어요? 아니, 아무리 똑같은 개를 산다고 해도 언제 정이 들어요. 우리 도그는 어린 새끼 때부터 애들이 애지중지 키워서 정이 들대로 들었는데, 그런 개를 어디서 어떻게 구해요. 나도 그렇지만, 애들 땜에 안 돼요. 애들이 까무러치도록 우는 거 당신 못 봤어요?"

'도그'라는 여자의 말에 길부 씨는 깜짝 놀라 일어섰다. 도그라면 대엿새 전에 온 식구가 나서서 한나절이나 찾아 헤매던 그 강아지를 두고 하는 말 같았다.

남자가 여자를 달래듯이 말했다.

"여보, 아무리 그래도 할 수 없잖아. 죽은 도그를 어떻게 살려내. 똑같은 강아지를 사는 수밖에……."

"안 돼요. 절대로 안 돼요. 밤낮으로 안고 살던 우리 애들은 어떡하라고요."

여자는 다시 책상에 엎드려, '못 살아, 난 못 살아!' 하며 흐느

122

끼기 시작했는데, 부모가 죽으면 저토록 슬피 울까 싶게 처절한 몸부림까지 치고 있었다. 박 경장도 남편인 젊은이도 기가 막히는지 멀거니 보고만 있었고, 여자는 시작과는 달리 의외로 울음을 짧게 끊고는 바로 앉아서 언제 울었더냐 싶게 암팡지게 대들었다.

"좋아요. 나도 더이상 말하기 지겨워요. 여보, 이 영감한테 우리 도그 값으로 5백만 원만 달라고 하세요."

길부 씨는 깜짝 놀라 우선 노인을 바라보았다.

노인도 너무 놀랐는지 입을 뻘쭘하게 벌리고는 넋을 놓고 있었다.

박 경장이 노인과 부부를 번갈아 두리번거리다가 젊은이에게 말했다.

"이봐요, 김 사장. 돈으로 해결을 볼 문제라면 집에 가서 두 분이 해결을 해요. 지구대에서 해결할 일이 아니잖아?"

노인이 돌연 버썩 기가 나서 소리쳤다.

"아닙니다. 박 경장님 절대 아닙니다. 이눔하고 해결할 일이 아니란 말입니다. 이렇게 나온다면, 난 개 값은 한 푼두 못 줍니다. 내가 정말루 죄를 졌다면 나를 감옥 처넣으시우."

여자가 의자에서 발딱 일어서더니 노인 콧등에다 삿대질을 하며 앙칼지게 대들었다.

"뭐야, 이 영감이 순 도둑이잖아. 남의 돈을 백만 원이나 받아

먹고, 한 푼도 못 내냐? 여보, 당신도 말 좀 해 봐요. 이 영감이 어떻게 이럴 수가 있어요."

길부 씨는 순간적으로 강아지를 찾던 방문을 떠올리며 머리를 주억거렸다. 진전되는 얘기로 보아 그 강아지를 노인이 찾아주고 사례금 1백만 원을 받은 모양인데, 그렇다면, 평생 은인으로 온 식구들의 굄을 받아야 할 노인이 강아지는 왜 패대기를 쳐서 죽였는지 부쩍 궁금증이 일었다.

노인도 지지 않고 대들었다.

"그래 좋다. 내가 당신 돈 백만 원 받았다. 그건 내가 정당하게 받을 돈 받은 것이다. 개 죽인 것과 그 돈과는 상관이 없다. 법대로 해서 죄가 된다면 내가 감옥에 간다. 그렇지만, 난 개 값으로는 단돈 일전도 못 준다."

여자가 약이 올라 얼굴이 노래지며 노인 멱살이라도 잡을 듯이 와락 대들자, 남편이 뜯어말렸다. 노인은 하도 기가 막히는지 손바닥으로 얼굴을 두서너 번 문지르고는 파출소 안을 훑어보더니, 의외로 착 가라앉은 목소리로 말했다.

"세상에 여러분들, 어떻게 이런 일이 있습니까? 박 선생님, 이 개망나니 같은 놈을 좀 보시오. 지 애비는 한겨울에 내쫓아 길거리에서 얼어 죽게 만든 놈이, 집 나간 개 찾아주는 사람을 평생 은인……."

길부 씨는 그러잖아도 바로 그 생각을 하고 있던 참이었는데,

순간적으로 울컥 분노가 치밀어 벌떡 일어나 노인에게로 다가 갔다.

젊은이는 그새 노인의 머리통을 끌어안고는 입을 틀어막고 있었고, 여자도 노인에게 대들어 팔죽지며 옆구리를 마구 꼬집어 비틀고 있었다. 입이 틀어 막혀 몸부림치던 노인이 젊은이 손가락을 깨물었는지, 비명을 내지르며 손을 흔들다가 다시 멱살을 움켜잡고는 쌍 말까지 하며 격하게 밀어붙였다.

"이 씨팔놈에 늙은이가 개새끼처럼 물어!"

그 순간, 옆에 있던 길부 씨가 눈을 부릅뜨고 달려들어 젊은이의 따귀를 사정없이 갈기고 말았다. 노인이 말한 강아지와 애비가 어떻든 간에 세상에, 할애비뻘인 노인네 멱살을 거머잡고 쌍욕을 하는 젊은 놈을 보고 길부 씨는 순간적으로 참지 못했다.

길부 씨에게 얼뺨을 얻어맞은 젊은이가 노인의 멱살을 놓고 달라붙은 것은 당연하지만, 노인을 꼬집어 뜯던 여자까지 악을 쓰며 길부 씨에게 달라붙어 마구 쥐어뜯자, 노인이 여자에게 대들어 엉겨 붙는 둥 난장판이 벌어지고 말았다. 경찰 서넛이 달려들어 뜯어말려 난장판이 잠시 숙지근할 때였다. 난데없이 안노인 둘이 들이닥치더니 다짜고짜 젊은 부부에게, '개망나니 같은 인간들이 엇따 대고 행패냐.' 고 윽박지르며 대들자, 부부가 노인들에게 맞붙어 다시 난장판 말싸움 몸싸움이 벌어지고 말았다.

노인이 처음부터 길부 씨에게 응원을 청하는 듯한 몸짓을 했고, 길부 씨가 눌러앉아 사건의 내막을 알고자 했고, 결국 노인의 편을 들어 젊은이의 따귀를 갈긴 것은 그럴만한 동기와 이유가 있는 것이었다. 적어도 소설가 박길부 씨가 단지 정의감과 불뚝심으로 무작정 젊은 놈의 따귀를 갈긴 것만은 아니었다.

길부 씨네 집에는 네댓 종류나 배달되는 신문을 비롯하여 철 지난 월간지며 빈 술병 등 재활용 쓰레기가 다른 집에 비해 많이 나오는 편인데, 동네 토박이라는 이 노인이 늘 재활용품을 수거해가곤 하였다. 길부 씨는 처음에 노인네가 생활이 어려워 생계수단으로 재활용품을 거둬 가는 줄 알았는데, 달장간이나 지난 뒤에 알고 보니 그게 아니었다.

노인은 집집마다 수거한 재활용품을 팔아 불우이웃을 돕고, 동네 노인정에 난로 피울 연탄을 사거나, 노인정에 라면을 떨어지지 않게 사다 놓아 점심을 굶는 노인들이 없게 하는 등 좋은 일을 하기 때문에 동네에서도 알아주는 소문 난 노인이었다.

길부 씨는 바깥출입이 별로 없는 데다, 더러 안면이 있는 동네 사람들과도 데면데면하게 지내던 터였는데, 뒤늦게 그 사실을 알고는 그때부터 재활용품을 잘 분리하여 주며 한 영감이라는 노인을 각별하게 대하는 터였다. 한 영감 역시 길부 씨가 소설가라는 것을 알고는 깍듯이 선생님이라고 불렀다.

어느 날 재활용품을 수거하러 온 한 영감이 길부 씨에게 말했다. 그동안 댁에서 수거해간 잡지며 책을 노인정에 모아 두었는데, 노인들이 심심풀이로 즐겨 본다면서 앞으로 그런 책들을 따로 모아 달라고 부탁을 했다. 길부 씨는 귀가 번쩍 띄어 당장 주섬주섬 책을 챙기기 시작했다. 읽고 난 단행본이며 월간지들 2백여 권, 그리고 스무 권이 넘는 길부 씨의 저서들을 골고루 챙겨 노인의 손수레에 실어 보냈었다.

그리고 달포쯤 지나 길부 씨가 우연찮게 노인정에 들러볼 기회가 있었다. 노인정 넓은 방 한쪽 벽면에 낡은 책장이 두 개 있었는데, 책장보다 더 낡은 책들과 길부 씨가 보낸 책들이 듬성듬성 꽂혀 있었다. 그런데 놀라운 것은 열댓 명의 노인들중 넷은 화투판을 벌이고 있었고, 여남은 노인들은 돋보기를 콧잔등에 걸치고 책을 읽고 있었다. 화투판이 아니면 장기나 바둑판에다 잡담으로 와자지껄한 노인정 풍경을 상상했던 길부 씨는 너무 놀란 나머지 정신마저 멍해서 한참 우두커니 서 있었다.

한 영감이 길부 씨에게 다가와 말했다.

"박 선생님 덕분에 우리 노인정 늙은이들이 독서광이 되었다우. 늙은이들뿐만 아니라, 읽을 만한 책들과 박 선생님이 쓴 책들은 집에 가져가서 아들 며느리들에게도 읽으라구 해서 소문이 났는데, 인제는 젊은 아낙네들두 가끔 와서 책을 빌려 간다우."

노인들은 이구동성으로 길부 씨에게 고맙다고 치하를 해서 민망스러워 얼굴이 화끈거릴 지경이었다. 그 뒤에 길부 씨는 소설가협회에 노인정의 책 이야기를 했고, 좋은 현상이라고 생각한 소설가협회에서 4백여 권의 책을 모아 노인정에 직접 전달했다. 그뿐만 아니라 길부 씨가 아는 몇몇 출판사에 부탁을 해서 5백여 권의 책을 거둬 노인정에 기증하여 명실상부한 도서실 형태를 갖추게 되어 동네 사람들까지 즐겨 이용하게 되었다.

게다가 동사무소에도 없는 도서실이 노인정에 생겼다는 것을 알게 된 동장은 책 읽는 노인들을 위하여 노인정의 전등을 밝게 달아주었고, 돋보기를 20개나 사서 기증하였다고 한 영감은 길부 씨에게 자랑을 하였다.

그 뒤부터 한 영감과 소설가 박길부 씨는 더욱 가까운 사이가 되어 친구 비슷한 관계가 되었다. 따라서 한 영감은 동네에서 일어나는 자질구레한 사건이며 동네 돌아가는 사정을 미주알고주알 길부 씨에게 알려주곤 했었다. 그 바람에 길부 씨는 가만 앉아서도 동네 어느 구역에 무슨 일이 벌어지고 있는지를 손바닥 보듯이 알게 되었다. 동네 돌아가는 사정을 길부 씨가 알아서 무엇에 쓸까 했지만, 노인네 얘기지만 귀 기울여 들어보니 그게 아니라는 것을 알게 되었다. 한 영감은 길부 씨가 소설을 쓰는 글쟁이라는 것을 알고, 길부 씨가 써먹을 만한 정보며 얘깃거리를 조리 있게 간추려 전해준다는 것을 한참 뒤에 알게 되었다.

어느 골목 누가 교통사고로 죽었고, 누구 마누라가 춤바람이 나서 쫓겨났고, 유치원 앞 골목 세탁소 주인은 15억 짜리 로또복

권이 맞아 벼락부자가 되었는데, 사흘 만에 아들놈이 통장을 훔쳐갖고 내 튀어 도로 그 타령이 되었다는 등, 늘상 벌어지는 동네 사람들의 일상사일 듯싶지만 그게 아니었다. 듣고 나면 아무것도 아닌 것 같은 그 얘기들이 어느새 길부 씨 머릿속에 저장되어 있다가 때로는 꽉 막혔던 작업의 진로를 시원하게 뚫어주기도 하고, 작은 소재가 되어 길부 씨 소설의 살이 되고 뼈대가 되는 경우도 종종 있는 터였다.

그뿐만 아니라 한 영감으로 인하여 실제 돈으로 득을 보는 경우도 더러 있었다. 길부 씨네 집은 1층에 점포가 세 칸이고, 40평짜리 지하실에는 아동복공장이 있고, 2층에 바둑교실과 찻집이 있고, 길부 씨는 3층에 살았다. 그 점포와 지하실의 공장이 불경기일수록 수시로 들고나기 마련인데, 발이 넓고 정보가 많은 데다 젊어서는 복덕방을 했던 한 영감이 길부 씨네 점포를 놔주고 빼 준 적이 한두 번이 아니었다. 물론 길부 씨도 복비 명목으로 수고비를 주기는 했지만, IMF이후 불황 때, 남들은 점포를 비워놓고 애를 태울 때도 길부 씨는 한 영감의 소개로 점포를 채워 월세를 거른 적이 별로 없으니, 득이라면 큰 득이 아닐 수 없었다.

한 영감과 길부 씨의 관계가 그러할 진데, 노인의 멱살을 잡고 쌍욕을 하는 젊은 놈의 따귀를 갈긴 것은 순간적인 울컥 심이 아니라 당연한 결과였을 것이다. 그렇지만 길부 씨는 당연한 결과를 젊은 놈에게 행사했지만, 사건은 더욱 복잡하게 얽혀드는 결과를 낳고 말았다.

길부 씨에게 따귀를 맞은 젊은이는 옳다구나 하고 들러붙어 분풀이를 하기 시작했다. 애비를 내쫓아 길거리에서 얼어 죽게 한 불효막심한 놈이라고 대드는 세 노인들에게 대책 없이 밀리던 젊은 부부는 이제 길부 씨에게 매달려 폭행죄로 고소를 하겠다며 막무가내로 대들었다.

길부 씨는 기가 막혔다. 길부 씨의 개념으로는 당연한 결과로 취한 행위였지만, 젊은이의 개념으로는 자기의 사건과는 아무런 상관도 없는 생뚱한 사람에게 따귀를 맞았으니, 길부 씨에게 달려드는 것은 당연한 결과였다.

젊은이가 멱살을 잡아 흔들었던 길부 씨의 목줄기는 살갗이 벌겋게 부풀어 올라 화끈거렸고, 여자가 달라붙어 쥐어뜯은 팔뚝이며 옆구리는 얼얼하게 아파 정신을 차릴 수 없을 지경이었다. 길부 씨가 분을 못 참고 한참 식닥거릴 때였다.

어떻게 알았는지, 노인정에 있던 안팎 노인들 여남은 명이 우루루 들이닥쳐 지구대가 금방 난장판이 되어 와글거렸다. 사건의 내막을 알게 된 노인들은, 애비를 내쫓아 길거리에서 얼어 죽게 한 불효막심한 놈을 동네에서 쫓아내겠다고 제각기 왁자지껄 젊은 부부를 규탄하자, 여자는 마침내 얼굴을 싸쥐더니 꽁지가 빠지도록 도망을 치고 말았다.

하지만, 길부 씨에게 달라붙은 젊은이는 안면몰수하고 대들었다. 더도 덜도 말고 길부 씨를 꼭 폭행죄로 감옥에 보내겠다고 다잡아 족쳤다. 박 경장이 아무리 화해를 시키려고 달래도 끝내 오기를 부리던 젊은이는 동네 노인들이 온통 길부 씨 편이 되어 대세가 불리해지자, 돌연 가래침을 카악 하고 울궈 바닥에 탁 뱉었는데, 시뻘건 피 가래침이었다. 젊은이는 왼쪽 뺨을 잡고 오만상을 쓰며 엄살을 떨더니, 어금니가 흔들리고 입안이 터져 피가 난다며 피 가래침을 한 번 더 뱉고는 뇌꼴스럽게 떠벌려댔다.

"이봐요, 박 경장. 병원에 가서 진단서를 끊어 올 테니, 저 폭행범을 단단히 잡아두시오."

표독스런 눈으로 길부 씨를 꼬나보며 엄포를 놓더니, 어깨를 으쓱 추키고는 내 뛰었다. 길부 씨는 비로소 가슴이 덜컥 내려앉았다. 가벼운 손찌검만으로도 달장간이나 구류를 살고, 벌금까지 물었다는 주위 사람들 얘기를 떠올리며 그만 아득한 낭패감에 빠져들고 말았다. 그때 외근에서 돌아온 지구대 대장에게 한 영감이 자초지종을 얘기하였고, 여남은이나 되는 안팎 노인들이 사건을 잘 해결해 달라며 사정을 하였다.

지구대장은 입맛만 쩝쩝 다시며 난처하다는 표정을 짓더니, 저쪽에서 어떻게 나오는지 일단 두고 보자는 것이 고작이었다. 경찰들과 한 영감을 비롯한 동네 노인들이 아무리 머리를 맞대고 궁리를 짜내도 길부 씨가 젊은이에게서 무사하게 벗어날 길은 없을 것 같았다.

　한 영감이 털어놓은 강아지 사건의 내막은 대강 이러했다. 길부 씨는 그날 아침에 강아지 찾는 소리에 단잠을 깼고, 오후에 길부 씨는 집 담벼락에 붙은 방문을 보고는 하도 같잖아 뜯어냈다. 그런데, 한 영감은 그 강아지 찾는 방문을 보고 아니꼽기는 했지만, 찾기만 하면 횡재를 하겠다고 생각하며 전화번호를 적어 두었다. 재활용 쓰레기를 석 달은 거둬다 팔아도 못 만질 목돈인데 어찌 관심이 없었겠느냐고 덧붙였다.

　오늘 아침나절이었다. 조광 아파트 재당질 집에 재활용품을 수거하러 갔는데, 전에 없던 강아지가 있어서 혹시나 하고 '도그야!' 했더니 강아지가 환장을 하고 달려들었다. 그래서 내막을 알고 보니, 아이들이 길거리에서 주워 왔다고 했다. 한 영감은 사례금을 반반씩 나누기로 하고는 즉시 강아지를 안고 와서 주인에게 돌려주었다.

　강아지를 받아 안고 미쳐 날뛰는 두 아이를 보며 한 영감은 잠시 정신을 차릴 수 없었는데, 안주인마저 강아지를 안고는 물고 빠는 것을 보고는 참 이상한 세상의 사람들 같이 느껴졌다. 이윽고 정신을 차린 안주인에게 따끈한 인삼차 대접까지 받고는 사례금으로 현금 1백만 원을 받아 기분 좋게 나오다가 현관문 앞에서 바깥주인인 젊은이를 만나게 되었다.

젊은이가 한 영감을 보고는 넙죽 인사를 했는데, 그제서 보니 개 주인이 친구 아들이었다. 젊은이 역시 강아지를 찾았다는 말에 아이들처럼 펄펄 뛰더니, 두 부부가 강아지를 안고는 번갈아 물고 빨며 곧 자지러질 듯이 호들갑을 떨었다.

젊은이의 아버지 김치수는 한 영감보다 한 살 아래였는데, 해소병으로 늘 골골했었다. 김 노인은 날마다 노인정에 나와 점심으로 라면을 끓여 먹고는, 날이 저물어도 집에 들어가기를 개가 호랑이 굴에 들어가듯 꺼려했다. 가끔 막걸리에 거나해지면 아들 며느리 욕을 하며, 멋모르고 자식들한테 5십억이 넘는 재산을 몽땅 내준 것이 천추의 한이라면서 신세타령을 했다. 그 노인이 지난 늦가을부터 노인정에 나오지 않아 궁금했는데, 초겨울 어느 날 죽었다고 기별이 와서 시립병원 영안실로 문상을 갔더니, 길거리에 쓰러져 얼어 죽었다며 쉬쉬하더라고 했다. 그날은 그저 설마 그러려니 하고 말았지만, 나중에 동네에 나도는 소문을 들으니 그 소문이 사실이었다.

김치수 노인이 며느리에게 쫓겨났다는 소문의 내막은 이러했다. 그날도 하루 내내 노인정에서 시간을 죽이다가 집에 들어갔는데, 알짱거리는 강아지가 하도 얄밉고 귀찮아 발로 밀어낸다는 것이 그만 발에 힘이 실렸던지 강아지가 발라당 나자빠지며 '깨갱 깽……' 엄살을 피웠다. 노인으로부터 식구들 몰래 구메구메 학대를 받았던 강아지가 자빠져 앙살을 하자, 손자 손녀가 강아지보다 더 엄살을 부려 울고불고 난리가 나자, 며느리까지 시아비에게 악악거리며 대들었다. 노인은 치미는 울화통을 주체할 수 없어 강아지를 한 번 더 걷어찼는데, 결국 대판으로 싸운 끝에 밤중에 며느리에게 쫓겨나고 말았다.

그날 밤 김 노인은 노인정에서 새우잠을 자고는 어쩔 수 없이 딸네 집으로 갔는데, 결국 남매간에 대판으로 집안싸움이 벌어지고 말았다. 이래저래 오도 가도 못 하고 중곡동 딸의 동네에서 하릴없이 길거리를 헤매던 노인은 해소기침을 하다가 기도가 막혀 쓰러졌는데, 결국 그 자리에서 일어나지 못하고 얼어 죽고 말았다. 그것이 바로 달포 전이었다.

죽은 친구를 떠올리고 강아지 찾던 방문을 생각하며 젊은이를 꼬나보던 한 영감은 울컥 화가 치밀어 젊은이 따귀를 사정없이 올려붙이고 말았다. 느닷없이 따귀를 맞은 젊은이가 불한당처럼 대들었다. 한 영감은 어려서부터 이웃에서 그야말로 불알을 잡으며 같이 자란 죽은 친구를 방패막이로, 네가 인간이냐고 맞대들었다. 하지만 어린 자식들과 아내 앞에서 따귀를 맞은 당사자는 한 영감의 멱살을 잡아 흔들었고, 남편이 얻어맞는 걸 본 여자와 아이들까지 노인에게 달려들었다.

온 식구가 달려들어 꼬집어 뜯는 둥 한바탕 분풀이를 하다가 딴에는 미안했던지 숙지근했는데, 그들과는 반대로 비로소 정신을 차린 한 영감은 분기탱천하여 어쩔 줄 모르고 헐떡거리던 참에, 강아지마저 '깡, 깡……' 짖어대며 대들자, 순간적으로 욱 해서 강아지를 집어 들고는 거실 바닥에 패대기를 치고 말았다. 한데, 강아지는 꽥 소리도 못 지르고 네발을 부르르 떨다가 죽고 말았다. 그러나 말이 패대기지, 하도 시끄럽게 짖으며 대들어서 집어던진 것이 손에 살이 실렸던지 그대로 죽었다고 한 영감은 안타까워했다.

아이 둘과 어른 둘까지 온 식구가 또 달라붙어 울고불고 물고 뜯는 난장판이 다시 벌어졌다. 게다가 죽은 강아지를 안고 대성통곡을 하던 일곱 살배기 딸아이는 꼴깍 기가 넘어가 잠시 숨이 멎고 말았다. 한 영감도 덜컥 겁이 나서 아이의 등을 두들기고 찬물을 얼굴에 뿌리는 둥 야단법석을 떨어 아이는 이내 깨어났지만, 결국 지구대로 오게 되었다.

노인들과 지구대 경찰 등 열댓 명이 한 영감의 얘기를 들으며 사건의 대책을 논의하던 중에 젊은이가 헐레벌떡 뛰어 들어왔다. 나간 지 불과 30여 분 남짓한데 용케도 진단서를 박 경장 앞에 펴 놓았다.

진단서를 들여다보던 박 경장이 내뱉듯이 말했다.

"이게 뭐야, 4주!"

길부 씨는 그만 가슴이 덜컥 내려앉았고, 한 영감을 비롯한 안팎 노인들은 한꺼번에 뇌까렸다.

"4주가 뭐여?"

"이 봐요, 김 사장. 대체 어디가 어떻게 됐는데 4주가 나왔어?"

박 경장이 어이없다는 듯이 묻자, 그러잖아도 쏠리는 눈총과 분위기에 기가 죽던 젊은이는 발끈해서 대들었다.

"어떻게 되다니, 진단서를 보면 몰라요? 어금니가 두 대나 흔들리고, 왼쪽 볼창이 2cm나 찢어졌잖아요. 의사가 끊어준 진단서를 못 믿겠다는 말입니까?"

길부 씨는 기가 막혔다. 아무리 불뚝심이라지만 순간적으로 화가 나서 따귀를 갈겼는데, 컴퓨터 자판기나 두들기던 손바닥 힘에 어금니가 흔들리고 볼창이 2cm나 찢어졌다는 것이 도무지 믿어지지 않았다. 한 영감의 손에 살이 실려 강아지가 죽었듯이, 길부 씨 손에도 그 살이라는 것이 실리지 않고서는 있을 수 없는 일이었다.

어찌되었든 간에 길부 씨와는 아무런 상관이 없는 무고한 사람을, 그것도 경찰이 보는 앞에서 기습적으로 때려 전치 4주의 상해를 입혔으니 꼼짝없는 폭행범이 되고 말았다. 여남은 명이나 되는 노인들도 할 말을 잃고 멍해졌는데, 내동 유식한 체 말이 많던 노인정 총무라는 중노인이 팔을 걷어붙이고 나섰다.

"형사님, 그 병원이 어딥니까? 진단서를 떼 준 그 병원이 어디냔 말이오."

"그건 왜요?"

"왜라니, 그 병원에 가서 진짜 이빨이 흔들리는지 아구창이 터졌는지 확인을 해봐야지요. 안 그렇습니까, 박 선생님?"

느닷없는 물음을 받은 길부 씨가 머쓱하자, 노인들을 둘러보던 총무 노인은 나란히 앉아 있던 두 노인 팔죽지를 잡아 일으키며 수선을 떨었다.

"갑시다. 나하구 같이 그 병원엘 갑시다. 내 보기에두 박 선생님 손에 따귀 한 대 맞구 젊은 놈 이빨이 흔들리고 아구창이 터진다는 걸 믿을 수 없어요. 아, 어여들 가자니까요."

입술을 실그죽이 벌리며 같잖은 낯꽃으로 연방 픽 픽 웃던 젊은이가 삿대질을 하며 대들었다.

"좋습니다. 갑시다. 확인해서 이 진단서가 확실하다면 내가 영감까지 명예훼손으로 걸어 넣겠수다. 어디 나쁠 줄 알아요? 병원에서도 가만있지 않을 걸. 자 빨리 가자니까요."

젊은이가 책상에 놓인 진단서를 집어 들고는 버썩 기가 나서 설치자, 지구대장이 나섰다.

"자, 자, 그만들 하시고 차근차근 해결을 합시다. 눈만 뜨면 보는 동네 사람들끼리 이게 뭡니까? 김 사장도 이리 앉고, 가해자도 여기 앉으시오. 내가 보기엔 우발적으로 일어난 사건 같은데, 서로 이해를 하고 좋게 해결을 해야지요."

길부 씨에게 지구대장은 초면이었다. 듣기로는 서너 달 전에 부임했다는데, 박 경장처럼 지역 담당 경찰이라면 모르거니와, 길부 씨와는 아무런 상관도 없는 지구대장과는 구태여 인사를 나눌 필요도 없었다. 그런데 지구대장이 길부 씨에게 '가해자'라고 단정 지어 말했다. 같은 말이지만, 경찰이 말한 가해자는 엄청나게 큰 덩어리가 되어 길부 씨 가슴에 덜컥 얹혔다. 길부 씨는 아득히 나락으로 떨어지는 기분이었다. 가해자라니! TV에서만 보았던 경찰서 유치장이 눈앞에 떠오르고, 그 안에 쪼그려 앉은 초라한 자신의 모습이 명징하게 그려져 길부 씨는 으스스 몸서리가 쳐졌다.

어쩔 수 없이 기가 죽어 어깨가 늘어진 길부 씨 모습을 꼬나보던 젊은이가 벌떡 일어나더니 의기양양하게 떠벌려댔다.

"좋게 해결을 하라고요? 난 절대 못 합니다. 이 사람이 우리 동네 사는지 어떤지는 모르지만, 난 처음 보는 사람입니다. 난생처음 보는 사람한테 이유 없이 얻어맞았는데, 합의를 하라고요? 절대 못 하죠."

젊은이가 입에 게거품을 물고 기세를 부리자, 아까 나섰던 총무노인이 또 나섰다.

"뭐야 이눔아, 이유가 없어? 아니, 젊은 눔이 애비 친구인 노인양반 멱살을 잡고, 여편네까지 달려들어 마구 쥐어뜯는데, 그걸 옆에서 보고 가만있으란 말이냐? 내가 봤으면 네눔은 대갈빠리가 바서졌을 것이다. 그래, 좋다. 어디 한번 해보자, 이 천하에 개만도 못한눔 같으니라구."

젊은이가 그예 발칵 뺏성을 내며 대들었다.

"영감이 뭔데 자꾸 나섭니까? 왜 남의 일에 참견이냔 말예요? 좋아요. 나한테 죄가 있다면 그 죄 나도 달게 받겠수다. 난 저 인간을 꼭 감옥에 처넣고 말겠으니까 맘대로들 해봐요. 아, 경찰이 뭐하는 겁니까? 빨리 조서를 받으란 말입니다."

젊은이가 한 영감과 길부 씨를 씹어 먹을 듯이 노려보며 막판으로 대들자, 박 경장이 노인들을 둘러보며 말했다.

"영감님들은 이제 그만 가세요. 이러신다고 해결될 일이 아닙니다. 어서들 가세요."

노인들이 서로 눈치를 보며 우줄우줄 일어섰고, 네 명의 안노인 중에 입성이 깨끔한 중노인이 젊은이에게 말했다.

"다솔이 아빠, 젊은 사람이 참아요. 다솔이 아빠는 날 모르겠지만, 난 이 동네서 40년을 살아 다솔이 할머니와도 친구였다우. 한 영감님두 그렇지만, 저 박 선생님두 우리 동네서 이렇게 대접할 사람이 아니라우."

안노인이 여럿을 둘러보며 응원이라도 청하는 듯한 몸짓을 하자, 노인들이 이구동성으로 "아무렴, 그렇구말구. 아무렴……." 하며 거들고는 우루루 몰려나갔다.

이제 사건의 당사자인 한 영감과 길부 씨, 젊은이만 남아 의자에 나란히 앉았다. 조금 전까지만 해도 그저 구경꾼이었던 길부 씨는 졸지에 가해자가 되어 한 자리 끼어 앉게 되었다.

박 경장이 자세를 고쳐 앉아 노트북을 열며 말했다.

"원 정신이 하나도 없네. 자, 김 사장. 어떻게 하겠소?"

"뭘 어떻게 합니까? 졸지에 나만 몹쓸 놈이라고 소문이 났고, 돈을 백만 원이나 주고 찾은 강아지는 죽었고, 난 엉뚱한 놈한테 얻어맞아 전치 4주의 상해를 입었는데 나더러 뭘 어쩌라는 말입니까? 그냥 법대로 하세요. 그러면 간단하잖아요."

그때, 간 줄만 알았던 말 많던 총무 노인이 들어섰다. 들어서는 총무 노인을 보는 순간, 길부 씨도 마음이 놓여 긴장이 풀리는 듯했지만, 한 영감도 굳었던 어깨를 풀며 길게 숨을 내쉬고 있었다. 반면에 젊은이는 인상을 찌푸렸고, 박 경장은 빙긋이 웃으며 말했다.

"아니, 영감님은 왜 또 오십니까?"

총무 노인은 의자를 당겨 앉으며 받았다.

"아무래두 안 되겠어서 내 또 왔습니다. 아니, 우리 회장님이 불한당 같은 놈한테 이렇게 붙잡혀 있는데 명색이 총무인 내가 어떻게 모른 체 합니까?"

"여기 계셔봐야 아무 소용없으니까 어서 가세요."

"형사님, 소용없다는 거 나두 압니다. 그냥 여기 이렇게 가만 앉아서 굿이나 보구 떡이나 얻어먹을 랍니다."

"영감님, 떡이 어디 있어요. 떡 나올 굿판이 아니니까 어서 가세요."

"허허허…… 하긴 그렇구먼. 그렇지만, 난 연세 드신 우리 회장님 보호자루다 여기 앉아있을 테니 걱정 말구 어여 일 보시우."

연세 든 회장님 보호자라는 말에 박 경장도 할 말이 없는지, 입맛을 쩍 다시고는 젊은이를 보며 말했다.

"김 사장, 정말 법대로 할꺼요?"

"아니, 몇 번 말해야 합니까? 난 저 인간이 감옥에 가는 걸 내 눈으로 똑똑히 볼 거요."

한영감과 길부 씨를 번갈아 둘러보던 박 경장이 길부 씨에게 물었다.

"박 선생님, 피해자가 이렇게 나오는데 어쩌시겠습니까?"

박 경장의 은근한 말에는 길부 씨가 정중하게 사과를 해보라는 뜻이 숨겨져 있는 듯싶었다. 사실 길부 씨 심정 역시 놈에게 매달려 통사정이라도 하고 싶었던 참이었지만, 막상 언질까지 받고 보니 배알이 꼬이기 시작했다. 사과를 한들 대체 첫 말을 어떻게 꺼내서 어떻게 해야 할지도 막막하고, 비로소 앞뒤가 꽉 막힌 난관에 봉착한 자신의 처지를 생각하자 불현듯이 오줌이 마려웠다. 길부 씨는 의자에서 일어나며 말했다.

"잠깐 화장실 좀 다녀오겠습니다."

건너편에 있던 순경이 벌떡 일어나 화장실을 안내하겠다고 나섰지만, 길부 씨는 은근히 심통이 일었다. 마치 도망이라도 칠까 봐 따라붙는 듯싶은 생각이 들었다. 화장실까지 따라와 길부 씨 옆에서 같이 소변을 보던 순경이 돌연 속삭이듯 말했다.

"정중하게 사과를 하시고 합의를 보세요. 경찰서로 넘겨져서 재판까지 받자면 최소한 두서너 달은 걸리고 나중에 벌금도 엄청나게 나옵니다. 그뿐만 아니라 폭행 전과도 올라갑니다."

길부 씨는 오줌 줄기가 뚝 멎을 만큼 깜짝 놀랐다. 도대체 폭행 전과라니! 명색이 소설가라는 사람이 몇 달 감옥살이를 하고 폭행 전과자가 된다니! 길부 씨는 가슴이 서늘하고 다리가 부들부들 떨려 몸을 가누기도 어려웠다.

순경이 부르르 진저리를 치고는 지퍼를 올리며 덧붙였다.

"저 사람이 전에 개망나니였다는 거 아시죠? 폭행에다 기물 파괴 전과가 6범입니다. 요새는 맘을 잡고 무슨 사업을 한다고 하는데, 어울리는 사람들이 모두 깡패에 사기꾼들입니다."

길부 씨는 온몸의 힘이 모조리 빠져나간 듯이 맥이 풀려 다리가 후들거렸지만 결심이 섰다. 체면이고 자존심이고 다 팽개치고 무릎이라도 꿇어야 할 상황이었음을 비로소 깨달았다. 자리에 돌아온 길부 씨는 선 채로 정중하게 머리를 숙이고는 안간힘을 다해 사과를 했다.

"김 사장님, 미안합니다. 얼결에 손찌검을 했는데, 이렇게 상처가 날 줄은 정말 몰랐습니다. 정중하게 사과드립니다. 정말 죄송합니다."

"그래, 미안하고 죄송한 거야 당연하지. 당신이 날 언제 봤다구 주먹질이야? 당신이 나한테 사과하는 건 당연한 수순이구, 폭행한 죄는 죄값을 치뤄야 한다구. 알겠어?"

길부 씨는 이제 서 있을 힘도 없어 의자에 주저앉았다. 젊은 놈이 반말지거리를 찍찍해대고 있었지만, 그것을 따질 계제는 이미 지난 지 오래였다.

"좋습니다. 죄값을 어떻게 치르면 되겠습니까?"

젊은이는 이제 빙글빙글 웃으며 여유를 부렸다. 궁지에 몰리다가 기회를 잡은 인간은 누구나 뻔뻔스럽게 독해진다.

"그거야 대한민국 법대루 치르는 것이지. 그걸 나두 모르니까 법대루 하자는 거 아뇨?"

길부 씨는 더이상 할 말이 없어졌다. 대한민국 법대로 하자는데 길부 씨가 더 해야 할 말이 있을 턱이 없다.

보다 못했는지, 박 경장이 나섰다.

"김 사장, 당신이 이해를 해요. 박 선생님은 연세도 지긋하시지만, 유명한 소설가 선생님이야. 박 선생님도 그렇지만, 한 영감님도 우리 동네 노인회장님으로 좋은 일 많이 하시기로 유명하신 거 김 사장도 알잖아. 당신이 이해를 하고 한발 양보를 해요. 동네 사람들끼리 갈 데까지 가서 좋은 일이 뭐가 있겠어요."

"글쎄 어떻게 이해를 하고 양보를 하라는 말입니까? 어디 얘기나 들어봅시다."

젊은이가 주도권을 잡았다는 듯 기가 나서 곤댓짓을 하며 사람들을 둘러보았다.

한 영감이 내동 닫고만 있던 입을 열었다.

"이보게, 내가 잘못했네. 내가 욱하는 성질에 자네한테 손찌검을 했네 만은, 강아지는 죽일려구 집어던진 게 아닐세. 남에 귀한 강아지를 설마 죽으라고 던졌겠나. 그때 아마 내 손에 살이 실렸던 모양일세. 정말루다 미안하이. 돈 백만 원은 내 돌려줌세."

젊은이는 여전하게 빙글빙글 웃으며 듣고는 정색을 하고 받아 쳤다.

"천만의 말씀입니다. 그 돈이야 영감님 말마따나 당연히 받을 돈 받으신 거고, 강아지 값은 별도로 물어 주셔야지요."

"아무렴, 개 값도 물어 줘야지. 그래, 개 값으로 얼마를 주면 되겠는가?"

젊은이가 돌연 벌떡 일어서며 악을 썼다.

"개 값이 아니라, 강아집니다, 강아지! 우리 도그는 똥개가 아니란 말입니다."

한 영감이 기겁을 하고는 손을 내저으며 말했다.

"알았네. 알었어! 그래, 강아지 값이 얼만가?"

"아까 우리 집사람이 말했잖습니까? 우리 도그 값으로 5백만 원만 내라구요."

한 영감을 비롯한 모든 사람들은 이래저래 놀라 벌어진 입을 다물 수 없어 멍해졌는데, 구석자리에 앉아있던 총무 노인이 벌떡 일어나더니 젊은이에게 삿대질을 하며 윽박질렀다. 총무도 이 동네 토박이로 죽은 김치수 노인보다 서너 살 아래였다.

"에라, 이 날도적눔아! 뭐야, 5백만 원? 순종두 아닌 잡종 똥개 새끼 값으루다 5백만 원을 내라구? 아나 이눔아 똥이나 먹어라. 회장님, 가십시다. 저런 날강도 같은 눔 상대할 것두 없어요. 개 새끼 한 마리 죽였다구 설마 노인이 감옥에 가겠수? 만약 회장님 털끝 하나라두 건드리면 내 저눔을 끌고 동네 조리돌림을 해서 개망신을 시키구 말거요."

정신없이 떠들며 한 영감 손목을 잡아끌자, 젊은이가 달려들 어 총무노인 팔을 거머잡고 비틀며 소리쳤다.

"이 영감탱이가 왜 자꾸만 끼어들어. 뭐야, 조리돌림? 그래, 어디 맘대루 해봐."

젊은이가 총무노인의 팔을 등 뒤로 돌려 꺾어 거머잡고 비틀 며 출입문 앞으로 밀고 갔고, 노인은 팔이 빠진다고 엄살을 섞어 악을 썼다. 젊은이는 출입문을 열고는 노인을 밀어내고 문을 닫 았다. 총무 노인이 다시 문을 열자, 순경이 냉큼 뛰어나가 달래 보내는 듯싶었다.

젊은이가 박 경장 앞에 주저앉으며 다그쳤다.

"박 경장님, 조서 받을 거요, 안 받을 거요? 입장 곤란해서 못 받겠다면, 싸이카를 대주시오. 경찰서로 막바로 갈 테니까."

길부 씨는 또 가슴이 덜컥해서 애원하다시피 매달렸다.

"김 사장님, 우리 얘기를 해 봅시다. 차근차근 실마리를 풀어 봅시다."

"실마리, 무슨 실마리를 풀어요? 당신이 이유 없이 나를 때렸고, 난 4주 진단이 나왔는데, 무슨 실마리가 있어요? 조서를 꾸미며 법으로 판결을 받아보면 누가 얼마나 잘못했는지 가려질 것이 아니냔 말입니다."

한 영감이 곤혹스런 얼굴로 길부 씨를 바라보다가 젊은이에게 매달렸다.

"여보게, 내가 잘못했네. 모두가 이 늙은이 주책 때문에 벌어진 일이니, 제발 날 봐서 참게. 내가 어떻게 해주면 자네 화가 풀리겠나? 어여 말을 해 보게."

한 영감이 손을 모으고 머리를 조아리자 젊은이가 좀 숙지근해졌고, 지구대장까지 나서서 잘 해결하라고 거들자, 못 이기는 체 합의 조건을 내놓았다.

"좋습니다. 사실 나도 정신적으로 물질적으로 엄청 큰 충격을 받았습니다. 남들이 보기에는 조막만 한 강아지지만, 우리 애들은 강아지가 없으면 잠을 못 잘 정도로 강아지를 사랑합니다. 아마 우리 다솔이는 몇 달을 울며 강아지만 찾을 겁니다. 그런 정신적 피해까지 따진다면 사실 그 개는 값으로 따질 수도 없고, 그런 개를 다시는 사지도 못합니다. 우리 집사람이 5백만 원이라고 말한 것은 절대 무리가 아닙니다. 어쨌든 긴말할 필요 없겠고, 개

값, 치료비 포함해서 천만 원만 주시오. 그럼 합의 하겠습니다."

길부 씨는 몽둥이로 머리통을 얻어맞은 듯 정신이 멍해서 눈만 멀뚱거리는데, 한 영감이 나섰다.

"자네, 지끔 뭐라구 했는가? 천만 원이라구?"

"그래요. 분명 천만 원이라고 했습니다."

한 영감 얼굴이 벌게지더니 벌컥 언성을 높였다.

"옛기 이 사람. 그걸 말이라구 하나?"

"말이 아니면요? 우리 식구들 정신적 피해, 내 육체적 피해에다 치료비를 계산하면 그건 돈도 아니지요. 우리 애들 새카맣게 까무러치는 거 영감님도 보셨잖아요. 싫으면 관두세요. 난 그래도 두 분 체면을 생각해서 합의를 제안했던 건데, 싫으면 할 수 없지요. 나야 이미 동네서 개망나니로 소문 난 놈이니 더 나쁘게 소문난들 어차피 그게 그거다 이겁니다. 내 마지막으로 한 마디만 묻겠습니다. 합의할 거요, 안 할거요?"

젊은이가 막판으로 길부 씨에게 대들자, 길부 씨는 또 가슴이 철렁해서 간절한 눈빛으로 한 영감과 박 경장 눈치를 살폈다. 그러나 공을 넘겨받은 사람은 길부 씨 자신이었음을 깨닫고는 허둥지둥 말했다.

"좋습니다. 합의 합시다. 하지만, 천만 원은 사실 너무 하니까 절충을 합시다."

한 영감도 금방 수그러져서 거들었다.

"그래, 우리 절충을 하세. 자네 애들과 식구들 심정 이해가 가네. 우리 잘못을 인정했으니, 자네가 한발 양보해서 해결을 보세."

"영감님, 그래서 제가 해결방법을 제시했잖아요."

길부 씨는 더이상 대꾸하기도 싫고 그저 기가 막혀 한 영감을 쳐다보았고, 한참 뜸을 들이던 한 영감이 말했다.

"자네가 지끔 어깃장 놓는다는 거 내가 다 아네. 내가 자네한테 받은 돈 백만 원은 돌려주구, 치료비쪼루다가 백만 원을 더 줌세."

젊은이는 같잖다는 듯 바지 주머니에 손을 찔러 넣고는 피식 피식 비웃다가 말했다.

"영감님, 지금 장난하자는 겁니까? 천만 원을 내라는데 웬 백만 원……. 여보시오, 소설가 선생, 당신도 영감님 생각과 같은 거요?"

길부 씨는 이제 입을 벌릴 기력조차 없어 그저 눈만 멀뚱거리며 앉아있자, 박 경장이 보다 못해 거들었다.

"김 사장, 적당한 선에서 해결을 봐요."

"좋습니다. 우리 도그 값은 집사람이 달라는 돈이니 난 모르겠고, 소설가 선생은 5백으로 나와 합의를 봅시다."

젊은이는 이제 아비의 친구인 골치 아픈 한 영감과 길부 씨를 구분해서, 길부 씨만 걸고넘어지겠다는 듯 단호하게 나왔다.

지금까지 한 영감과 자신을 한 덩어리로 여기고 버티던 길부 씨는 그만 아득해졌다. 그것은 하나를 반으로 가른 절반이 아니라, 길부 씨 힘으로는 주체 못 할 몇 배나 더 커진 커다란 덩어리가 되어 가슴에 덜컥 얹히는 충격이었다. 길부 씨는 한꺼번에 맥이 풀려 아득하고, 아무런 생각도 나지 않았다. 차차 정신이 들기는 했지만, 과연 이 사건이 이래도 되는 것인지 싶어 한 영감과 박 경장을 둘러보는 것이 고작이었다.

　깊은 생각을 하는 눈치이던 한 영감이 말했다.

　"그렇게는 안 되네, 나와 해결을 보세. 박 선생은 나 때문에 이렇게 되었는데, 돈을 물어두 내가 물어줌세."

　"그건 말두 안 되지요. 영감님은 우리 집사람과 따로 해결을 보구, 이 사람은 나와 해결을 봐야지요. 영감님 하구는 더이상 말하기 싫으니까, 나중에 우리 집사람 하구 얘기 하시구요. 그만 가세요."

　"그거야 말루 말이 안 되지. 일이 나 때문에 이렇게 되었는데, 내가 어찌 그냥 가겠나. 이 사람아, 나와 해결을 보세."

　"날 때린 사람은 따로 있는데, 왜 영감님이 해결을 합니까? 자꾸 이러면 난 합의 못합니다. 소설가 선생, 어쩔꺼요?"

　길부 씨는 벌에 쏘인 듯 움찔 놀라 사람들을 둘러보다가 뒤늦게 받았다.

　"나더러 꼭 5백을 내놓으라면, 난 그렇게는 못 합니다."

자기 자리에 앉아 자기 할 일만 하는 듯하던 지구대장이 벌떡 일어나 다가오며 말했다.

"해결이 안 되겠구먼. 박 경장, 경찰서로 넘겨요."

박 경장이 길부 씨와 젊은이를 번갈아 보다가 노트북을 열고는 전원을 넣었고, 길부 씨는 마침내 가슴이 서늘하게 식어지며 하얗게 질리고 말았다.

소설가 박길부 씨는 그날 오후 2시에 경찰서로 넘겨졌다. 아내와 아들 내외, 딸이 경찰서에 와보니 길부 씨는 유치장에 갇혀 있었다. 전치 4주의 폭행 범이라 정식 재판을 받고 교도소로 넘어가게 되었다.

전후 사정을 알고 난 아들이 펄펄 뛰었다. 고소장에 첨부된 진단서를 살펴본 아들은 담당 경찰과 함께 진단서를 떼어준 병원에 가서 확인을 했다. 의사는 잠시 난처한 얼굴로 쭈뼛거리다가 말했다.

"그 사람들 이 지역 조폭들입니다. 저도 어쩔 수 없어 진단서를 끊었지만, 스스로 물어뜯었는지 볼창이 찢어진 것은 사실이었습니다. 어금니 두 개가 흔들린다는 것은 그 사람 말만 듣고 그대로 했습니다. 그것은 치과에서 다시 진단을 받아야 할 겁니다."

길부 씨를 폭행범으로 경찰서에 넘긴 조폭 김동규는 그날부터 종적을 감추었다. 꼬박 나흘간 경찰서 유치장에 갇혔던 길부 씨는 이튿날 닷새 만에 풀려났다. 김동규가 나타나 합의를 해준 결과였지만, 결국 합의금으로 3백만 원을 물어주었다. 그뿐만 아니었다. 동네 담당 경찰은 나중에 벌금이 2백만 원쯤 나올 것이라고 귀띔했다. 결국 김동규가 합의금으로 제시한 5백만 원을 물어주고도 폭행 전과자가 된 결과였다.

사람이 살다 보면 참 별난 인간, 별난 사건에 말려들기도 한다지만 법 없이도 살 사람이라던 길부 씨에게는 참 어이없고 분통터지게 운수 없는 그날 하루였다. 생각할수록 가슴 속에 분노와 억울함이 고여 부글부글 끓었다. 개똥을 밟은 듯이 께적지근하게 더러운 그 기분과 억울함이 가슴속에서 쉽사리 사그라들지 않을 것 같음에 길부 씨는 부르르 진저리를 쳤다.

대책 없이 막무가내로 몰아붙이던 젊은 놈의 상판대기를 떠올리며 길부 씨는 그만 하릴없이 피시식 웃고 말았다. 웃고 나니 의외로 마음이 편해지는 듯도 싶었지만, 속에서는 열불이 나서 작업실 창문을 활짝 열었다. 소설가 길부 씨는 눈이 풀풀 흩날리는 어둑한 골목길을 내다보며 중얼거렸다.

"나와는 아무런 상관도 없는 사람에게 손찌검을 한 내 죄가 죄로 느껴지지 않는 것은 또 어째서일까? 그래, 난 인간의 도리를 행했을 뿐이야. 사람을 무는 개를 손찌검 했으니까. 사람들은 흔히 못된 인간을 개만도 못하다고 하지 않던가. 못하든 낫든 간에 개는 개다!"

눈발은 어느새 함박눈으로 펑펑 쏟아지고 있었다. 길부 씨는 빠옥하게 쏟아지는 눈발을 보며 문득 생각했다. 개와 강아지는 같은가? 강아지는 개의 새끼를 일컫는다. 그러한데, 애완견은 어미 개나 새끼나 모두 강아지다. '개를 기르다' 보다 '강아지를 기르다'라는 말이 더 정감이 가는 탓으로 생각하던 길부 씨는 불현듯 강아지를 기르고 싶다는 생각이 떠올랐다. 대체 강아지가 얼마나 좋으면 강아지와 싸운 시아버지를 쫓아낼까? 아이들이 할아버지보다 강아지를 더 좋아하는 까닭은 무엇일까? 소설가 박길부 씨는 당장 컴퓨터 앞에 앉아 강아지 공부를 하기 시작했다. 늙어가는 마누라보다, 커가는 손자들보다 강아지를 더 사랑하게 될지도 모른다는 끔찍한 생각을 하면서도 손가락은 강아지를 찾아 글자판을 두드리고 있었다.

불명열不明熱

첫돌도 안 지난 남자 아기가 대학병원에서 우리 병원으로 이송돼 왔다. 앰뷸런스에 실려 와서 엄마가 안고 병원에 들어왔는데, 고통스러운 울음을 온몸으로 짜내며 울고 있었다. 우선 아기를 진찰대에 누이고 눈꺼풀을 들춰보았다. 눈은 빨갛게 충혈 되었고 소리로는 우는데 눈물은 나지 않았다. 간호사가 체온을 재는데 열이 40도였다.

우선 대학병원에서 넘어온 차트를 보았다. 5일간 대학병원 소아과에 입원했던 아기의 병명은 '불명열'이었다. 불명열이란 원인 불명의 열이 계속되는 경우를 말하는데, 의학적으로는 일주일 이상 열이 나고 여러 검사를 해도 그 원인을 밝힐 수 없는 경우를 말한다. 아기 울음이 멎었다. 울음은 멎었지만 얼굴은 고통으로 일그러진 상태였다.

내가 엄마를 쳐다보자, 잔뜩 죄송스런 표정으로 말했다.

"가끔 기진해서 잠이 들 때만 울지 않습니다. 10분이 못 되어 깨어나서 다시 웁니다."

내 방에서 엄마와 마주 앉아 차트를 보며 물었다.

"언제부터였습니까?"

"일주일 전이었습니다. 멀쩡하던 아이가 새벽 3시경부터 자지러지게 울기 시작했습니다. 한 시간이 넘도록 계속 울어서 119에 신고하여 S대학병원 응급실에 갔습니다. 응급실에서 여러 검사를 해도 별다른 이상이 없는데 울음은 그치지 않았습니다. 9시에 소아과 과장님이 출근하셔서 정밀검사를 해도 열만 심하게 높을 뿐 다른 이상은 없다고 했습니다."

대학병원에서 정밀검사를 위해 사흘간 입원을 했는데 원인을 찾을 수 없었다. 소아과 4인 병실에 입원을 했는데 아기가 밤낮으로 계속 울어 1인 특실로 옮겼다. 사흘간 계속 정밀검사를 해도 불명열 외에는 병명을 찾을 수 없었다. 소아과장은 별 방법이 없으니 퇴원을 하라고 했지만, 아기 부모는 겁이 나서 퇴원을 할 수 없다고 했다. 그러나 대학병원 1인 병실은 보험처리도 안 되고 워낙 비싸서 계속 입원해 있을 수 없었다.

S대학병원 소아과과장은 나와 대학 동기동창이고 임의로운 친구였다. 그 친구가 내게 전화를 해서 11개월 된 김보람 아기가 우

리 병원에 오게 되었다. 아기 부모는 부부가 구청 공무원이라고 했다. 엄마 조수희는 제발 첫아들을 살려달라고 울며 애원했다.

이야기를 나누는 동안 잠을 자던 아기가 다시 울기 시작했다. 잠깐 자면서 기운을 차렸는지 울음소리가 병원에 진동했다. 일주일간 제대로 먹지도 못하고 울기만 한 아기의 울음소리가 너무 요란해서 이상한 생각이 들 정도였다. 아기를 진찰대에 눕히고 엄마가 보는 앞에서 청진기로 진찰하고 온몸을 살펴보았다. 아기 몸은 며칠 제대로 먹지 못해서 야위기는 했어도 어디 한군데 티끌만 한 상처도 없었다. 난감했다. 시설이 좋은 대학병원 소아과 과장도 알아내지 못한 아기의 병명을 대체 어떻게 찾아내서 치료해야 할까? 일단 1차 검사는 했으므로 입원을 시켰다. 우리 병원은 입원실이 2인실 하나 3인실 하나지만 최근에는 거의 매일 비어있다. 그걸 아는 친구가 보람이를 내게 보냈다. 우리 병원이 '보람소아과의원'이니 보람이를 책임을 지라고 친구가 덧붙이며 너스레를 떨었다.

오전 10시경에 우리 병원에 온 보람이는 하루 종일 울었다. 열이 40도가 넘을 때도 있었고, 39도로 떨어지기도 하지만 고열이 계속되었다. 울다 지쳐 가릉거릴 때 젖병을 물리면 잠시 빨다가 잠이 들곤 하지만 잠도 길어야 20분이었고 깨어나면 울었다. 잠결에도 계속 얼굴을 찡그리는 것으로 보아 어디가 몹시 아프다는 것을 짐작할 수 있지만 속수무책이었다. 밤에는 어떠냐고 물었더니, 밤에도 30분 이상 잠들지 못한다고 했다. 보기 드문 예쁜 얼굴인 엄마는 이제 몸도 마음도 지쳐 피부가 까칠하고 몸을 가누기 힘들어했다. 아기도 엄마도 보기에 안타까워 나는 친구가 원망스러웠다.

그날은 환자가 별로 없었다. 4, 5년 전부터 소아과는 환자가 점점 줄어 현상 유지도 어려운 상황이지만 나는 병원 임대료가 나가지 않아 그런대로 버티고 있는 실정이다. 오후 6시에 진료를 끝내고 6층 아버지 방으로 올라갔다.

이 건물은 소아과병원을 하던 아버지가 20년 전에 땅을 사서 6층 건물을 짓고 3층에 '보람소아과의원' 간판을 달고 운영을 했다. 아버지 연세가 75세 되던 10년 전에 종합병원 소아과 과장으로 일하던 내가 병원을 인수하여 운영하고 있다.

아버지 어머니는 85세, 82세지만 아직 정정하시다. 큰형이 사업을 하다가 3년 전에 부도를 내고 오갈 데 없자, 부모님은 큰형에게 아파트를 내주고 건물 6층에 살림집을 차리고 살고 계셨다. 아버지께 오늘 입원한 보람이 이야기를 했다. 내가 병원을 맡은 지 10년이 넘었지만, 환자를 두고 아버지와 상의한 적은 없었다. 지금까지 듣도 보도 못한 어린 환자를 경험이 풍부한 아버지는 혹시 다룬 적이 있는지 궁금하기도 해서였다. 내 이야기를 들은 아버지가 한참 고개를 갸우뚱거리다 말했다.

"여보, 그 왜 한 40여 년 전이든가, 여름 어느 날 자지러지게 우는 돌잡이 여식애를 데리고 온 엄마가 있었잖우."

어머니는 아버지 병원의 간호사여서 두 분은 젊어서부터 함께 일했었다. 어머니는 아버지 말에 곰곰 생각하더니 기억이 나지 않는다고 대답했다.

"병원에 우는 애 데리고 오는 엄마가 어디 한둘이었수."

"아, 그렇기는 하지만 그 왜, 엉덩이에 가시가 박혀 자지러지게 우는 것을 내가 이틀 만에 찾아 냈었잖어."

어머니는 그제야 무릎을 치며 맞장구쳤다.

"아, 참. 맞아요. 작아서 눈에 뵈지도 않는 가시를 원장님이 찾아내셨지요. 가시를 빼자 아이가 울음을 뚝 그쳤지요."

어머니는 아직도 아버지를 원장님으로 부른다. 아버지가 회상하는 가시와 여자아기 환자 사건은 이렇다. 여름 어느 날 40대의 엄마가 자지러지게 우는 여자아기를 데리고 병원에 왔다. 아버지는 어린 환자를 진찰하고 온갖 검사를 해도 병명도 원인도 찾을 수 없었다. 마지막으로 진통제 주사를 놓아도 효력이 없고, 젖도 물도 먹지 못했다. 그렇게 하루가 지나자 아기는 축 늘어졌다. 그런데 이상한 일이 일어났다. 아기를 엎어 재우면 잠을 자다가도 지저귀를 갈아 채우려고 엉덩이를 만지면 기가 넘어갈 정도로 울곤 하였다.

이상하게 생각한 아버지가 아기를 엎어 놓고 엉덩이를 쓰다듬자 아기는 또 자지러지게 울었다. 그러나 아무리 보아도 엉덩이는 티끌만 한 상처도 없이 말짱했다. 아버지는 현미경을 대고 아기 엉덩이를 살펴보았다. 그런데, 눈에 잘 보이지 않는 붉은 반점이 엉덩이 양쪽에 두 군데씩 보였다. 더 세밀한 현미경으로 보자, 작은 가시가 엉덩이에 4개나 박혀 있었다. 간호사 어머니와 마취 주사를 놓고 깊이 박힌 가시를 제거했다. 맨눈으로는 잘 보이지도 않을 만큼 작은 가시였는데 아이가 울기 시작한지 이틀째 되는 날 아침이었다.

여름이라 자주 목욕을 시키면 가시는 깊숙이 박혔을 터인데, 기저귀에 박혔다가 아기 엉덩이에 박혔을 그 가시는 대체 어디서 온 것일까? 곰곰이 생각하던 아버지가 엄마에게 물었다고 했다.

"아기 기저귀를 빨아 너는 빨래줄 부근에 혹시 가시나무가 있나요?"

눈을 동그랗게 뜨고 듣던 엄마가 무릎을 치며 대답했다.

"원장님, 있습니다. 빨래줄 밑에 있는 장독대에 큰 선인장 화분 두 개가 있어요. 바람에 날린 기저귀가 선인장 위에 떨어진 적도 있었습니다."

경험담을 들려준 아버지는 당장 어린 환자를 보자고 했다. 아버지와 어머니를 모시고 3층에 내려와 입원실로 들어갔다. 아기 아빠와 할머니가 와있었다. 인사를 나눈 뒤에 간호사를 불러 현미경을 가져오게 했다. 입원환자가 있으니 간호사가 숙직을 하고 있었다.

아버지가 아기 엄마에게 물었다.

"집안에 가시가 있는 화분이 있습니까?"

엄마가 대답했다.

"화분은 다섯 개가 있지만 가시가 있는 화분은 없는데요."

지금은 기저귀를 빨아 쓰지 않으니 가시가 기저귀에 박힐 리는 없다. 그러나 일회용 기저귀라도 제작과정에서 미세한 가시 종류가 박힐 수도 있을 것이다. 나는 아버지 지시대로 자지러지게 우는 아기를 발가벗기고 현미경으로 온몸을 살펴보았다. 아기 몸은 일주일간 제대로 먹지 못해 엉덩이가 쭈글쭈글하도록 야위어 있었다. 세밀하게 살펴도 티끌만 한 상처도 없었다.

아버지는 아기 엉덩이를 쓰다듬었다. 기운이 없어 맥없이 울던 아기가 눈을 뜨고 아버지를 보다가 이내 감으며 여전히 울었다. 답답해서 해본 짓이지만 부모님은 머쓱해서 올라가시고, 나는 이상하게 여기는 환자 가족들에게 아버지도 소아과 의사라는 것을 밝혔다.

이튿날 대학병원에서 넘어온 차트와 엑스레이 사진, MRI CD를 세밀하게 검토해 보아도 내가 다시 검사를 할 필요는 없을 것 같았다. 단 친구가 개인적으로 보낸 소견서에는 아기의 간이 약간 크게 보일 뿐 불명열 외에 다른 증상은 찾을 수 없다고 썼다. 그가 김보람 환자를 내게 보낸 것은 부모가 퇴원을 무서워하고 입원을 원하기 때문에 우리 병원에 보낸다고 했다.

그렇다면 내가 할 수 있는 것은 아무것도 없다. 시설이 좋은 대학병원에서 손을 놓은 어린 환자를 내가 치료한다는 것은 불가능하다. 생각다 못해 내가 아는 전문의들에게 환자 병세를 설명하고 자문을 구했지만 한결같이 알 수 없다는 대답이었다. 참 답답한 노릇이었다. 말이나 하면 어디가 아픈지 알기나 하지, 심할 때는 팔다리를 바동거리며 숨이 넘어가도록 울기만 하니 속이 터질 지경이었다. 아기가 입원실에서 나오지 않아 그나마 다행이지만 울음소리는 계속 들려 환자를 진료하면서도 마음은 좌불안석이었다.

이튿날 출근해서 보아도 계속 그런 상태였다. 아기 엄마에게 말했다.

"우리 병원에서는 보람이를 어떻게 할 수가 없습니다. 무작정 약도 먹일 수 없고, 내가 계속 붙어 앉아 있을 수도 없습니다. 죄송하지만 퇴원하여 집에서 돌보시다가 급하게 되면 전화를 하세요."

할머니와 엄마는 펄쩍 뛰었다.

"원장님, 죄송합니다. 제가 죽고 싶도록 죄송하지만 퇴원은 못

하겠습니다. 겁이 나기도 하지만, 아파트에서 애가 밤낮으로 저리 울면 이웃들은 어찌합니까? 입원비는 걱정 마시고 퇴원은 시키지 말아주세요."

듣고 보니 그건 또 그렇다. 나는 생각다 못해 말했다.

"좋습니다. 그럼 내가 처음부터 검사를 다시 하겠습니다. 동의하시겠습니까?"

아기 할머니는 시어머니라고 했는데 잠시 생각하다가 말했다.

"다시 해야 한다면 어쩔 수 없기는 하지만, 다 죽어가는 어린 것이 검사를 받다가 더 지치지나 않을까 걱정입니다."

나는 이미 생각했으므로 대답했다.

"내가 미심쩍은 것만 하겠습니다. 벌써 사흘이 지났으니 어떤 변동이 있을 수도 있으니까요."

엄마가 말했다.

"그렇게 하시지요. 동의하겠습니다."

부모 동의서를 받고 우선 가슴 엑스레이를 찍고, 가슴 초음파 검사를 했다. 간이 부어있고, 신장이나 심장은 이상이 없어 보였다. 위내시경을 하며 목을 보았는데 하도 울어서 기도가 많이 부어있었다. 위벽에 출혈 흔적이 보여 조직을 떼어냈다. 그날로 환자를 방사선과 전문병원에 보내 MRI를 찍게 했다.

이튿날 검사결과를 보았다. MRI 결과도 이상 없고, 간이 부어있고, 울어서 기도가 부었을 뿐 별다른 이상은 없다. 위 조직도 정상이었다. 영양수액에 간장약과 해열제를 넣어 링거주사를 하는 것이 고작이었다. 그러나 아기가 계속 팔을 바동거리며 울어서 팔을 침대에 묶어야 했다.

이튿날 출근을 하자, 간호사가 아기의 열이 40도를 넘는다고 했다. 입원실에 가서 아기를 보았다. 열이 나서 얼굴이 벌겋고, 울기에도 지쳐 울음소리가 그저 갸릉갸릉 했다. 나는 가슴이 답답하고 은근히 화가 났다. 의사로서 어린 환자와 가족들 보기도 민망스럽거니와 이렇게 아무것도 할 수 없다는 것에 무력감과 함께 좌절감이 들었다. 내가 할 수 있는 것은 환자가 지치지 않게 영양수액을 링거 하는 것이 고작이었다.

사흘이 지났다. 입원실에 갔더니 초죽음이 된 할머니가 울면서 말했다.
"원장님, 이 녀석 아무래도 사람 노릇 못 할 것 같습니다. 어쩌면 좋습니까?"
눈을 감고 우는 어린 환자를 보았다. 내가 보기에도 사람 노릇 하기는 어려울 것 같았다.
간호사가 말했다.
"혈관이 숨어서 이젠 링거도 꽂을 수 없습니다."
그럴 것이다. 당연한 현상이다. 가수면 상태에서도 계속 얼굴을 찌푸리는 환자 얼굴을 자세히 살펴보다가 나는 깜짝 놀랐다. 어제까지도 몰랐는데 어느새 얼굴이 노랗게 황달이 오고 있었다. 난감하여 할머니에게 물었다.

"엄마는 어디 가셨습니까?"

"어제까지 휴가였는데 오늘은 출근을 했지요."

숨길 일이 아니어서 말했다.

"아기에게 황달까지 오고 있습니다. 부부가 같은 직장이라고 하던데요. 퇴근해서 같이 오시라고 전하세요. 뭐, 당장 급한 것은 아닙니다."

노인이라고 하기엔 좀 그런 할머니가 당황해서 물었다.

"황달이면 얼굴이 노래지는 병인가요?"

"얼굴만 노란 것이 아니라 나중에 온몸이 노랗게 됩니다. 걱정하실 테니까 아직 혼자만 알고 계세요. 급박한 것은 아닙니다."

할머니는 허리를 굽실거리며 대답했다.

"원장님, 고맙습니다. 참, 여러 가지로 고맙습니다."

내 방에 와서 대학병원 친구에게 전화를 했다.

"이제 황달까지 왔다. 어쩌니?"

"간에 이상이 있을 수도 있지만 당장은 어떻게 할 방법이 없잖아. 당분간 지켜볼 수밖에 없겠다."

"그러게 왜 저런 환자를 내게 보냈냐? 나 골탕 먹이려고 일부러 그랬지?"

"그게 의사가 할 말이냐? 그 환자 집이 그 동네잖아. 입원실도 비어있다고 해서 보낸 거잖아. 암튼 급한 상황이 되면 전화해라."

"알았어. 하도 답답해서 해본 말이다."

전화를 끊고 생각해도 친구가 괘씸하다. 나를 생각한 배려일 수도 있겠지만 이건 아니라는 내 감정은 변함이 없다. 겨울로 접어드는 환절기 탓인지, 요 며칠간 감기 환자가 많아졌다. 바쁜 하루를 보내고 퇴근 무렵인데 보람이 부모가 왔다. 함께 입원실로 갔다. 아침에 보고 9시간 만에 다시 보니 그새 황달이 더 심해진 것 같았다. 여전히 울고 있는 아기에게 엄마가 젖병을 물렸다. 울지 않는 얼굴을 살펴보았다. 옷을 들추고 보니 배도 가슴에도 황달이 왔다.

부모와 내 방에 와서 앉았다.

"보셨지만 황달이 심해집니다. 황달을 빨아내는 형광 인큐베이터에 넣어야 하는데, 밀폐된 보육기 안에서 저렇게 계속 울면 그것도 어려울 겁니다."

엄마는 울기만 하고 아빠가 물었다.

"원장님, 그럼 대체 어떻게 해야 합니까?"

"글쎄요. 나도 참 답답합니다. 오늘은 이미 늦었으니 내일 큰 병원으로 가보시는 게 좋겠습니다. 우리 병원에는 형광 인큐베이터가 없습니다."

엄마가 울음을 그치고 물었다.

"그럼 S대학병원에 다시 가야 합니까?"

"글쎄요. 내일 아침에 내가 전화를 해보겠습니다."

아빠가 말했다.

"어디든 큰 병원에서는 입원을 할 수 없습니다. 검사만 하고 다시 여기로 오게 해 주세요. 제발 부탁드립니다."

그건 내 생각도 그렇지만 형광 인큐베이터가 문제다. 알면서 거절하지 못했다.

"그렇게 하세요."

이튿날 보람이는 상계 B종합병원으로 갔다. S대병원에서는 환자가 넘쳐 빨라도 일주일 뒤에 진료가 가능하다고 했다. B병원 소아과장은 대학 2년 선배여서 내가 어거지로 구겨 넣었다.

오후 5시에 보람이는 다시 우리 병원으로 왔다. 결과는 아무것도 없다. 단 보람이에게 온 황달은 형광 인큐베이터로 해결할 병이 아니라는 것이었다. 이제 꼼짝없이 내가 보람이를 책임져야 했다.

하루 종일 검사에 시달려서인지 어린 환자는 축 늘어져 울음 소리가 갸릉갸릉도 아니고 그저 색색색 했다. 차라리 시원스레 울기나 하면 듣는 사람이 답답하지나 않지, 죽지 못해 우는 모습을 보고 듣는 어른은 머리가 터질 지경이었다. 손자를 잘 돌보던 할머니가 안 보여 물었더니, 아버지와 막내 동생이 농사를 지으며 밥을 끓여 먹다가 아버지가 병이 나서 오늘 고향 전라도 장성으로 내려갔다고 했다.

"억지로라도 해열제를 탄 우유를 때맞추어 먹이세요. 별다른 방법은 없습니다."

아이를 안고 우유를 강제로 먹이며 울음을 삼키는 부부를 두고 입원실을 나왔다.

보람이가 입원한 지 일주일 째 되는 날이었다. 출근하여 입원실에 들어가 보니 환자는 가쁜 숨만 여리게 쉴 뿐 의식이 없는 듯하다. 열은 여전히 높아 39도였다. 밤을 새웠을 엄마가 기진한 목소리로 말했다.

"새벽까지는 그래도 울더니 이젠 울지도 못합니다."

눈꺼풀을 들춰보았다. 눈에 생기가 없다. 환자를 조심스레 엎어 놓고 항문을 벌려보았다. 항문은 다행으로 정상이었다. 항문이 풀려있으면 살지 못한다. 황달은 더 심해지지 않고 그대로였다.

"밤에 우유는 잘 먹었습니까?"

아빠가 우유병을 들어보며 대답했다.

"밤새도록 먹은 것이 한 병도 못 됩니다."

어린 환자는 이제 뼈와 가죽뿐이다. 살갗을 집으면 인형에 입힌 옷처럼 집혔다. 옛날 어른들은 저런 상태를 '명주바지 입었

다'라고 했다. 창백한 얼굴에는 이미 죽음의 그림자가 드리운 것
같았다. 부모도 이제 체념한 듯 그저 덤덤하다. 이야말로 속수
무책이다. 나는 잔뜩 웅크린 젊은 아빠 등을 쓸어주고 입원실을
나왔다.

열한 시가 넘어설 무렵이었다. 보람이 아빠가 진료실로 달려
와 말했다.
"원장님, 좀 가보셔야 될 것 같습니다."
간호사를 데리고 가보았다. 환자는 숨을 몰아쉬는 호흡곤란이
오고 있었다. 환자가 부르르 진저리를 쳤다. 이는 심장마비가 발
생하고 있음이다. 심장 마사지기로 충격을 주는 긴급처치로 일단
숨이 돌아왔다. 어렵게 팔목의 혈관을 찾아 영양수액에 해열제를
넣어 링거하고 숨을 돌렸다. 엄마의 흐느낌을 뒤로하고 방을 나
왔다.
퇴근 무렵이었다. 당직이 걸린 김 간호사가 쭈뼛거리며 말했
다.
"원장님, 저 오늘 당직 못 하겠습니다."
"아니, 왜요?"
"무서워요. 저는 아기가 죽는 모습을 못 보겠어요."
나는 잠시 생각하다가 말했다. 지금까지 우리 병원에서 어린
환자가 죽어 나간 적은 없었다. 김 간호사는 우리 병원에 온 지

일 년 남짓으로 간호사 셋 중 가장 어리다.

"환자가 죽을지 어떻게 알아요."

간호사 셋이 눈을 맞추고 수간호사가 말했다.

"원장님, 오늘 밤을 넘길 것 같습니까? 그렇더라도 만약에 낮에처럼 또 심장마비가 온다면 저희가 혼자서 어떻게 합니까?"

속으로 불끈하면서도 그건 그렇다. 사람의 죽음을 한 번도 경험하지 못한 이들의 마음도 이해되어 말했다.

"알았어요. 내가 당직 할 테니 어서들 퇴근해요."

간호사들이 퇴근하고, 나는 입원실로 갔다. 오늘 밤 내가 당직한다는 말에 부부는 밝게 웃으며 반겼다. 이들도 아기가 밤에 심장마비가 올 것을 한걱정 하고 있었을 것이다. 아빠가 굽실하며 말했다.

"원장님, 감사합니다. 정말 고맙습니다."

아빠 등을 두드려주고 나왔다. 이것은 무의식적 행위지만, 나 자신과 어린 환자 아빠에게 함께 고생해 보자는 격려의 뜻이었다. 숙직실 겸 탈의실에 들어가 보았다. 한 번도 들어와 본 적이 없는 금남의 방이다. 화장품 냄새도 나고 여자들만 머무는 방이라 선입견이겠지만 기분이 묘한 냄새도 나는 것 같다. 간호사들이 자던 침대에 내가 그대로 들어가 잘 수는 없겠다고 생각했다.

집에 당직을 알리고, 6층에 올라가 아버지께 아이가 아무래도 심상치 않아 당직을 하겠다고 말했다. 부모님과 함께 저녁을 먹었다. 환자 덕분에 참 오랜만에 부모님과 모여앉아 저녁을 먹었다. 어머니 반찬 솜씨는 여전히 내 입맛에 맞았다. 아버지와 양주도 석 잔을 마셨다. 하루 종일 답답하고 무겁던 마음이 풀렸다. 침대 패드와 이불이 필요하다는 내 말에 어머니는 깔깔대며 웃었다.

낯선 방인데도 아내가 옆에 있는 듯한 안정감으로 푹 잤다. 깨어보니 7시 반이다. 세수를 하고 입원실에 가보았다. 부부가 밝은 얼굴로 인사를 했다.

"밤에 많이 보채지는 않았나요?"

"가끔 울기는 했어도 영양제를 맞아서인지 오랜만에 좀 잤습니다. 그래서 저희도 눈을 좀 붙였습니다."

"다행이군요. 잘하셨습니다."

환자는 잠이 들었는데, 어디가 고통스러운지 얼굴에 계속 경련이 일고 있었다. 내가 보기에 이제는 울 기력도 없어 울지도 못하는 것 같았다. 열을 재보니 여전히 39도였다. 참 이상하다. 어린 아기가 열흘이 넘도록 열이 39도 이상이면 죽는다. 소아과 의사인 내 상식으로는 그렇다.

부모님이 내려오셨다. 환자를 살펴보는 아버지 표정이 어두워졌다. 내 짐작도 같다. 김보람 아기는 오늘 내일이 한계일 것 같다. 아기를 살펴본 어머니가 아버지 눈치를 힐긋 보고는 아기엄마에게 물었다.

"의사 어미로서, 또한 간호사를 했던 늙은이가 할 말은 아니지만 하도 답답해서 물어볼게요."

"예, 사모님, 말씀하세요."

"그 저, 혹시 푸닥거리라는 거 알아요?"

나는 속으로 깜짝 놀랐다. 대체 푸닥거리라니! 그러나 이내 이해가 되어 고개를 끄덕였다. 과연 여든이 넘은 안노인네로서 할 수 있는 생각이었다.

"그거 해보았습니다. 이 병원에 오기 전 시어머님이 무당집에 가서서 점도 보고 하라는 대로 해보았습니다."

"그랬군요. 이 판국에 뭔들 못하겠어요."

"무당은 자기가 하라는 대로만 하면 애가 죽지는 않는다고 했답니다."

아버지는 내게 눈짓을 했다. 우리가 더 들을 말이 아니었다.

그날 10시경이었다. 보람이 엄마가 뛰어와 울면서 다급하게 말했다.

"원장님, 또 또…….."

달려가 보았다. 아기는 다시 심장마비가 오고 있었다. 간호사가 심장 마사기를 들고 뛰어왔다. 손바닥만 한 야윈 가슴에 기계를 얹고 충격을 가했다. 두 번을 하자 울음이 터졌다. 나는 하도 애처로워 잠시 들여다보다가 말없이 방에서 나왔다. 이것은 정말 못 할 짓이다. 심장 마사기는 아기들에게는 쓰지 못한다. 그런데 난 쓰고 있다. 이것은 살인행위가 될지도 모른다. 나는 화장실에 들어가 한참 마음을 가라앉혔다. 내게도 세 살 먹은 막내아들이 있다. 내 아들이라면 못했을 것이다.

오후 다섯 시까지 보람이는 두 번 더 심장마비가 왔다. 세 번째 왔을 때 내가 말했다.

"기계를 더는 쓸 수가 없네요. 못하겠습니다."

부부가 눈짓을 주고받으며 아빠가 말했다.

"그럼 그냥 죽는 겁니까?"

나는 달려들어 아기 심장부위를 손바닥으로 마사지했다. 살짝 살짝 대여섯 번 누르자 또 깨어났다. 울음소리도 이젠 잔뜩 쉬어 그냥 색색거렸다. 몸의 열은 40도가 넘는데 아기 팔다리는 싸느랗다. 이젠 아기 부모도 나도 할 말이 없다.

진료실로 돌아와 마지막 환자를 보고 나니 6시다. 간호사들에게 퇴근을 하라고 말했다. 그때 또 아빠가 달려왔다. 이제는 말이 필요 없다. 수간호사와 달려갔다. 숨지기 직전의 가래 끓는 소리가 나다가 숨이 멎었다. 엄마가 동동거리며 울다가 손으로 마사지 시늉을 했다.

떨리는 손으로 옷을 젖혔다. 조그만 가슴은 이미 여러 번 심장 마사지로 시퍼렇게 멍이 들었다. 차마 손댈 수 없다. 위생장

갑을 벗고 맨손바닥으로 아기 심장부위를 살살 마사지했다. 시퍼렇게 멍들고 가죽만 남은 가슴은 놀랍게도 따뜻하다. 엄마에게 일렀다.

"손바닥으로 배와 다리를 쓰다듬어주세요."

실낱같던 숨이 되살아났다. 잠시 지켜보다가 말했다.

"오늘 밤도 내가 당직하겠습니다."

부부는 울면서 고마워했다. 내 방으로 돌아왔다. 간호사들이 퇴근하지 못하고 있었다.

"모두 퇴근해요."

"원장님께서 또 계실 겁니까?"

나는 씁쓸하게 웃으며 대답했다.

"그럼 누가 있어요?"

수간호사가 말했다.

"원장님, 저는 내일 집안에 일이 있어 출근 못 하겠는데 어쩌지요?"

그렇구나, 토요일이다. 오전 진료만 하면 되니까 수간호사가 없어도 별 지장은 없을 것이지만 나는 일요일까지 혼자 당직이다.

"알았어요. 일요일까지 나 혼자 있어야 하는데, 혹시 어려운 일 발생하면 누구에게 전화를 할까요?"

신연화 간호사가 받았다.

"제가 나오겠습니다."

"고마워요. 어서들 가요."

내방을 정리하고 입원실에 갔다. 아기는 잠들어있다. 심장마비가 오면서부터 기진해서인지 울지도 않았다. 차마 못 할 말이지만 나는 이제 김보람 환자를 포기한 상태였다. 하릴없이 내방으로 돌아와서 의자에 기대앉았다. 오늘 하루는 악몽이었다. 사방이 조용하자 가슴이 텅 빈 듯하고 마음도 허전했다. 그러나 어린 환자 모습이 머리에서 사라지지 않았다. 곰곰이 생각해도 어린 아기가 더 고통받지 않고 삶을 마감하기를 간절하게 바랄 뿐이다. 체념하며 길게 숨을 내쉬다가 문득 생각했다.

"인간의 생명을 의사인 내가 이렇게 포기해도 되는 것인가? 얄팍한 지식으로 어설픈 경험으로 한 인생이 끝났다고 생각해도 되는 것인가?"

나는 마침내 벌떡 일어났다. 어떻게 할 수는 없지만 인간의 생명을 의사인 내가 포기 할 수는 없다. 눈이라도 맞추어 주고 손이라도 만져주어야 했다. 저녁을 먹으러 6층에 가는 길에 입원실에 들렀다. 환자는 자고 있었지만, 눈자위가 푹 꺼지고 그 모습은 참 미안한 말이지만 해골 그 자체였다. 느낌이지만 그 자체가 미안해서 얼른 말했다.

"계속 자고 있군요. 좋은 현상입니다. 저녁을 먹고 내려오겠습니다."

"원장님, 오늘 밤도 지켜주셔서 참 고맙습니다."

저녁을 먹으면서 아버지께 사실대로 말씀드렸다. 묵묵히 듣고는 대답했다.

"기적이라는 것도 있다. 사람의 생명을 의사가 함부로 포기해서는 아니 된다."

나는 부끄러웠다. 조금 전에 내가 했던 생각을 노련한 선배 소아과 의사가 꼬집었다.

저녁을 먹고 부모님과 함께 입원실에 내려왔다. 환자는 자고 있었는데 엄마가 말했다.

"자다가 깨어서 잠시 울다가 다시 잠들었습니다. 계속 자는데 괜찮은 건가요?"

시계를 보니 9시다. 6시경에 심장이 잠시 멎었다가 회복된 뒤부터 잠만 자는 상태. 내 말에 아버지는 다가서서 잠든 환자 이마를 짚어보고 이어서 눈꺼풀을 벌여 보았다. 환자가 두 눈을 반짝 뜨더니 이내 감겼다. 나는 순간적이지만 그 눈에서 전에 없던 생기를 보았다.

아버지는 다시 허리를 굽혀 이마를 짚어보고 가죽만 남은 환자 양쪽 볼을 양 손바닥으로 어루만지고 손을 떼는 순간, 어린 환자가 눈을 반짝 뜨고는 손을 들어 아버지 오른손 가운데 손가락을 움켜잡았다. 아버지는 순간적으로 움찔하였고, 나는 머리발이

174

쭈뼛하고 온몸에 소름이 확 돋았다. 놀랍게도 아기는 눈을 동그랗게 뜨고 허리를 굽힌 아버지 눈과 맞추고 있었다. 그러나 잠시였고 눈이 감기며 아버지 손가락에서 아기 손이 툭 떨어졌다. 아버지가 허리를 펴며 말했다.

"이 아기 살아났다!"

깜짝 놀라며 아버지를 보았다. 손가락에서 손이 툭 떨어지고 눈이 감길 때, 나는 숨이 지는 줄 알았다. 그런데 살아났다니? 우리 네 사람은 모두 아버지 얼굴만 보았다.

아버지가 말했다.

"내 손가락을 잡는 아기 손아귀에 힘이 실렸다. 그 힘이면 스스로 살아난다. 지금부터가 중요하다. 잠시라도 환자에게서 눈을 떼지 말아야 한다."

그 순간, 내 옆에 섰던 어머니가 손가락질을 하며 큰 소리로 말했다.

"저길 보세요. 저 입을 좀 보세요. 입을 오물거리잖아요."

눈은 감겼지만 환자는 입을 계속 오물거리고 있었다. 환자 부모는 어리둥절하여 멍한 상태였고, 어머니가 말했다.

"무의식중인 어린 환자가 저러는 것은 입이 마르거나 배가 고플 때 하는 짓입니다. 엄마는 어서 우유를 타세요. 진하지 않게 묽게 타세요."

좁은 입원실은 금방 활기로 넘쳤다. 나는 이도 저도 못 해 그저 동동거리기만 하였고, 엄마는 능숙하게 포트에 물을 끓이고 아빠는 젖병을 씻었다. 이윽고 젖병을 입에 물렸다. 어린 환자는 볼을 오물거리며 젖병을 힘차게 빨았다. 대체 금방 죽어가던 아기에게서 저런 힘이 나오다니! 아버지가 말없이 내 등을 꽤 오래도록 쓰다듬었다.

우유를 먹는 환자 열을 재보았다. 37.5도였다. 나는 저절로 한숨이 나왔다. 체온을 확인한 아기 아빠가 나를 와락 끌어안았다. 펑펑 울면서 말했다.

"원장님, 고맙습니다. 정말 고맙습니다. 이 은혜 평생 갚겠습니다."

나는 마주 안으며 말했다.

"그런 말 나중에 해도 됩니다."

아기가 우유 한 병을 알뜰히 비우도록 바라보다가 다시 체온을 재보았다. 37.5도 그대로였다. 환자는 금방 잠이 들었다. 아빠에게 말했다.

"보채거나 울거나 조금이라도 이상하면 전화를 주세요. 6층에 올라가 있겠습니다."

아버지와 식탁에 마주 앉았다. 아무래도 미심쩍어 아버지 의견을 물었다.

"심장 정지와 호흡 마비가 네 번이나 있었습니다. 혹시 고열과 고통으로 뇌의 열 조절기능을 가진 뇌 중추가 손상되어 잠시 열이 떨어지고 통증이 사라진 것은 아닐까요?"

아버지도 잠시 생각하다가 대답했다.

"글쎄다. 의학적으로 그럴 수도 있겠지만, 내 생각과 경험으로 보아 환자가 죽지는 않을 것 같다. 뼈만 남은 그 여린 손의 악력이 대단했다. 이것은 단순히 의학적으로는 설명할 수 없는 현상이다. 만약 뇌 중추가 손상되었다면 살아나도 정상은 아니겠지. 지켜보는 수밖에 없다."

어머니가 술상을 차렸다.

"이런 날 술 한 잔 하셔야지요."

나는 취하도록 마시고 싶지만 그럴 수는 없다. 내 마음을 알아차린 아버지가 말했다.

"어젯밤도 잠을 설쳤을 것이니 적당히 마시고 푹 쉬어라. 뭔일이 나면 내가 내려가 볼 것이다."

아버지 직업을 물려받은 것이 이럴 때는 참 행복하다. 양주 맛이 꿀맛이다.

이튿날 7시에 잠이 깨었다. 적당한 술 기분에 참 잘 잤다. 세수를 하고 입원실에 가보았다. 부부가 말끔하게 밝은 얼굴로 반갑게 맞이하며 인사를 했다.

"보람이는 어떻습니까?"

어린 환자는 놀랍게도 눈을 말똥하니 뜨고 있었다. 내가 볼을 만지며 눈을 맞추자 방긋 웃으며 야윈 다리를 버둥거렸다. 엄마가 탄성을 질렀다.

"여보, 웃었어요! 보람이가 웃었어요."

아빠가 환하게 웃으며 말했다.

"20여 일 만에 웃는 걸 보았네요. 원장님, 감사합니다."

"그래요. 이제 걱정 마세요. 밤에도 잘 잤지요?"

엄마도 맑은 목소리로 대답했다.

"밤에 한 번도 안 울고 잘 잤습니다. 우유도 반병씩 두 번 먹었습니다."

열을 재보았다. 37도 정상이었다. 사경을 헤매던 어린 환자는 이제 정말 살아났다. 이것은 기적이다. 이제 남은 걱정은 뇌손상 없이 건강을 회복하는 것이다. 그러나 그 말을 젊은 부부에게 할 수는 없었다.

"우유를 먹이고 한 시간 쯤 뒤에 따뜻한 물로 목욕을 시키세요."

"알겠습니다. 원장님, 고맙습니다."

10시에 대학병원 친구에게 전화를 했다.

"어제 심장마비가 네 번이나 있었다. 뇌손상이 올 수 있지 않을까?"

"그 아이 네가 살렸구나. 사실 나도 그렇지만, 너보다 노련하신 아버님을 믿었다. 뇌손상, 그럴 수도 있지만 내 생각은 아닐 것 같다. 암튼 건강이 회복되어 이리 보내면 내가 검사해 볼게. 그동안 고생 많이 했다. 고맙다."

토요일이라 바쁘긴 하겠지만 제 말만 하고 전화를 끊는 친구가 괘씸하다. 하지만 고맙기는 내가 고맙다. 나는 며칠 동안 참 많은 것을 배웠다. 인간의 몸은 참으로 불가사의다. 의사에게 있어서 생명에 대한 포기란 허락되지 않는다. 오직 최선을 다할 뿐이다.

사랑을 읽는 시간

금요일 오후 4시, 손자 재륜이는 오늘도 친구 다섯을 데리고 왔다. 5학년에 올라가서 네 번째다. 오늘은 여자아이 셋 남자아이 둘인데, 남자 하나 여자 하나가 처음 보는 얼굴이다. 세 아이는 작년부터 자주 오던 아이들이었다. 나는 궁금해서 물었다.

"재륜아, 성주와 지은이는 왜 빠졌니?"

"할아버지, 걔네들은 학원에 가기 때문에 금요일은 올 수 없게 되었어요. 토요일은 올 수 있는데, 데려와도 돼요?"

나는 잠시 멍해졌다. 주일에 한 번 애들 치다꺼리하기에도 이제는 부담이 되는데 연이틀을 하게 되면 며느리 눈치도 보게 되고 나도 썩 내키는 마음이 아니다. 그렇지만 녀석 친구들 앞에서 딱 잘라 말하기도 어려워 얼버무렸다.

"글쎄다. 뭐 두고 보자꾸나."

"얘들아 우리 할아버지께 인사드려."

두 아이가 소파에서 벌떡 일어나 남자아이가 먼저 꾸벅 인사를 한다.

"할아버지 안녕하세요. 전 나용수입니다."

"할아버지 전 홍나미예요."

"오냐, 그래. 모두 잘 왔다."

얌전하게 앉는 두 아이 얼굴이 판이하게 다르다. 여자아이는 동양계가 아니고, 남자아이는 동남아시아계 혼혈로 보이는데 우리 아이들 모습과 별로 다르지 않다. 나는 앞으로 자주 보게 될 두 아이의 부모혈통을 알아야 했다. 재륜이가 반지빠르게 소개를 해서 내가 편해졌다.

"할아버지, 용수 엄마는 베트남이고요. 나미 엄마는 우크라이나예요. 얘들하고 같이 놀아도 괜찮지요?"

"아무렴 괜찮지. 근데, 얘들도 너네 반이니?"

"아녜요. 얘네 둘은 2반이지만 학교에서는 같이 놀아요. 그래서 같이 왔어요."

"그래, 잘했다. 오늘은 무슨 공부 할 거니?"

엄마가 필리핀인 한제니가 냉큼 대답했다. 제니 엄마는 영어를 잘해서 제니 영어실력은 미국인과 대화를 할 수준이다. 제니는 우리 집에 와서 공부하는 아이들의 영어 선생님이다.

"할아버지, 영어 공부 할 거예요."

"오냐, 잘 정했다. 오늘 간식은 할아버지가 뭘 사줄까?"

재륜이가 좋아라고 받았다.

"오늘도 피자 사주세요. 얘들아, 피자 좋지?"

녀석들은 모두 박수를 치며 좋아들 했다. 나는 아이들의 이런 모습이 참 보기에 좋다. 다복솔밭처럼 머리를 맞대고 모여앉아 재깔거리며 피자를 먹는 모습을 보면 마음이 흐뭇하고 즐겁다. 나는 이런 즐거움을 맛보기 위하여 일주일에 한 번씩 우리 집에 오는 다문화가정 아이들에게 피자, 튀김통닭, 자장면을 사주곤 했다. 나는 직장 연금과 국가유공자 보훈연금을 합하여 매월 5백여만 원이 통장으로 들어오기 때문에 노년에 돈이 궁하지는 않다. 늙어가며 돈을 내 마음대로 쓸 수 있다는 것은 큰 행복이다.

재륜이는 어려서부터 덩치가 크고 성격이 활달하고 사교적인 성격이었다. 유치원 때부터 아이들을 잘 사귀고 늘 대장 노릇을 했다. 초등학교에 들어가서도 역시 친구들을 잘 사귀고 또래의 리더가 되어 4학년까지 반장과 부반장을 번갈아 했다. 공부도 잘 하지만 운동도 좋아해서 태권도를 배우고 축구도 잘했다. 또한 의협심도 강해서 아이들을 괴롭히는 못된 또래들뿐만 아니라 고학년 아이들에게까지 대들어 미움을 사기도 하지만 따르는 또래들이 많아 왕따를 당하거나 괴롭힘을 당하지도 않았다. 따라서 선생님들도 재륜이를 감싸고 힘을 보태주어 교내의 감찰부장이라는 무관의 감투가 씌워지기도 했다.

재륜이가 다문화가정 아이들을 집에 데려오기 시작한 건 3학년 올라가면서부터였으니 3년째다. 봄방학이 끝나고 2주째 금요일 오후였다. 재륜이와 2학년인 손녀 예나가 학교에서 돌아올 시간이 되어 외출에서 막 집에 들어서는데 전화가 왔다. 5년 전부터 손자들을 돌보는 것이 집안에서의 내 임무였다.

"저기요, 할아버지. 친구들 셋을 데리고 가도 돼요?"

전에도 가끔 그랬었기에 좋다고 대답했다.

"할아버지, 근데요. 애들이 다문화가정 애들이에요. 그래도 되지요?"

나는 순간적으로 깜짝 놀랐다. 다문화가정이라는 말은 신문이나 TV에서 보고 듣고 그런 가정들의 사정을 그저 흥미롭게 보기는 했지만, 다문화가정의 아이들을 실제로 본 적은 없었다.

"다문화가정 아이들이라니? 네가 그 애들을 어떻게 알았어?"

"우리 반 애들이에요. 3학년 올라와서 그런 애들 셋이 우리 반 되었어요."

"그래, 알았다. 아무렴 데려와도 되지."

학교에서 우리 집까지는 걸어서 10여 분 거리다. 나는 괜스레 마음이 설레어서 소파와 의자를 만지고 탁자를 휴지로 닦는 등 수선을 떨었다. 현관문이 열리고 아이들 다섯이 들어섰다. 우리 손자 손녀와 그 아이들 셋이었다. 여자아이가 둘 남자아이가 하나였는데 역시 얼굴 모습이 우리 아이들과는 다르다. 옷 입성은 모두 단정하고 깨끔하다. 아이들은 현관에 나란히 서서 인사를 했다.

"할아버지 안녕하세요?"

"오냐, 잘들 왔다. 어서 들어와 앉거라."

아이들은 거실을 두리번거리다가 의자에 앉았다. 나는 상석 의자에 앉아 아이들을 보다가 얼굴이 하얀 서양계의 여자아이에게 물었다.

"넌 이름이 뭐니?"

"장소희에요."

"예쁜 이름이구나. 엄마는 어느 나라 사람이니"

물으면서도 마음이 멈칫했는데, 아니나 다를까 아이의 표정이 굳어졌다. 둘러보니 두 아이의 표정도 그렇다. 뱉은 말을 어찌할 수도 없어 마음이 짠해지는데 아이가 침을 꿀꺽 삼키고 나서 대답했다.

"엄마는 러시아고요. 아빠는 북한이에요"

나는 머릿속이 화끈하도록 놀랐지만 드러낼 수는 없어 얼결에 아이의 손을 살며시 잡았다. 그래도 입이 떨어지지 않아 잠시 얼굴만 들여다보다가 말했다.

"그렇구나. 소희는 참 예쁘게 자라고 있구나."

금방 울음이 터질 것 같던 아이의 얼굴에 배시시 웃음이 번졌다.

옆에 앉은 여자아이에게도 물었다.

"너네 엄마는?"

"아이는 입이 비죽비죽하다가 손등으로 눈물을 훔치고는 더듬거리며 대답했다.

"방그라데시요. 할아버지, 우리가 재륜이랑 놀아도 돼요?"

나는 가슴이 서늘해지다가 이내 먹먹해져서 아이의 손을 꼭 잡아주었다.

"그럼 놀아도 되지. 학교에서도 같이 놀고, 할아버지 집에도 자주 와서 놀아도 되지. 이름은 뭐니?"

"최지나에요."

아이 손을 놓고 옆에 남자아이를 돌아보자 녀석은 기다렸다는 듯 얼른 말했다.

"울엄마는 캄보디아요. 할아버지, 저도 얘들이랑 같이 놀아도 되지요?"

"그럼, 되구말구. 지금도 이렇게 같이 놀구 있잖아. 재륜아 이 친구들이랑 늘 친하게 놀아야 한다. 집에 자주 데려와도 괜찮아, 알겠지?

재륜이가 으쓱해서 말했다.

"것 봐, 우리 할아버지 참 좋다고 말했잖아. 할아버지, 우리 피자 사주세요. 배고파요."

나는 마음이 흐뭇해져서 시계를 보니 다섯 시다. 아이들이 배고플 시간이기도 하다. 피자를 시키고 아무래도 궁금해서 지나에게 물었다.

"지나야, 할아버지가 뭐 물어봐도 되겠니?"

아이는 잠시 뚱하다가 대답했다.

"할아버지, 뭔데요?"

말은 꺼냈지만 묻기는 참 난처하다. 잠시 생각하다가 말했다.

"누가 너희들을 다른 애들이랑 놀지 못하게 하니?"

지나는 금방 울상이 되며 대답했다.

"애들이 그래요. 우리 다문화 애들과 놀면 엄마한테 혼난다고요. 그래서 우릴 따돌리고 괴롭혀요."

나는 또 가슴이 먹먹해서 세 아이를 보다가 손자에게 물었다.

"재륜아, 지나 말이 사실이니?"

"그렇다니까요. 3학년 때도 다문화 애가 둘 있었는데요. 늘 왕따 당하고 얻어맞고 그랬어요. 그래서 제가 못 하게 말리고 애들하고 많이 싸웠잖아요. 이제부터 우리 학교에서 다문화 애들 괴롭히거나 왕따시키면 우리 반 전체 애들이 나서서 편들기로 했어요."

나는 마음이 훈훈하게 더워지며 다시 물었다.

"학교에 다문화가정 아이들이 몇이나 되니?"

"전교에 아마 40명이 넘을 것 같아요. 저학년에 더 많고, 4학년에만 9명, 5, 6학년에 10명쯤 돼요."

머리가 혼란스럽다. 베트남, 캄보디아, 필리핀 등에서 시집오는 여자들이 많다는 것은 알았지만 이렇게 내 주변에까지 와있을 줄은 몰랐다. 며칠 전 신문에서 전국에 다문화 학생이 12만여 명이고 이중 초등생이 9만3천여 명이라고 했다. 아빠가 북한 엄마가 러시아라는 장소희에게 부쩍 관심이 가고 궁금하지만 대놓고 물을 수 없어 참기로 했다.

재륜이가 5학년이 되면서 우리 집에 데려와서 공부하고 놀기도 하는 다문화가정 아이들은 10여 명이다. 그 애들이 한꺼번에 오는 게 아니라 금요일 또는 토요일에 네댓 명씩 온다. 내가 장소희 부모의 내력을 안 것은 작년 겨울방학이었다. 북한 남자가 어떻게 러시아 여자를 만났는지 궁금했다. 1년이 넘게 우리 집에 오는 소희에게 어느 날 물었다.

"소희야, 네가 우리 집에 자주 오는 걸 아빠 엄마도 알고 있니?"

소희는 크고 맑은 눈을 반짝이며 대답했다.

"할아버지, 그럼요. 아빠가 고맙다는 말씀드리라는 걸 제가 할아버지께 말 못 했어요. 죄송해요."

그럴 것이다. 열두 살 여자아이가 아빠의 말을 전하기는 어려웠을 것이다. 내 전화번호를 적어주며 말했다.

"소희야, 아빠께 할아버지 전화번호를 드려라. 할 수 있니?"

"그럼요, 할아버지. 꼭 드릴 거예요."

이튿날 토요일 오후 3시, 장소희 아빠라는 남자가 전화를 했다. 전형적인 북한 말투에 굵은 목소리였는데, 나는 그 말투가 북한 어느 지역 말인지는 알지 못했다. 딸 소희를 늘 잘 보살펴 주셔서 고맙다는 모습이 눈에 보일 만큼 정중한 인사였다. 전화로 길게 말할 수 없어 만날 수 있는지를 물었다.

그날 오후 6시, 아들 내외가 경영하는 식당 큰집설렁탕에서 만났다. 50대의 건장한 사내였는데 목소리에 비해 얼굴이 곱상하고 콧날이 우뚝하니 비교적 잘생기고 착해 보였다. 인사를 나누고 소주를 마시며 물었다. 나도 술을 즐기는 편이지만, 이름이 장택수라는 그도 술을 잘 먹는다고 자랑스레 말했다.

장택수는 북한 신의주 출신인데, 2004년 러시아에 벌목 노무자로 나갔다고 했다. 그 당시는 북한 노무자 단속이 그리 심하지 않아 가끔 외출도 했는데, 마을 여자를 만나 연애를 하다가 임신을 하게 되었다고 했다. 눈치가 빠르면 절에서도 새우젓 얻어먹는다더니, 한 달에 한두 번 잠간 나갈 수 있는 외출에서 연애를 하고 임신을 시킨 것은 멀끔하게 생긴 얼굴 탓이었을 것이라고 여기며 나는 웃었다. 그 사실이 알려지면 본국으로 송환되어 총살이 아니면 강제수용소에 갈 것은 뻔하다고 했다. 그는 여자의 주선으로 2005년 10월에 한국으로 왔고, 이듬해 3월 딸 소희를 낳았다고 했다. 한국에 온 지 12년이 되었으며 이제 난방 배관 기능공이 되어 잘살고 있다며 자랑했다. 장택수는 그 자리에 내게 넙죽 절을 하며 아들이 되겠다고 했다. 몹시 난처했지만 대놓고 거절할 명분도 없어 얼결에 하늘에서 뚝 떨어진 아들 하나를 얻게 되었다. 우리 아들보다 네 살이나 더 먹은 50살 아들이다.

2018년 여름방학이 시작되고 일주일 뒤 토요일이었다. 그날은 재륜이가 다문화가정 애들 5명을 비롯하여 일곱 명을 데리고 왔다. 아이들이 교육방송에서 방학 특집으로 편성된 중학교 영어교육 프로로 두 시간 공부를 한 뒤에 재륜이가 점심으로 자장면을 먹자고 했다. 아이들은 늘 우리 집에 모여서 주로 영어공부를 하는데, 초등학교 5학년이지만 중학교 수준의 영어공부를 했다.

일흔 중반에 접어든 나도 자장면을 좋아했다. 시쳇말로 자장면이 싫어져야 어른이라고 하는데 나는 아직도 어른이 못 되었나 보다. 우리 손자 둘과 나까지 자장면 열 그릇이 왔다. 식탁에 손자, 소희, 용수, 지나, 나까지 다섯이 앉고 다섯은 거실 탁자에 앉았다. 나는 자장면을 아이들과 머리를 맞대고 앉아 먹는 걸 좋아했다.

재륜이가 냉장고에서 깍두기를 대접에 수북하게 담아왔다. 손자는 나를 닮아 깍두기를 잘 먹었다. 아들이 운영하는 설렁탕과 소머리국밥 전문식당은 깍두기가 필수 반찬이다. 그러므로 우리 집은 깍두기가 떨어지지 않았다. 깍두기를 본 나용수가 좋다고 손뼉을 치며 오두방정을 떨고는 맨입에 깍두기를 정신없이 집어다 먹었다. 엄마가 베트남 여자인데, 깍두기를 잘 먹는 용수가 신기해서 지켜보았다. 한데 녀석은 깍두기를 뒤적거리며 반듯하게 네모진 것만 골라 먹고 있었다. 재륜이도 녀석을 잠시 보다가 후다닥 네모진 깍두기 세 개를 골라 자장면 그릇에 얹었다. 녀석도 덩달아 깍두기를 뒤적거리며 네모진 것 세 개를 골라 담고는 서로 바라보며 깔깔대고 웃었다. 여자아이들은 멋모르고 덩달아 웃는데, 나는 정신이 멍해져서 깍두기를 다투는 두 아이를 바라보았다.

문득 두 녀석들 모습에서 예닐곱 살 적이던 내 모습이 보였다. 6·25전쟁이 한창 치열하던 어려운 시절이었다. 전쟁 통에 부모를 한꺼번에 잃은 우리 삼 남매는 숙부 집에 얹혀살았다. 고만고만한 사촌들 사 남매와 우리 셋, 숙부와 숙모 할머니까지 식구가 열이었다. 농토가 먹고살 만해서 배는 곯지 않지만 끼니때면 눈치와 반찬 투쟁으로 무언의 난장판이 벌어지곤 했다. 할머니와 숙부가 겸상을 받고, 숙모와 아이들 일곱이 두레상에 모여 앉는데 반찬을 두고 숟가락 전쟁이 벌어졌다. 반찬이라야 김치에 깍두기, 된장찌개지만, 김치는 하얀 줄기, 깍두기는 잘생긴 네모진 가운데 도막, 된장찌개에 무쪽이나 감자 건더기를 두고 다투었다. 결국 숟가락을 들고 우는 건 네 살인 내 막내 여동생이었다.

기득권이 있는 사촌 넷이 합동작전으로 반찬을 퍼 나르고 나면 남는 것은 시퍼런 배춧잎과 된장 국물뿐이었다.

나는 사촌들이 의기양양하게 먹는 크고 네모진 깍두기가 목구멍이 간지럽도록 먹고 싶어 환장할 지경이었다. 된장 국물에 밥을 말고, 시퍼렇게 질긴 김치를 씹으며 속으로 울었다. 내가 먹고 싶어 운 게 아니라 사촌들 턱 바라기를 하는 어린 동생 남매가 가여워서 속 눈물을 흘렸다. 나는 그렇게 1년간 숙부 집에 얹혀살았다.

어릴 적 그런 아픈 기억이 있어서 그랬던지 내 천성이 그랬는지 나는 자라면서 깍두기를 유별나게 좋아했고, 사근사근하게 씹히는 네모진 깍두기만 골라 먹곤 했었다. 그런데 참 운명적이었는지, 군대에서 제대한 뒤에 철도청 수원역이 직장이었는데, 하숙을 하며 단골로 밥 먹으러 다니던 소머리 곰탕집 딸과 결혼을 하여 깍두기를 그야말로 원 없이 먹었다.

철도청에서 35년을 근무하고 정년퇴직하여 아내의 권유로 2006년 4월 서울 노원구에 '큰집설렁탕' 간판을 걸고 처가의 비법을 전수받아 설렁탕, 곰탕 전문식당을 열었다. 내가 설렁탕집을 시작한 건 순전히 깍두기에 포원이 졌기 때문이라고 아내에게 농담 삼아 말하기도 했지만, 우리 식당의 깍두기 맛은 서울 강북에서 소문이 났을 만큼 지금도 유명하다.

수원 천변 시장 '천변 곰탕집'은 처할머니와 처부모가 60년간 경영하던 식당이었는데, 그 비법을 아내가 전수받아 8년간 운영하다가 2014년에 아들에게 물려주어 지금까지 계속하고 있다. 부지 250평에 건물 150평, 주차장 100평인 대형식당이다. 나는 몸이 불편하여 집에서 손자들을 돌보지만 아내는 지금도 매일 식당에 나가 신경 써야 하는 온갖 잡도리를 마다하지 않았다.

어느 날 아침을 먹으면서 재륜이가 제 어미에게 물었다.

"엄마, 우리 식당에 아줌마 하나 더 쓰면 안 돼요?"

"뭐야, 얘가 이젠 별참견을 다 하네. 그걸 니가 왜 물어?"

녀석은 잠시 쭈뼛거리다가 대답했다.

"엄마, 그게 아니고. 나용수 엄마가 다니던 식당이 문을 닫아서 놀고 있데요. 용수 엄마가 일해서 먹고 사는데, 벌써 두 달째 놀고 있다면서 용수가 울면서 말했어요. 용수가 나한테 말한 그 뜻이 뭐겠어, 엄마."

나는 금방 밥맛이 떨어져 수저를 놓고 며느리를 보았다. 용수 아빠는 오른손 손가락 네 개가 없는 불구라고 했다. 게다가 나이도 육십이 넘어 직장이 없다는 것을 알고 있다. 중학교 3학년인 딸까지 네 식구란다.

아들에게 퉁바릴 먹인 며느리가 내 눈치를 힐긋 보고는 말했다.

"아직은 필요 없어. 그 여자 베트남이라면서?"

내가 끼어들었다. 24시간 영업을 하는 우리 식당에는 서빙 여종업원 열다섯 명이 만 티오다. 그중 한 명이 두어 달 전에 그만두었다는 것을 알고 있다. 그러나 아내는 하나 없어도 그런대로 돌아간다고 말했다. 아내는 아침 8시에 수영장에 가서 운동을 하고 바로 식당에 출근하여 늘 조반을 함께 먹지 않았다.

"한 사람 빠졌다더니, 그래도 괜찮으냐?"

"아버님, 요즘 손님이 좀 뜸해요. 매출이 점점 줄고 있어요."

"여름엔 원체 그렇지 뭐."

더 할 말이 없어 입을 다물었지만 내가 사장이었다면 당장 채용했을 것이다. 펄펄 끓는 음식인 곰탕 설렁탕은 여름이 비철이긴 하다.

녀석이 제 엄마를 다시 물고 늘어졌다.

"엄마, 사람 더 쓸 거면 용수 엄마를 꼭 쓰시라 이거에요."

"알았어. 어서 밥 먹고 학교나 가."

내가 퉁바릴 먹은 듯이 마음이 뚱하여 식탁에서 일어섰다. 군에 입대하여 19개월간 베트남전쟁에 참전했던 나는 '베트남'이라는 말만 들어도 주눅이 들었다.

용수 엄마가 우리 식당에 취업이 된 것은 그로부터 한 달이 지난 7월 중순이었다. 우리 식당 직원들은 시간제가 아니라 하루 8시간씩 3교대로 24시간 일하는데, 베트남 여자는 큰집설렁탕 정식 직원이 되었다.

장맛비가 끈질기게 내리던 날, 아침을 먹으며 내가 며느리에게 물었다.

"베트남 여자 일 잘하냐?"

중국교포 여자들은 늘 두셋씩 쓰지만 베트남 여자는 처음이라 궁금했다.

"예, 아주 약삭빠르고 일도 꼼꼼하게 잘해요. 너무 잘해서 다른 여자들이 눈총을 주기도 하지만 성격이 서글서글해서 잘도 받아넘기곤 해요."

그럴 것이다. 여자들이 많다 보면 서로 갈등도 생기고 편이 갈라지기도 하며 말썽이 생기는 경우도 있었다. 좀 유별난 여자는 따돌림을 당하기도 했다.

"근데요, 아버님. 그 여자 아버지가 베트남전쟁 때 한국군 군인이었대요."

나는 순간적으로 가슴이 툭 떨어졌다. 이내 가슴이 벌렁거리면서 머릿속에 잠재되어 있던 화사한 얼굴이 떠올랐다. 나는 밥숟가락을 놓고 눈을 감았다. 눈을 감아도 그 얼굴은 보였다. 내 표정에 놀란 며느리가 물었다.

"아버님, 왜 그러세요? 어디 불편하세요?"

"아니, 아니다. 괜찮아."

식탁에서 일어섰다. 내 방에 들어가 침대에 걸터앉아도 마음이 가라앉지 않았다. 아버지가 한국 군인이라는 베트남 여자. 라이따이한이라 불리는 그런 여자들이 한국에 더러 들어왔을 것이다. 베트남전쟁에 한국군은 8년간 연인원 35만여 명이 참전했었다. 그뿐만 아니라 한국 근로자들도 베트남에 많이 파견되었다. 베트남에 라이따이한이 5만여 명 있다는 말도 들었다. 그 여자도 5만여 명중 하나일 것이다. 며느리가 내 방문 앞에서 말했다.

"아버님, 저 나가요."

나는 벌떡 일어나 문을 열었다. 몸이 달아 참고 있을 수 없을 지경이었다.

"베트남 여자 말이다. 나이가 몇살인지 알고 있니?"

"이력서에 1969년 5월생이었어요. 아버님, 왜 그러세요?"

"아, 아니다. 어여 가거라."

며느리는 아무래도 이상하다는 듯이 머리를 갸웃거리며 나갔다. 손자 둘은 거실에 앉아 TV를 보고 나는 방으로 들어왔다. 1969년 5월생 라이따이한! 내가 사랑했던 월남 아가씨 브티 즈엉! 나는 1968년 10월에 귀국했다. 정신이 번쩍 들어 책장 맨 아래 서랍을 열고 월남에서 찍은 사진첩을 꺼냈다. 사진첩은 두 권이다. 2차 파월한 1968년도 것을 펼쳤다. 매캐한 책 곰팡이 냄새가 났다. 50년이 넘은 사진들은 빛바랜 것도 있지만 말짱한 것들도 많았다. 뒷부분에 브티 즈엉과 찍은 사진들이 있었다. 50년 전 스물네 살 군인이던 내가 브티 즈엉과 찍은 사진이 열댓 장이나 있고,

즈엉의 어머니와 찍은 사진도 대여섯 장 보였다. 남 보기에 자매처럼 닮고 다정하던 모녀는 참 아름다웠다. 참으로 오랜만에 50년 전으로 돌아가 추억을 더듬었다. 돌이켜보면 70대 중반인 내 인생에서 파월 19개월 그 시절이 가장 즐겁고 행복했었다. 군대 생활이 즐겁고 행복했다면 맞아 죽을 말이지만 난 그랬다.

그날 오후 3시, 아내는 한가한 시간에 쉬려고 집으로 오고, 나는 점심을 먹으러 우리 식당으로 갔다. 3시면 점심 손님이 뜸해서 직원들이 점심을 먹는 시간이다. 그래도 한꺼번에 먹을 수 없어 반씩 나누어 식사를 했다. 비빔밥 점심상을 차리는 며느리에게 은근히 물었다.

"용수 엄마가 누구냐?"

며느리는 의아한 눈으로 내 표정을 보다가 손가락으로 가리켰다. 우리 식당 단체복인 하늘색 티셔츠에 짧은 앞치마를 두른 여자가 주방에서 나오다가 나와 눈이 마주쳤다.

"아!"

짧은 탄식이 나도 모르게 터져 나왔다. 여자도 우뚝 서서 나를 바라보았다. 며느리가 아무래도 이상하다는 듯 두리번거리다가 손짓으로 불렀다.

"용수야 이리와 봐요."

우리 직원들은 서로 자식들 이름을 부른다. 용수야, 상준아,

미라야. 열댓 명 여직원들 모두 나이가 엇비슷하므로 그게 편하다. 여자가 내 얼굴에서 눈을 떼지 못한 채 다가와 허리를 숙여 인사를 했다.

"안녕하세요. 용수 엄마입니다. 용수를 늘 손자처럼 대해주셔서 참 고맙습니다. 인사를 드리러 간다고 벼르면서도 못했습니다. 죄송합니다."

우리말을 또렷하게 잘하는 베트남 여자를 바라보며 나는 입이 열리지 않는데, 가슴은 왜 그리도 뛰는지! 여자의 얼굴에 브티 즈엉의 모습이 겹쳤다. 얼결에 여자의 두 손을 모아 잡았다. 비로소 정신이 들었다. 냉정해야 한다. 직원들이 모두 우리 두 사람을 보고 있었다. 손을 놓고 의자에 앉으니 입이 터졌다.

"반가워요. 우리말을 아주 잘하네요. 그리 앉아요."

일을 하는 직원도 식사 준비를 하던 직원들도 여전히 힐금힐금 우리를 보았다.

"어서들 점심 먹어요."

낮에 일하는 직원이 아들 부부와 남자 주방장까지 열다섯이다. 내 상을 따로 차리지만 오늘은 말렸다. 아들 내외와 주방장, 용수 엄마가 내 식탁에 앉았다. 일어서는 것을 내가 잡아 앉혔다.

"용수 엄마, 일이 힘들지 않아요?"

"안 힘들어요. 즐겁게 일하고 있어요. 고맙습니다."

나는 눈을 떼지 않은 채 또 물었다.

"이런 식당에서 일한 적 있어요?"

"이렇게 큰 식당은 첨입니다. 그래서 힘이 덜 드는 것 같습니다."

"다행이네요. 아, 어서들 식사해요."

모두 나 때문에 숟가락을 들지 못하고 있었다. 아들이 밥을 먹으며 뚱하게 물었다.

"오늘은 어찌 나오셨어요?"

"그냥 갑갑해서 나왔지."

직원들이 어려워해서 나는 좀체 나오지 않다가 두어 달 만에 나왔다. 점심은 모두 비빔밥인데 용수 엄마는 진한 설렁탕을 먹었다. 직원들은 하루 종일 고깃국 냄새를 맡아서 질린다며 자장면이나 짬뽕을 시켜 먹기도 하는데, 용수 엄마는 아직 안 질린 모양이다. 나는 베트남 여자가 먹는 모습을 눈여겨보았다. 깍두기만 한 접시 담아 놓고 암팡지게 먹는다. 먹는 모습이 복스럽다. 먹을 거 다 먹으면서도 깨지락거리는 사람들도 많다. 우리 며느리가 그런 타입이다.

"깍두기 잘 먹네요. 맛있어요?"

여자는 좀 열없는지 배시시 웃으며 대답했다.

"네, 깍두기 엄청 맛있어요. 시집오자마자 시어머니가 맨 첨에 깍두기, 김치 담는 방법부터 배워주셨어요."

그랬을 것이다. 용수는 아버지 고향이 강원도 원주 신림이라고 했었다. 산골 사람들은 김치와 깍두기가 반양식이다. 그도 그렇지만 여자는 네모진 깍두기만 골라 담아온 듯싶었다. 저 버릇을 직원들이 알면 밉보이기 십상일 터이다. 그러나 사실은 눈여겨보지 않으면 알아채지 못한다.

점심을 먹고 친구 노상우를 불러냈다. 월남전에서 나와 함께 부상을 입고 상이 제대한 전우다. 벌건 대낮부터 술을 마실 수 없어 극장에 갔다. 한국영화 '군함도'를 보고 나니 일곱 시, 딱 술시다. 조용히 할 얘기가 많아 중국식당으로 갔다. 해삼전복탕 안주에 연태고량주를 시켜놓고 마셨다. 친구와 내가 좋아하는 술과 안주다. 친구가 고량주를 꼴깍 마시고 물었다.

"느닷없이 얘기 좀 하자니, 하자는 얘기가 뭐야."

나도 친구처럼 고량주를 그렇게 마시고 느긋하게 해삼안주를 먹고는 대답했다.

"베트남 여자가 우리 식당에 있다."

"베트남 여자? 그런데…… 베트남 여자가 서울에 한둘이냐?"

"그건 그렇지만, 그게 아니니까 그렇지. 배배 꼬지마, 넌 항상 그게 탈이야."

녀석은 갚잖다는 듯 피시식 웃으며 대꾸했다.

"니 말이 웃기잖어. 베트남 여잔데 그게 아니라니, 뭔 말이 그래?"

나는 녀석의 잔과 내 잔을 채우고 대답했다. 내가 해놓고 봐도 빙충맞은 말이긴 하다.

"야, 그 여자가 브티 즈엉을 닮았다."

"뭐, 브티 즈엉? 취수장 군납 집 딸 말이냐?"

"그렇다니까. 빼다 박은 듯이 닮았어."

당시 우리는 군수품 밀매하는 집을 '군납 집'이라고 불렀다. 급수차 운전병이던 노상우와 나는 술자리에서 가끔 그 시절의 추억을 더듬고는 했었다. 그는 시큰둥한 표정으로 술을 마시고 잠시 멍하더니 말했다.

"가만…… 그 여자, 니 애인이었잖아"

"그러니까 하는 말이지. 뭔가 예감이 이상해. 그 얼굴에 내 모습도 보이더라니까."

"이게 시방 뭔 소릴 하는 게야. 니 모습이 보이면, 니 딸이라는 말이니?"

녀석의 '니 딸'이라는 말이 가슴에 쿡 박혔다. 내 딸이라니! 내 입으로 차마 표현할 수 없던 그 말에 가슴과 얼굴이 화끈하게 달아올랐다. 독한 고량주 탓만은 아니다. 더운 속에 시원한 술을 부었다. 그런데 말이 나오지 않았다.

"이게 벙어리가 마빡을 쳤다. 왜 말을 하다 말어. 답답해 죽겠다."

"아무래도 그런 예감이 들어. 즈엉이 그때 임신을 했을 수도 있어. 제대가 두 달 남았을 무렵부터 관계를 했었거든. 그 여자가 69년 5월생이야."

마침내 녀석이 나보다 더 몸달아 대들었다.

"우리가 본국으로 후송된 게 68년 10월이잖아. 69년 5월생이면 그럴 확률이 있네. 근데, 너 제정신 맞아? 눈앞에 있는 사람인데 대놓고 물어보면 되잖아, 그걸 왜 못하고 골머릴 앓고 있냐?"

나는 잠시 생각을 궁굴리다가 대꾸했다.

"내가 너처럼 돌대가리냐? 그게 고량주 한잔 홀짝 마시듯이 그렇게 간단하냔 말이다. 집안에 풍파가 일어날 수도 있어."

녀석은 한참 뒷머리를 긁적거리고 나서 혼잣말 하듯이 중얼거렸다.

"허 그 참, 그건 그러네. 골머리 아프게 생겼구나."

"니 머리에서 해결책이 나올 턱이 없으니 술이나 마시자."

나는 1967년 1월 월남전에 파병되어 십자성부대 제1단 239수송자동차대대 831중대에 배치되었다. 십자성부대는 전투사단 맹호부대의 군수품과 전투장비, 탄약을 보급 지원하는 군수지원부대였다. 수송자동차대대는 6개 중대가 있다. 본부중대와 근무 중대, 자동차중대 4개 중대가 있다. 1개 중대에 4톤 GMC트럭 40대. 구난차 2대. 급수차 2대. 연료수송차량 1대. 중대장과 소대장 지프 5대 등 차량 50대가 있다.

나는 831중대에 배치되면서 배차계로 임명되었다. 사수배차계의 귀국이 10일 남았지만, 파월 전에 병기탄약사령부 제3창 수송부에서 배차계조수로 4개월 근무한 경험이 있으므로 쉽게 업무를 인수받았다.

중대에서는 매일 트럭 25대 이상과 구난차 2대, 지휘용 지프 5대, 급수차 2대 등 차량 34대가 출동했다. 트럭은 맹호부대 작전지역에 탄약과 보급품을 수송하고, 지프는 중대장과 소대장의 칸보이 차량이다. 급수차 2대는 오전 2회는 취수장에서 물을 공급받아 대대취사장과 본부중대, 근무중대 샤워장 물탱크에 급수하고, 오후 2회는 중대 샤워장 물탱크에 물을 공급했다. 4개 중대 8대의 급수차가 하루 4회씩 물을 공급하는 것이다.

운전병 중에서 급수차 운전병이 가장 안전하고 편하고 수입도 좋다. 급수차 운전병이 귀국하면 그 자리를 탐내는 운전병들이 중대장에게 아부를 하기도 하고 배차계에 매달려 아첨을 떨었다. 대대에서 취수장까지 거리는 27km인데, 월남 민간인 차량과 월남군 군용차량도 많이 운행하는 국도이므로 적들의 지뢰매설이 없는 가장 안전한 도로이다. 반면에 전투부대 주둔지역 도로는 거의 비포장이라 길도 험하고 베트콩들이 대전차지뢰를 매설하여 하루에 1~2건씩 지뢰 폭발사고가 발생했다. 그 중에 한 달에 2~3건은 차량 운행횟수가 많은 우리 자동차대대 차량에서 발생했다.

중량 0.5톤인 지휘 차량 지프는 대전차지뢰를 밟고 지나도 터지지 않는다. 그러나 4톤 GMC 트럭은 파괴되면서 훌렁 뒤집힌다. 운전병과 적재함에 기관총을 잡고 탑승한 사수와 경계병은 중상 아니면 전사다. 지뢰 폭발로 끝나면 다행이지만 사고로 운행대열이 정차하면 매복하고 있던 베트콩이 기습을 감행했다. 비전투원인 운전병들은 그대로 당하는 수밖에 방법이 없다. 내가 월남전에 참전한 19개월 동안 우리 대대에서만 대전차지뢰폭발 사고가 10건이 있었다. 그에 따른 적의 기습으로 우리 대대 운전병 23명이 전사하고, 소대장 2명이 전사했다. 지뢰탐색 특수부대 요원들이 매일 도로를 탐색하고 경계를 해도 베트콩들은 귀신같이 지뢰를 매설했다.

급수차 운전병이 특과 중의 특과로 서로 탐내는 이유가 또 하나 있다. 부수입이 짭짤하게 생기기 때문이다. 각 중대의 보급계들이 군수품을 빼돌려 월남 민간인들에게 파는 루트가 급수차다. 부대 정문에 위병이 있어 급수차가 부대에서 나갈 때마다 위병이 차를 세우고 검사를 하지만 형식적일 뿐이다. 그렇게 빠져나가는 군수품은 C레션, B레이션, 스프레이 모기약, 바르는 모기약, 캔 맥주, 일인용 침대 모기장, 오렌지, 사과, 소시지 등이다.

빈딘성 챤바이 취수장은 수량이 많고 면적도 넓다. 한국군 맹호부대, 십자성부대, 미군부대, 월남군도 챤바이 취수장 물을 이용하므로 항상 군용차량과 군인들로 북적였다. 급수차 운전병들은 각자 거래하는 단골 상인이 있다. 상인들은 거의 맥주나 음료수를 파는 카페를 운영하는데, 급수차가 그 앞에서 서행하면 젊은이 두셋이 번개처럼 차에 올라타 물건을 내리면 차는 통과한다. 급수를 받고 귀대할 때, 그 앞을 서행으로 지나가며 운전병이 팔을 내밀면 손에 달러가 든 봉투가 쥐어졌다. 단 1달러도 틀리는 경우가 없이 정확했다. 그 금액 중에서 운전병이 20%를 먹는데, 절반 정도는 배차계 몫이다. 군인들이 모여들면 자연스레 상인들이 들끓고 따라서 매춘 아지트가 생기고, 돈으로 흥청거렸다. 단속하는 헌병이 있지만 그들 역시 전쟁터의 군인이었다.

내가 취수장에 처음 나간 것은 파월 6개월만인 7월 중순경이었다. 한국군 외출 인가지역인 퀴논시 판디아에 나가서 맥주를 마시고 영화를 보기는 했지만, 취수장은 그야말로 별천지였다. 바에서 맥주, 양주를 마시며 프랑스 요리를 먹을 수 있고, 월남 꽁까이들을 데리고 놀 수도 있었다.

배차계 한 달 부수입은 병장 전투수당의 2곱절인 100달러가 넘었다. 나는 일주일에 한 번씩 오전 10에 2회차 급수차를 타고 취수장에 나가서 놀다가 오후 4시 4회차 급수차를 타고 귀대하곤 했다. 그렇게 4개월이 지나 파월 10개월째인 10월 중순경 브티 즈엉을 알게 되었다. 스물세 살 나와 동갑인 그녀는 우리 중대 급수차 두 대가 밀반출한 군수품을 거래하는 상인의 딸이었다. 알고 보니 그 상인은 한국군 급수차와 미군부대 급수차등 대여섯 대와 거래를 하는 제법 큰 장사꾼이었다.

그 집은 취수장이 5백 미터쯤 앞에 있는 도로변의 가정집이었다. 두 번째 취수장에 나가던 날, 나는 그 집 앞에서 월남 젊은이들이 차에 올라와 물건을 던지고 뛰어내릴 때 조수석에서 같이 내렸다. 난데 없이 한국군이 집안으로 쑥 들어가자 안주인인 듯싶은 중년의 여자가 기겁을 하며 뭐라고 외쳤다. 안채에서 주인이 나오고, 내가 딱 한 번 차에서 스치듯 얼굴을 본 아가씨가 뒤따라 나왔다. 나는 사실 그 아가씨를 보기 위해 차에서 내렸던 터였다.

철모만 썼을 뿐 비무장인 나를 경계하지는 않았지만 많이 놀랐을 것은 뻔하다. 그러나 말이 통하지 않으니 서로 답답한데, 뜻밖에 주인이 우리말을 더듬거렸다.

"느, 무야?"

와락 반가워 얼결에 손을 잡으며 나도 더듬거렸다.

"나, 배차계. 에잇 쓰리 원 배차계!"

예쁜 아가씨는 없어지고 젊은이 둘과 부부가 나를 에워싸고 눈을 부라렸다. 이들이 831은 알아들었겠지만 '배차계'는 알 턱이 없다. 나는 금방 묘안이 떠올랐다. 나이든 월남 남자들은 한문을 잘 안다는 것을 알고 있었다. 윗주머니에 꽂힌 볼펜을 뽑아 쌓아

놓은 물건 박스에 썼다. '831-3110 配車係' 831은 우리 중대 고유 번호, 3110은 지금 내가 타고 나온 급수차 차량번호다. 이들은 차량번호를 적어두었다가 물건 값을 계산해서 주었다. 주인이 알아보았는지 얼굴이 풀어지며 손을 내밀어 악수를 청했다.

마침내 안심을 했는지 안주인이 나를 안채 집안으로 안내했다. 프랑스식으로 지은 안채는 넓고 정갈했다. 소파에 앉자 캔 오렌지주스가 나오고 주인과 손짓 발짓 육필로 대화를 했다. 이름이 '브티 친나우'라는 주인은 54세이고, 일하는 젊은이 여섯 중에 둘은 아들이라고 했다. 젊은이들의 실력은 대단했다. 집 앞에서 급수차가 서행하면 세 명이 번개같이 뛰어올라 물건 30여 박스를 던지면, 밑에 있는 세 명이 그야말로 눈 깜박할 사이에 물건을 거두어들였다. 한국, 미국, 월남군 헌병들이 단속을 한다지만 건성인 것은 역시 뒷거래가 있을 것이다.

나는 그다음 주 금요일에 또 그 집 앞에 내렸다. 군수품 밀반출은 주로 매주 금요일에 있다. 그날 지난주에 보지 못했던 그 집 딸을 만났다. 나이는 23세. 우리 나이로 24세인 나와 동갑나기였고, 이름은 '브티 즈엉'이라고 했다. 스치듯 눈이 마주친 적은 두 번 있었지만, 마주 앉아 얼굴을 보기는 처음이었다. 예상했던 대로 흔히 보는 월남 아가씨들과 달리 얼굴이 희고 눈이 큰 미인이었다. 얼굴이 흰 것은 나다니지 않았기 때문일 것이지만 부모를 닮아서 키도 컸다. 우리 대대 취사반에 월남 여성 노무자들이 15명 있지만 이런 여자는 없었다.

그 뒤에 브티 즈엉을 세 번 더 만나고 나는 귀국했다. 마지막 만나던 날, 그녀에게 250달러짜리 손목시계를 선물하고 단도직 입적으로 사랑을 고백했다. 한 달간 익힌 월남 말과 영어, 손짓 발짓으로 사랑을 표현했다.

"브티 즈엉, 당신을 사랑한다. 귀국해서 3개월 후에 재 파월하 겠다. 재 파월하면 원대 복귀한다. 그리고 68년 11월경 현지 제대 하여 당신과 결혼하겠다."

당시 월남에서 복무 중에 만기제대가 가능한 사병이나 하사관 은 현지 제대하여 한국 회사인 한진상사에 취업이 보장되는 제도 가 있었다. 한진상사는 당시 월남에서 건설, 무역, 운송 등 다양 한 분야의 사업을 하고 있었는데, 현지 제대가 가능한 한국군은 100% 취업이 보장되었다.

나는 그날, 브티 즈엉을 안고 긴 시간, 참으로 긴 시간 입맞춤 을 했다. 그녀의 방이었지만 더 이상의 진전은 없었다. 오후 4시 면 급수차가 온다. 즈엉은 내 품에 안겨 말없이 울었다. 품에 안 겨 운다는 것은 사랑을 받아들인다는 뜻이 분명했다.

1967년 11월 10일, 나는 파월 10개월 만에 귀국했다. 전쟁터인 월남에서 귀국했지만 한국에 나를 반겨줄 가족은 없었다. 고모가 서울에 살지만 우리 집은 아니다. 그래도 갈 곳은 아버지 동생인 고모네 집뿐이었다. 고모는 나를 끌어안고 서럽게 울었고, 나도 그렇게 울었다. 고모와 나는 내 유년으로 돌아가 진하게 울었다.

6·25전쟁 때 여섯 살인 나를 두고 죽은 아버지는 고모와 두 살 터울이다. 할머니는 아들이 다섯 살, 딸이 세 살 때 급성 전염병으로 타계하셨다고 들었다. 홀아비 할아버지는 1년 뒤에 재취를 하여 이듬해 아들을 낳았다. 우리 삼남매가 졸지에 부모를 잃고 1년간 얹혀살았던 그 숙부였다.

숙부는 배다른 큰집 어린 조카를 애초부터 맡아 키울 생각이 없었다. 고모에게 떠넘겼는데, 고모 역시 시부모하에 어린 자식이 셋이라 우리를 받아들일 수 없었다. 결국 우리 삼 남매는 고모부의 주선으로 고아원에 들어갔다. 내가 여덟 살. 연년생인 남동생, 다섯 살인 여동생이었다.

고아원에 들어간 지 5개월만인 1952년 8월, 동생 둘이 한꺼번에 미국인에게 입양되어 미국으로 갔다. 나는 피눈물이 나도록 울었지만, 앞에 닥친 현실이 감당 못 하게 버겁던 터라 오히려 다행이다 싶었고, 몸과 마음을 옥죄던 사슬이 풀린 듯 시원하기도 했다.

나는 고아원에서 중학교를 졸업하고 1961년, 용산에 있던 교통고등학교에 들어갔다. 학비가 면제되고 취업이 보장되는 교통고등학교에는 당시 고아원 출신들이 많았다. 철도고등학교의 전신인 교통고등학교는 1962년 철도청에서 서울시로 이관되었고, 1963년에 용산공업고등학교로 개칭되었다.

1964년 3월, 우수한 성적으로 졸업한 나는 첫 직장으로 수원역을 선택했다. 성적이 우수한 졸업생에게는 원하는 직장과 지역을 선택할 특권이 있었다. 내가 더 좋은 지역과 직책을 마다하고 수원역을 택한 것은 이유가 있었다. 숙부네 집이 평택이었는데, 이태 전에 수원시로 이사했다는 것을 알고 있었다.

나는 수원역 개찰구에서 승객들의 차표를 개찰하는 힘든 일을 선택했다. 예상대로 사흘 만에 숙부와 숙모가 대전행 기차표를 들고 내 앞에 섰다. 철도원 정복을 입은 나를 알아보고 반색을 했지만, 뒤에 승객들이 줄지어 섰으므로 말을 할 겨를도 없거니와 나는 아는 체도 하지 않았다.

며칠 뒤에 나만큼 자란 사촌들이 만나러 왔지만 나는 아는 척만 하고 외면했다. 스무 살이 되었을 쌍둥이 계집애 둘은 반갑다고 팔팔 뛰었지만 냉정하게 돌아섰다. 기차를 타려면 나를 거치지 않을 수 없으므로 숙부네 식구들을 자주 보지만 나는 여전히 과장되게 허세하며 본체만체했다. 그런데 이상한 것이, 날이 갈수록 숙부네 식구들 대하기가 버거워졌다. 고아원에 버려졌던 내가 이만큼 성공하여 숙부네 식구들 앞에서 뽐내보려던 오기가 결국 치기였음을 비로소 깨닫기 시작했다.

나는 당시 일곱 살이었지만 숙부가 우리 삼 남매를 거둘 수 없음을 알았다. 자기 자식들이 넷이었으니, 어려운 전쟁 통에 고만고만한 아이들 일곱을 키운다는 것은 누가 봐도 어려운 일이었다. 번연히 알면서도 내가 성인이 되어서까지 이가 갈리는 것은 비록 짧은 세월이었지만 그 모진 학대와 잔인한 손찌검이었다. 숙모는 이유도 없이 내 동생 둘을 꼬집고 때렸다. 그래도 그것은 참을 수 있었다. 숙모는 걸핏하면 찢어지게 눈을 흘기며 뇌까렸다.

"지긋지긋한 빨갱이 새끼들, 요새 귀신들은 뭘 먹구 사나 몰러."

그뿐만 아니었다. 나와 동갑인 사촌 남동생과 그 밑의 두 쌍둥이 계집애는 끼니때가 되어 밥상이 차려지면 내 동생들 밥그릇에 침을 뱉었다. 내가 침이 묻은 밥을 덜어내면 또 뱉었다. 동생들은 배가 고프니 훌쩍이며 그냥 먹었다. 동갑이지만 키가 작은 사촌은 나를 어려워하지만, 동생들에게는 가혹할 만치 잔혹했다. 때리고, 꼬집고, 할퀴고 내가 없으면 엎어놓고 밟기도 했다. 두 아이 몸뚱이는 늘 멍투성이고 꼬집어 비튼 상처가 아물 날이 없었다. 숙부와 숙모는 번연히 보면서도 말리기는커녕 히죽히죽 웃으며 즐겼다. 나는 그 모습에 더 애간장이 찢어지고 치가 떨렸다.

평소에는 그저 잊고 살지만 그 집 식구들을 볼 때마다 아픈 기억이 되살아나서 괴로웠다. 나는 결국 반년 만에 개찰원을 포기하고 매표원으로 들어앉았다. 그렇게 2년간 수원역에서 근무하던 나는 66년 2월 군에 입대했다.

　나는 계획대로 1968년 3월 20일 재 파월되었다. 재 파월은 본인
이 원하면 먼저 근무하던 부대로 복귀할 수 있었다. 당연히 831
중대에 복귀했지만 배차계를 다시 볼 수는 없었다. 3개월 동안
행정반 요원들이 절반 이상 바뀌고 소대장도 두 명이 갈렸지만
중대장은 그대로 있었다. 불과 석 달 전에 10개월이나 근무했던
부대였지만 껄끄럽고 서먹했는데, 그나마 중대장이 있어 다행이
었다. 여윳돈으로 가끔 맥주 값을 보태주곤 했던 중대장과 나는
좋은 관계였다. 중대장이 나를 불렀다.
　"운전을 안 해봤는데, 할 수 있겠나?"
　나는 이미 계획했던 일이었기에 대답했다.
　"할 수 있습니다. 중대장님, 급수차를 타고 싶습니다. 꼭 배려
해 주십시오."
　"급수차? 가만있자, 11호차 운전병이 곧 귀국하잖아."
　"그렇습니다. 1개월 남았습니다."
　"알았어. 내가 5월에 귀국이니까 배려해 줄게."
　나는 벌떡 일어나 거수경례를 하며 감사했다.
　"단결! 중대장님, 고맙습니다."

　원대 복귀한 지 나흘 만이었다. 며칠 뒤면 내가 타게 될 3111

호 급수차를 타고 취수장에 나갔다. 귀국이 25일 남은 운전병은 나와 군번이 비슷해서 친구였다. 10시 40분, 브티 즈엉 집 앞에서 내려 안으로 들어갔다. 물건을 정리하던 즈엉 어머니가 마치 아들 반기듯이 나를 맞이했다. 안채로 들어가자, 즈엉은 어머니가 있는데도 내 품에 달려들었다. 내가 민망스러워 떼어놓고 소파에 앉았다. 즈엉과는 어느 정도 대화가 되었는데, 아버지는 외출했다고 했다.

즈엉은 나를 끌다시피 자기 방으로 갔다. 들어가자마자 우리는 한 몸이 되었다. 이내 입술이 포개지고 오래된 사랑의 갈증을 풀었다. 즈엉은 이성이 냉정했다. 입맞춤과 진한 포옹 외에 더 이상 허락하지 않았다. 밖으로 나와 종려나무 밑에 있는 대나무 의자에 앉아 온갖 수단으로 대화를 나누었다. 우리는 사랑을 확인하고 결혼을 약속했다.

12시경에 즈엉의 아버지가 외출에서 돌아왔다. 반가워하며 와락 껴안고 등을 두드리며 잘 돌아왔다고 했다. 점심상이 차려졌다. 군부대에서 나온 소고기로 스테이크를 굽고, 넉맘과 굴 소스에 비빈 쌀국수가 나왔다. 이 집에서 점심을 먹은 건 세 번째인데 오늘은 특히 융숭했다.

식사를 끝내고 커피를 마시며 나는 즈엉과 결혼하겠다고 정중하게 말했다. 아버지와는 주로 한문 필담이었고, 즈엉이 옆에서 거들어 충분한 의사가 전달되었다. 이들 부부는 이미 짐작하고 있던 터라 반대하지 않았고, 아버지는 일어나 나를 끌어안고 오래도록 등을 두드리며 애정을 표했다.

나는 너무 기뻐 장인 장모가 될 이들 부부에게 우리 식으로 큰절을 올렸다. 즈엉이 깜짝 놀라 나를 일으켰고, 나는 큰절의 의미를 알리고 온 식구가 한바탕 웃었다. 즈엉의 아버지가 내 제대 일자를 궁금해 해서 자세히 설명했다.

1968년 10월 말경이 군복무 35개월 내 제대일정이다. 그러나 월남 복무기간이 10개월이므로 12월 15일까지 군에서 나갈 수 없다. 12월 15일 오전 9시, 중대장과 함께 대대장 CP에 가서 현지 제대 신고를 하고, 제대증을 받으면 나는 민간인이다. 10시경이면 한진상사 퀴논 지사에서 온 차가 나를 픽업하여 한진상사 총무과로 간다. 거기서 입사 신고를 하면 그날부터 정식 사원이 된다. 결혼하기 전에는 기숙사에 있지만, 현지 여성과 결혼을 하면 회사에서 사택이 제공된다. 한국군 출신이나 민간인 근로자도 월남 여성과 결혼을 하면 즉시 국적을 월남으로 바꾸어야 한다. 월남 여성을 데리고 한국으로 나갈 수는 없다. 내 설명을 들은 이들 가족은 나를 사위로 인정하며 축하해 주었다.

나는 별 직책도 없이 열흘간 빈둥대다가 3월 1일, 831-3111호 급수차 운전병으로 정식 임명되었다. 11호 급수차를 노리던 운전병 두 명은 대놓고 나를 시기했지만, 그들은 나보다 7, 8개월 졸병이었다. 그때부터 내 군대 생활은 평탄하고 행복했다. 내가 현지 제대하여 찬바이 취수장 근처의 월남 아가씨와 결혼한다는 소문이 대대에 퍼져 부러움과 시기의 대상이 되기도 했다.

매일 브티 즈엉을 만나 사랑을 확인하고 정은 깊어졌다. 내 월수입은 병장 전투수당 57달러와 부수입 2백여 달러를 합쳐 2백5십여 달러가 넘었다. 나는 그 돈을 모두 브티 즈엉 아버지에게 맡겼다. 당시 우리나라 5급 공무원 봉급이 1만5천 원 남짓이었다. 당시 환율이 달러 당 2백8십 원이었으니, 2백5십 달러면 한국 돈 7만 원이었다.

꿈같은 세월이 7개월이 지난 9월 중순경, 나는 처음으로 브티 즈엉과 깊은 사랑을 나누었다. 급수 3회차 오후 2시에 즈엉의 집에 들어갔는데 집안이 조용했다. 안채로 들어가자 그녀가 반갑게 맞이했다. 가볍게 안아주고 물었더니 부모는 친구들 모임에 나갔고, 두 동생은 퀴논시에 나갔는데 밤에 올 것이라고 했다.

나는 마음이 들떴다. 지금까지 이런 기회가 없었다. 가슴을 애무하는 등 스킨십은 있었지만 더 이상은 할 수 없었다. 우리는 자연스럽게 서로 마음을 열고 사랑의 행위를 시작했다. 스물네 살 그녀의 몸은 난숙했다. 160cm의 키에 날씬한 몸매, 풍만한 가슴은 황홀했다. 즈엉은 놀랍게도 순결을 간직하고 있었다. 나는 입대 전에 홀몸으로 좋은 직장을 가졌으므로 생활이 내 멋대로였고 많은 여자도 상대했었다.

우리 사랑은 날이 갈수록 뜨겁게 깊어졌다. 즈엉의 집은 내 집이나 마찬가지로 임의롭게 드나들었다. 꿈같은 세월이 흘러 10월 29일자로 나는 군복무 35개월 5일로 만기제대가 되었다. 제대날짜와 동시에 나는 보직이 해지되었다. 그러나 월남 복무기간 10개월이 45일 남았으므로 군인 신분은 변함없다.

나와 같은 경우가 우리 대대 사병 9백여 명 중에 6명이 있었는데 모두 한진상사에 취업이 되어있었다. 그중 2명은 중사였다. 우리는 보직이 없지만 외출은 할 수 없다. 현지에서 제대한 병사는 만약의 사고에 대비해 더욱 단속이 심했다. 남은 복무기간이 각각이지만 내가 45일로 가장 길었다. 외출이 금지되어 브티 즈엉을 맘대로 만날 수 없는 남은 세월이 지루한 감옥이었다.

15일간 PX에서 매일 맥주만 마시며 빈둥대던 나는 하도 갑갑해서 11월 15일, 우리 1소대 보급수송 작전에 자원하여 출동하기로 했다. 트럭 8대와 소대장 칸보이 지프, 구난차 1대 등 차량 10대가 탄약과 군수품을 싣고 맹호 26연대 주둔지 송카우로 나가는 작전이었다. 선두에 소대장 칸보이 지프가 서고, 1번차 적재함에 LMG기관총을 장착하고 사수와 경계병이 타고, 조수석에 선임자가 탑승했다. 늘 소대 선임하사가 타지만, 그날은 선임하사관 하태우 중사가 귀국 일자가 임박하여 월남 고참병인 내가 자원하여 출동했다.

송카우는 내가 네 번째로 가보는 작전도로였다. 밀림이 우거

진 포장도로를 한 시간쯤 지나면 키 작은 나무와 풀숲이 무성한 개활지가 나오는데 도로는 평탄하지만, 늪지대라서 비포장이었다. 비포장도로를 20분쯤 달리던 내가 탄 1번 차가 대전차지뢰 폭음과 함께 훌렁 뒤집혔다. 연이어 요란한 기관총 소리를 아련히 들으며 나는 정신을 잃었다.

내가 깨어난 곳은 병원이었다. 눈을 떠보니 밖은 어둠이 짙었는데, 양팔과 양다리가 침대에 묶여있고, 가슴에도 벨트가 채워져 꼼짝을 할 수가 없었다. 정신이 아득한데 복부와 왼쪽 정강이에 둔중한 통증이 왔다. 말이 나오지 않아 끙끙거리자 하얀 가운을 입은 위생병이 달려왔다.

"정신이 드냐?"

안간힘을 쓰다가 말이 터졌지만 혀가 잘 돌아가지 않았다.

"내 내, 내가 어떻게 된 겁니까?"

위생병은 내 입에 체온계를 쑤셔 넣고 대답했다.

"어떻게 되긴, 살아났지."

나는 길게 숨을 내쉬었다. '살아났다!' 그럼 내가 죽었었나? 다른 위생병이 와서 내 오른쪽 팔뚝에 주사바늘을 푹 꽂았다. 위생병이 내 이마를 짚어보며 말했다.

"자는 게 약이다."

차차 정신이 들자 귀가 열렸다. 여기저기서 비명이 들리고 고통의 신음소리가 들렸다. 근데, 나는 왜 고통스럽지 않은가? 아무렇지도 않은가? 몸을 움직이니 심한 통증이 왔다. 숨이 턱 막히는 통증이다. '어떻게 되긴, 살아났지.' 죽을 만큼 몸뚱이가 박살 났음이 분명했다. 그런데, 어디가 어떻게 되었는지 나는 알 수가 없었다. 눈을 크게 떠보니 링거 줄 두 가닥이 내 몸뚱이 어딘가에 꽂혀 있다. '하이' 긴 숨이 터지고 정신이 아득했다.

잠에서 깨어보니 창밖은 부윰한데 스콜이 무섭게 쏟아지고 있었다. 몇 시인지는 알 수 없는데 조용했다. 귀여겨 들어보니 끙끙대는 소리와 신음소리가 들렸다. 어젯밤이 생각났다. 나는 진통제와 수면제를 맞고 잠들었을 것이다. 정신이 들자 이내 통증이 엄습했다. 온몸이 우리한 통증이다. 팔다리를 움직여 보지만 여전히 침대에 묶여있다. 대체 왜 사지를 묶어놓은 것일까? 두통은 심하지만 정신이 말짱한 것으로 봐서 죽지는 않을 것 같은데 대체 내 몸뚱이가 어떻게 된 것일까? 차가 대전차지뢰를 밟았다는 걸 느끼며 순간적으로 정신을 잃었다. 그렇다면 나는 죽었어야 했다. 정신은 말짱하지만 육신은 살아도 살아갈 육신이 못 될 것이다.

울컥 울음이 터졌다. 오장육부가 뒤틀리고 머릿속이 마구 뒤엉키는 두려움이 엄습했다. 두려움과 고통, 슬픔이 한꺼번에 치밀어 통곡소리가 미처 나오지 않고 끅끅끅…… 이내 정신이 아득해졌다. 시커먼 죽음의 장벽이 앞을 가로막았다.

"어떤 개새끼여, 뒈지려면 조용히 뒈져라!"

가슴이 열리며 길게 숨이 터지고 저절로 흐느낌이 나왔다.

"어 흐흐흐······."

위생병 둘이 달려오고, 입이 더러운 놈이 다시 외쳤다.

"조용히 뒈지라고 했다, 개새끼야. 언놈 울 줄 몰라 안 우냐, 씹쌔끼야."

여자가 영어로 뭐라고 말하며 내 눈을 까본다. 간호장교다. 위생병이 내 겨드랑이에 체온계를 찌르고는 팔뚝에 주사를 놓았다. 간호장교가 말했다. 목소리가 참 곱다.

"이상운 병장, 안정을 해야 한다. 이제 곧 귀국한다. 가서 부모 형제를 만나야지. 안정이다, 안정! 알겠지?"

왈칵 눈물이 쏟아졌다. 여자의 따뜻한 말이 가슴에 스며들었다. '부모 형제!' 머리를 짚는 여자의 손을 만지려고 했지만 내 손은 없다. 뜨거운 눈물이 왈칵 터졌다. 간호장교가 내 가슴을 다독이고는 천천히 걸어갔다. 아름다운 뒷모습을 보다가 저절로 눈이 감겼다.

잠인지 혼수상태인지도 모르게 몇 번이나 깨어나기를 반복했다. 물 한 모금 마시지 않았지만 갈증도 배고픔도 느끼지 못했다. 팔다리가 있는 것은 분명한데 여전히 움직일 수는 없다. 차차 정신이 들며 감각으로 내 아랫도리는 발가벗겨졌고 기저귀가 채워져 있음을 알 수 있었다. 눈을 굴려보니 창밖은 햇살이 찬란했다. 햇살로 보아 아침이 분명했다. 대체 나는 며칠째 병실에 있는 것일까? 밑이 간지럽도록 궁금했다. 군의관과 간호장교, 위생병 둘이 내 침대 앞에 왔다. 와락 반갑다. 군의관이 물었다.

"이상운 병장, 정신 들었나?"

마음이 안정되며 말이 터졌다.

"넷, 정신이 돌아왔습니다. 군의관님, 제가 대체 어떻게 된 겁니까?"

"괜찮아, 너는 살았으니까. 오늘부터 식사를 할 수 있다."

"넷, 감사합니다."

내 몸에 덮였던 시트가 벗겨졌다. 순간적으로 왼쪽 정강이가 섬뜩하다. 오른쪽 아랫배에 감긴 붕대를 뜯는 느낌이 있고, 시원하면서도 쓰리고 아프다. 왼쪽 정강이에 이상한 감각이 느껴졌다. 감긴 거즈를 풀어내는 것 같다.

"아—아!"

내 입에서 탄식이 터져 나오고 가슴이 꽉 막히며 울음이 터졌다. 내 상체가 저절로 들썩거리자 위생병이 어깨를 잡아 눌렀다. 간호장교가 말했다.

"진정하라! 진정해."

내 팔뚝에 주사바늘이 꽂히며 나는 몽롱하게 정신을 잃었다.

눈을 떴다. 밖은 어둠침침한데 스콜이 쏟아졌다. 병실은 가끔 끙끙대는 소리와 고통의 신음소리만 들릴 뿐 조용하다. 드레싱을 받다가 마취제를 맞고 정신을 잃었다. 묶여있는 왼쪽 다리를 움직여 보았다. 정강이에 통증이 오고 허전했다. 눈물이 솟구치며 저절로 말이 터졌다.

"이런 빌어먹을…… 발이 없어졌잖아!"

가슴이 쿵쿵 뛰고 서러움이 북받쳤다. 내 발이 없어지다니…… 천지간 혼자 몸뚱이에 병신까지 되었다. 허탈해서 울음도 나오지 않았다. 이런 몸뚱이로 브티 즈엉과 살 수 있을까? 아니다! 그녀는 이국의 여자다. 죽음보다 더한 고통이겠지만 나는 그녀를 포기해야 한다.

나는 부상을 당한 지 8일 만에 미군 수송기편으로 한국 수도육군병원으로 후송되었다. 왼쪽 정강이 절반이 잘려나갔고, 배꼽에서 오른쪽 복부와 옆구리에 파편이 박혀 한 뼘 길이의 수술 자국이 있다. 가슴과 넓적다리에 크고 작은 파편 상처는 셀 수도 없다. 오른쪽 대퇴부에 총알이 뚫고 나갔지만 뼈는 다치지 않았다. 그야말로 만신창이가 되었다. 나는 아무 생각도 하지 않았다. 이렇게나마 살아남은 게 다행인지 불행인지도 생각하기 싫었다. 다만 내 운명이고 숙명이라고 생각하지만, 걱정을 하고 슬퍼할 가족이 없고, 따라서 병신 몸으로 부양해야 할 가족이 없다는 것이

다행이라고 생각했다. 단 한 사람 브티 즈엉이 있지만, 그녀는 내 상황을 알 턱이 없다. 나는 이미 귀국 처리되었으니 다시 월남에 갈 수도 없다. 평생 치유할 수 없는 고통이겠지만 그녀를 잊어야 했다.

나는 육군병원에서 두 달 만에 퇴원과 동시에 제대가 되었고, 화랑무공훈장을 받았다. 서울시 종로구 소격동 수도육군병원 정문을 나섰지만 갈 곳이 없다. 목발을 짚고 서서 매서운 겨울바람을 온몸으로 받으며 멍하니 하늘을 보았다. 하늘은 맑고 해가 눈부시다. 아−, 이 막막함이라니! 대체 어디로 가야 하나! 뜨거운 눈물이 볼에 흘렀다. 눈물이 볼에서 싸느랗게 식지만 목발을 잡고 가방을 들었으니 닦을 손이 만만치 않다. 비로소 병신이 되었다는 사실을 실감했다. 감정을 억누르지만, 눈물은 이제 흐느낌이 되었다.

정말 어디로 가야하나! 서울 창신동에 있는 고모네 집이 생각나지만 지금까지 알리지 않았으니, 목발을 짚고 불쑥 찾아갈 수는 없었다. 고모는 지금쯤 내가 월남 아가씨와 결혼하여 잘살고 있는 줄 알고 있을 것이다.

그래도 고향이나 다름없는 수원으로 가려고 서울역 대합실에 앉아 곰곰이 생각해보았다. 그런데 아니다. 퇴원은 했지만 일주일에 한 번씩 육군병원에 가야하고, 의족을 맞추려면 병원을 수없이 드나들어야 하므로 서울에 있어야 했다. 나는 돈은 있다.

1년간 모은 전투수당이 있고, 1급 상이군인 보상금까지 40여만 원이 넘는다. 그 돈이면 서울 변두리에 작은 집 한 채는 살 수 있었다.

내가 서울에서 아는 동네라고는 고모네 집이 있는 창신동뿐이다. 고아원이 있고 철도고등학교가 있던 용산 쪽은 쳐다보기도 싫었다. 고모네 집은 창신동 산마루 마을이다. 마을로 들어가는 도로 옆에 있는 여관에 들어가 짐을 풀었다. 짐이라야 옷가지 두서너 벌이 든 가방 하나다. 내가 월남에서 쓰던 소지품은 병원으로 왔지만, 병원 보관소에 맡겨두었다. 거처가 정해지면 옮겨올 것이다. 손목시계를 보니 열두 시가 넘었다. 여관방은 썰렁하지만 군병원 병실보다는 아늑하고 편하다는 느낌이 들었다. 요를 깔고 이불을 덮고 누웠다. 참 오랜만에 맨바닥에 요를 깔고 이불을 덮어봤다. 병원에서는 물론 월남에서도 침대만 썼다. 등이 따뜻해지며 스르르 잠이 왔다. 늘어지게 기지개를 켜고 눈을 감았다.

기분 좋게 잠에서 깨어났다. 참으로 오랜만에 깊은 잠을 잤다. 조용한 온돌방에서 혼자 자보기는 오랜만이다. 시계를 보니 오후 세 시가 넘었다. 배가 고팠다. 여관에 들어올 때 식당을 봐두었다. 여관은 3층인데 나는 1층 5호실을 잡았다. 방을 정할 때 열흘간 쓰겠다고 하자 주인 여자가 맨 끝 한적한 방을 주었다.

식당 몇 군데를 기웃거리다가 냄새가 구수한 순댓국집으로 들어갔다. 순댓국! 입대 전 수원 천변시장에 오래된 순댓국집이 있어서 자주 먹었다. 우선 머리 고기를 시키고 소주 30도짜리 삼학을 주문했다. 월남에서는 양주와 월남 전통주 럼주를 즐겨 마셨다. 모두 40도가 넘는 술이다. 배가 고프던 차에 고기맛과 술맛이 꿀맛이다. 다리 한쪽이 없는 젊은이가 목발을 짚고 들어와 고기를 아구아구 먹으며 소주 두 병을 비우자, 주인인 듯싶은 중노인이 앞에 앉으며 말했다.

"참 맛있게도 먹는구려. 한데, 젊은이가 어쩌다 이리 되었수?"

나는 소주를 홀짝 마시고 중노인을 잠시 보다가 말했다.

"영감님, 불쌍해 보입니까?"

"그럼 아닐까. 그 잘생긴 얼굴에…… 한데, 몸두 성하지 않은데 소주를 그리 먹어도 괜찮을까?"

참 오랜만에 들어보는 다정한 말이다. 지금까지 이렇게 따뜻한 말을 들어본 적이 없었다. 눈물을 감추려고 잠시 천정을 쳐다보다가 대답했다. 나는 이제 걸핏하면 눈물이 났다.

"괜찮습니다. 저 뒤에 있는 수도여관을 잡아두었거든요, 영감님, 제가 왜 이리되었는지 궁금하시죠? 군대에서 오늘 제대했습니다. 그러니 상이군인이죠."

영감이 내 손을 덥석 잡았고, 손님 대여섯이 모여들었다. 주인 또래의 영감이 큰 소리로 말했다.

"월남 갔다 왔구먼. 저런 쯧쯧……."

이내 손님 여남은 명이 내 주위에 몰려들었다. 1969년 1월이었다. 월남전이 한창이고 매일 TV에 월남 뉴스와 전투장면이 나오니 당연한 광경이었다. 별별 말과 질문이 쏟아졌다. 나는 귀찮아졌다. 소주 한 병을 더 마시고 싶지만 목발을 짚고 나왔다. 별의별 말들을 뒤에 두고 뚜벅뚜벅 걸었다. 해는 아직 지지 않았다. 골목 구멍가게에서 삼학소주 두 병을 사고 안주거리를 찾는데, 진열대 구석에 C레이션 깡통 몇 개가 있었다. 와락 반가워 주인 아낙에게 물었더니 미제 장사꾼이 가끔 가져온다고 했다. 세상에, 월남에서 내가 팔아먹던 전투식량이 서울 변두리 구멍가게에 나보다 먼저 와있었다. 아무려나 너무 반가워 20여 개의 크고 작은 통조림 깡통을 모조리 샀다. 그리고 당부했다. 이런 거 나오면 감춰두었다가 나를 달라고 했다.

퇴원한 지 한 달 만에 의족이 나왔다. 착용하고 걸어보니 아파서 걸을 수가 없었다. 적어도 반년은 목발 신세를 져야 했다. 하지만 바짓가랑이가 덜렁거리지 않아 병신이 감춰지기는 해서 다행이었다.

나는 상이군인의 특전으로 입대 전에 근무하던 수원역으로 발령이 났다. 3년 만에 수원역에 다시 왔지만, 아는 사람은 하나도 없었다. 역에서 가까운 집에 하숙을 정하고 1969년 3월 1일부터 정식으로 출근했다. 나는 서서 일할 수 없으므로 매표원이 직책이다. 숙부네 식구들을 가끔 보지만 서로 소가 닭 보듯 했다. 하지만 내 마음도 그렇거니와 그들 마음도 편치는 않을 것이다.

잠은 하숙집에서 잤지만 식사는 매식을 했다. 집주인이 육순이 넘은 노인인데 해주는 음식이 입에 맞지 않았다. 두어 달 지나보니 내 입에 맞는 식당을 찾아내고 단골을 정했다. 그중에 내가 퇴근하여 저녁을 먹으러 가는 집이 천변시장 변두리에 있는 '천변곰탕'집이었다. 나는 어려서 고기에 포원이 져서 고기를 잘 먹었다. 소머리를 가마솥에 푹 고아 진한 국물에 머리 고기를 듬뿍 넣은 소머리곰탕은 그야말로 천하의 별미였다.

천변곰탕집은 여든 살인 안노인이 40년 전에 시작한 곰탕집이라고 했다. 시작부터 지금까지 오직 설렁탕과 소머리곰탕 전문이라고 했다. 이제는 육순 중반의 아들 내외가 운영하는데, 스물세 살이라는 딸이 카운터에 앉아 있다. 한옥을 개조한 30여 평의 식당에 아침부터 밤 10시까지 손님이 바글거리지만 팔순 노인은 매장을 늘리지 않는다고 했다.

나는 늘 퇴근을 그 집으로 했다. 혼자 가기도 하지만 직장동료들을 데리고 가서 계산은 거의 내가 했다. 나는 상이 1급 2항 국가유공자 보훈수당에 무공훈장수당까지 내 봉급의 곱절이 매달 나왔다. 나는 그야말로 돈을 물 쓰듯이 펑펑 썼다. 빳빳한 5백 원짜리 지폐로 카운터 아가씨에게 계산할 때마다 기분이 우쭐하지만, 그것이 내 열등감임을 모르지는 않았다.

한 해가 넘도록 그 집에 거의 매일 가다시피 하는데, 혼자 가는 날은 손님이 많아 내실에 들어가 술과 고기를 먹고는 했다. 어느 날 저녁, 그날도 혼자 갔는데 손님이 꽉 찼다. 카운터 아가씨가 내실로 들어가라고 했다. 혼자 소머리 수육에 삼학소주를 마시는데, 사장님이 소주 한 병을 들고 들어와서 마주 앉았다. 예순다섯이라는 주인도 술을 잘 먹었다. 자기 먹을 술병을 들고 온 주인과 대작을 하다가 주인이 불쑥 말했다.

"자네가 아들 같아서 한마디 하겠네. 괜찮겠는가?"

나는 잠시 멍하다가 대답했다.

"네, 사장님. 말씀하세요."

"자네가 홀몸이라는 건 아네만, 그럴수록 돈을 절약해야지 그렇게 마구 쓰면 안 되네. 이제 장가도 들고 집장만도 할 생각을 해야지."

가슴이 뭉클했다. 벌떡 일어나 넙죽 절을 했다.

"사장님, 고맙습니다. 정신이 번쩍 드는 말씀 명심하겠습니다."

사장은 꿇어앉은 나를 아버지 같은 눈으로 바라보며 은근하게 웃고 있었다. 지금까지 이렇게 따뜻한 말을 들어보지 못했다. 내게 늘 술을 얻어먹는 직장 상사도, 내 주위의 누구도 이런 충고를 해주는 사람은 없었다. 나는 자신을 안다. 기를 펴지 못하여 잔뜩 움츠리고 온갖 눈치를 봐야 했던 유년시절, 자유롭지 못한

환경에서 욕먹고 얻어맞으며 자란 고아원에서의 성장기는 사회에 대한 불만과 잘 사는 사람들에 대한 증오였다. 하고 싶은 짓 마음대로 하고 돈을 마음대로 펑펑 쓰며 살고 싶은 것이 꿈이고 희망이었다. 나는 지금 무의식적으로 그걸 하고 있었던 것이다. 그게 잘못된 짓이었고 방종이었다는 것을 나는 지금 순간적으로 깨달았다.

사장은 여전히 인자하게 웃으며 말했다.

"내 말을 알아주니 고마워서 한마디 더 하겠네. 자넨 술이 너무 과해. 아직은 젊어서 모르지만 나이 들면 몸을 버리게 되지."

가슴이 우리하게 저렸다. 내 장래까지 걱정해주는 어른! 지금까지 내가 방종한 것은 일종의 자학이었다. 자라온 환경, 병신이 된 현재의 상황. 내게는 희망이 없다. 가정을 꾸려 자식을 낳고 오순도순 살아갈 희망도 없다. 외다리 병신에다 내 몸뚱이는 여자가 보면 기절을 할 흉측한 흉터투성이다. 어른 말씀은 참 고맙지만 나는 맨 정신으로 긴긴밤을 지새울 자신이 없었다. 나는 누구를 위하여 살아야 할 의무가 없었다. 고마운 말이지만 그 말은 받아들일 수 없겠다고 생각했다. 그렇다면 어른의 고마운 말을 생각해서라도 이제부터 이 집에서는 술을 마실 수 없겠다고 생각하며 말했다.

"고맙습니다. 앞으로 조심하겠습니다."

그로부터 두 달이 지난 일요일 저녁 천변곰탕집에 갔다. 일절 발길을 끊었더니, 사장이 직장동료를 통해 나를 만나고 싶다는 말을 듣고서도 며칠이 지난 뒤였다. 나도 사실은 그 집 딸인 카운터 아가씨가 보고 싶어 안달이 나던 참이었다. 이름이 사명희라는 딸은 그다지 예쁘지는 않지만 눈이 크고 오목조목 복스럽게 생긴 아가씨는 내게 늘 친절하고 정감 어린 눈길을 주기도 했었다.

나를 본 명희는 금방 안길 듯이 반기며 말했다.

"뭐예요. 그동안 왜 안 왔어요?"

눈을 흘기는 모습이 참 예뻤다.

"미안해요. 어쩌다 그리 되었네요."

사장이 주방에서 나오며 반색을 했다. 예순 중반이 넘은 사장은 아직도 주방장이다. 그래서 곰탕 맛이 한결같을 것이다. 손님이 많기도 하지만 내실로 안내했다. 잠시 뒤에 명희가 쟁반에 음식을 들고 들어왔다. 물어보나 마나 소머리 수육인데 오늘은 양이 푸짐하고 고기도 맛있는 부위다. 명희가 상을 차리며 은근하게 말했다.

"어디로 전근 간 줄 알았잖아요. 어찌 그럴 수가 있어요?"

눈길이며 말에 깊은 뜻이 함축되었음을 느낄 수 있었다. 나는 짐짓 능청스레 물었다.

"왜요. 내가 보고 싶었어요?"

나를 쥐어박는 시늉을 하며 받았다.

"피-이, 그럼 아닐까. 맨날 오던 사람이 안 오니 걱정도 되잖아요."

"걱정하게 해서 미안해요. 이제 맨날 올게요."

사장이 소주 두 병을 들고 들어와서 마주 앉았다. 명희가 고운 눈웃음을 주며 나갔다. 저 웃음! 왠지 가슴이 벌렁벌렁했다.

사장이 술병을 따고 말했다.

"자, 한 잔 하세."

나는 얼른 병을 받아 어른의 잔에 따랐다. 술잔에 입매만 한 어른이 말했다.

"그동안 왜 안 왔는가?"

나는 할 말이 없었다. 그렇다면 곧이곧대로 말해야 했다.

"술을 삼가라는 사장님 앞에서 술을 먹을 수 없었습니다."

"내 그럴 줄 알았네. 내 말은 술을 차차 줄이라는 말이었지. 그게 고까웠나?"

눈이 마주쳤다. 그윽이 건너다보는 눈에 애잔함과 정이 느껴졌다. 나는 사람들의 눈길에 민감했다. 철이 들면서부터 오직 눈치로 살았다. 상대방 눈길에 따라 내가 행동할 방향을 정해야 후환이 없다는 것을 어려서부터 알았다. 그런데 저런 눈길에는 대응할 방법이 없다. 난생처음 받아보니까 그렇다.

"아닙니다. 사장님 말씀을 어찌 모르겠습니까. 너무 고마운 말씀에 거역하는 거 같아서 차마 오지 못했습니다.”

소주 한 병이 비었다. 어른은 안타깝다는 듯이 바라보다가 말했다.

“자네가 술이 더 취하기 전에 내가 물어봄세. 자네, 우리 딸 명희를 어떻게 생각하는가?”

정신이 번쩍 들었다. 이내 머리를 둔기로 맞은 듯이 멍하다. 이게 무슨 말인가! 대체 감을 잡을 수 없다.

“사장님, 그게 무슨 말씀이신지?”

“이 사람아, 무슨 말이긴. 우리 명희가 좋은가 싫은가 그 말일세.”

대답이 금방 나온 것으로 보아 작정을 하고 있었던 게 틀림없다. 그렇다면 큰일이다. 젊은 남녀 간에 아물 수 없는 상체기가 남을 큰일이다. 소주를 마시고 대답했다.

“사장님, 제가 불구자라는 거 아시잖아요. 왼쪽 발이 없는 병신입니다.”

감정이 격해지며 왈칵 눈물이 쏟아졌다. 마음속에는 명희를 처음 보는 순간부터 내 아내였다. 술에 취해 자면서도 명희를 안아주는 꿈을 꾸곤 했었다. 그러나 병신 주제에 언감생심이었다.

“알고 있었네. 그래서 내가 더 조심스러웠어. 어서 대답해 보게.”

“사장님 뜻은 알겠습니다. 그러나 명희 씨 생각이 중요하겠지요."

"이 사람아, 이건 내 생각이 아니라 명희 생각일세. 자네 의중
만 말하게."

조금 전 명희의 은근한 눈길과 웃음이 떠올랐다. 오금이 저리
다. 명희는 내 몸뚱이를 보면 기절을 할 것이다. 대답을 하긴 해
야 하는데 어떻게 하나! 에라, 모르겠다. 망설일 일이 아니다.

"사장님 말씀도, 명희 씨 생각도 고맙습니다. 하지만 저는 명
희 씨와 결혼 할 수 없습니다."

어른의 얼굴이 의아하다는 듯 굳어지며 말했다.

"우리 명희가 싫은가, 아니면 애인이 있는가?"

한꺼번에 묻는 어른이 야속했다. '병신 주제에 내 딸을 마다해'
라는 내심이 엿보이는 말이다. 나는 울고 싶었다.

"아닙니다. 저는 제 몸뚱이가 싫습니다. 제 몸뚱이를 제가 죽
이고 싶도록 싫습니다. 제가 싫은 몸뚱이를 어느 여자가 좋아하
겠습니까."

어른은 눈이 커지며 물었다.

"제 몸뚱이가 싫다니, 대체 그게 무슨 말인가?"

"사장님, 제 몸뚱이는 파편과 총알에 맞아 만신창이가 되었습
니다. 어느 여자건 제 몸을 보는 순간 기절을 할 겁니다."

나는 눈치를 보는 데는 도사다. 어른의 얼굴이 참담하게 일그
러졌다. 저 모습은 연민이다. 나는 일어섰다. 더 앉아 있을 용기

가 없었다.

"사장님, 참 고맙습니다. 명희 씨 마음도 고맙습니다. 사장님 고마운 말씀 평생 가슴에 품고 살겠습니다."

돌아서는 나를 어른이 질책했다.

"이리 와 앉게. 가는 게 그리 급한가."

나는 잠시 멍하니 섰다가 돌아서며 대답했다.

"시장님 앞에 앉아 있는 게 괴롭습니다. 저를 보내주십시오."

"알았어, 그러니 이리 앉아."

마지못해 엉거주춤 발뒤꿈치를 깔고 앉았다.

"편히 앉게."

"사장님, 저 술 좀 마시겠습니다."

"알았네, 내가 가져오지."

나는 참담했다. 이런 일이 생길 줄은 몰랐다. 이제 남은 말은 분명하다. '미안하네, 그런 줄은 몰랐었네.'일 것이다. 어른이 삼학소주 두 병을 들고 와서 앉았다. 내 잔과 자기 잔에 따르고 말했다.

"술을 마셔야겠지. 그 말하기가 어디 그리 쉬웠겠나."

나도 어른도 거푸 두 잔을 마셨다. 수육안주는 싸느랗게 식었다. 그래도 나는 먹어야 했다. 눈앞에 먹는 걸 두고는 참지 못하지만 배가 고팠다. 먹는 걸 지켜보던 어른이 말했다.

"쇠뿔은 단김에 뺀다고 했네. 난 자네 몸을 보고 싶네. 보여줄 수 있겠는가?"

나는 멍해졌다. 세상에 이런 경우가 있다니! 병원에서 퇴원 후 남에게 몸뚱이를 보여준 적이 없었다. 그것은 죽을 때까지 그럴 것이다. 그런데, 보겠다고 한다. 나는 그럴 수 없다.

"죄송합니다. 못하겠습니다."

"자네 심정 아네. 자네가 아들처럼 여겨져서 부탁을 하네. 보여주게. 내가 봐서 마음에 들면 명희도 그럴 것일세."

나는 단호히 거절했다.

"못하겠습니다. 용서해 주세요."

어른은 잠시 애틋한 눈으로 어루더듬다가 말했다.

"자네가 천애 고아라는 거 알고 있네. 지금부터 내가 자네 아부지가 되겠네. 나를 믿게나. 자식 흉을 보는 아비가 어디 있겠나. 내 진심일세."

이런 경우의 저런 눈빛을 나는 처음 보았다. 그래서 갈피를 잡을 수 없었다. '아부지!' 태어나서 한 번도 입에 담은 적이 없는 말이다. 어릴 때는 수없이 불렀겠지만 부모 얼굴이 기억나지 않듯이 그런 기억도 없다. 점점 마음이 약해졌다. 아부지 때문일까? 그렇더라도 나는 이제 와서 아부지를 두고 싶은 생각은 없다. 말없이 술잔만 비우는 나를 지켜보다가 단호히 말했다.

"보여주게. 내 딸은 자네를 사랑하고 있어. 자네를 사위 삼으라고 재촉한 딸이라네."

나도 그건 안다. 눈빛과 표정으로 알아차렸다. 그래서 늘 더 괴로웠다.

"저도 명희 씨를 사랑합니다. 그러나 이룰 수는 없는 사랑입니다. 평생 제 마음으로만 사랑하겠습니다."

"나두 자네 마음 진작부터 알았다네. 그래서 더 안타까워. 자네가 끝내 거절하면 할 수 없겠지만, 나도 명희도 평생 한으로 남을 걸세."

술 기분일까? 점차 마음이 동했다. 저런 마음이라면 딸을 설득할 수도 있을지 모른다. 실낱같은 희망을 걸고 마침내 결심이 섰다. 스스로 용기를 돋우며 말했다.

"죽을 만큼 싫지만, 벗어보겠습니다."

일어섰다. 스웨터를 벗고 바지를 벗었다. 요즘 부쩍 추워져서 내복을 입었다. 잠시 멈추고 어른 표정을 보았다. 잔뜩 긴장해 있음이 분명했다. 내복 윗도리를 벗었다.

"아니, 저런……."

내가 죽이고 싶은 몸뚱이다. 배꼽에서부터 오른쪽 옆구리로 한 뼘 길이의 흉터가 있고, 양쪽 가슴과 배에도 크고 작은 흉터가 많다. 아랫도리를 내렸다. 왼쪽 정강이 절반이 의족에다 오른쪽 넓적다리에도 10cm 길이의 흉터가 있다. 육군병원에서 급하게 마구 꿰맨 상처는 울퉁불퉁하고 1년 반이 지났어도 상처가 벌겋다. 나는 주섬주섬 옷을 입었다.

어른이 일어나 나를 안고 등을 두드리며 말했다.

"참혹해, 너무 참혹해! 잘생긴 젊은 몸뚱이가 어찌 그리 되었는가!"

나는 격한 감정이 치밀지만 이젠 울지 않았다. 그러나 남에게 처음 보인 몸뚱이가 부끄러워 눈물이 났다. 내 평생 다시는 이런 일 없을 것이다. 어른은 내 손을 끌어 상 앞에 앉혔지만 나는 일어섰다. 어른이 손을 잡았다.

"어찌 그냥 가는가. 우리 술 더 먹세. 나두 취하고 싶구먼."

안주가 다시 들어오고 술병이 비어갔다. 식당을 오래한 어른도 나만큼 술이 세다. 우리는 그저 말없이 술만 마셨다.

그로부터 나흘째 되는 날, 천변곰탕집 사장이 직장으로 전화를 해서 할 말이 있으니 저녁에 오라고 했다. 나는 눈이 빠지게 기다리던 터였기에 가겠다고 했다. 마침내 오늘 결판이 날 것이다. 곰탕집 사위가 되지 못하면 나는 수원을 떠나야 했다.

식당 문을 열고 들어갔다. 카운터에 안주인이 앉아 있다가 일어서며 말했다.

"어서 와요. 안으로 들어가요."

여전히 손님이 많았다. 내가 아는 사람들도 서너 팀 보였다. 서로 오라고 부르지만 갈 수 없었다. 내실에서 어른과 마주 앉았다. 그날 이후 처음이다. 술상이 차려지고 서로 서너 순배 돌았다. 묵묵히 술만 마시던 어른이 마침내 입을 열었다.

"그 흉터 말일세. 병원에서 성형수술을 하면 몰라보게 고칠 수 있다던데, 알고 있었는가?"

나는 마음이 놓였다. 한 가닥 희망이 보였다. 물론 나도 알고는 있었다. 육군병원에서는 불가능하고, 성형외과에서 할 수 있다지만 흉터 크기를 좀 줄일 뿐이지 없앨 수는 없다고 했다. 그렇다면 이미 포기한 내 몸뚱이에 다시는 칼을 대고 싶은 생각이 없었다. 그런데, 대체 왜 그걸 물을까? 감을 잡을 수 없다. 사위로 삼을 수는 없지만 그런 방법이 있으니 생각해 보라는 빈말, 에멜무지로 해보는 말일 수도 있다.

"알고 있었습니다. 그렇지만 저는 이미 포기한 제 몸뚱이에 다시 칼을 대고 싶은 생각이 없었습니다."

"아닐세, 해보게. 앞날이 구만리 같은 젊은 사람이 왜 그리 생각하는가. 이건 내 생각이 아니라 명희 생각일세. 당장 시작해 보세."

가슴 속에서 희망이 부글부글 끓어올랐다. '명희 생각!' 게다가 '해보게'가 아니라 '해보세'라고 말했다. 글자 한 자에 엄청 다른 의미가 있다. 어른 말씀에 따르겠다고 결심했다.

"고맙습니다. 말씀에 따르겠습니다."

"잘 생각했네. 만약 돈이 모자라면 내가 보태줌세."

"사장님, 고맙습니다. 저도 그만한 돈은 있습니다."

그날 밤 나는 명희를 보지 못하고 돌아왔다. 내 방에 돌아와서 많은 생각을 했다. 대체 사명희는 왜 다리 병신인 나를 선택한 것일까? 오빠 둘은 대학을 나와 고등학교 교사라고 했다. 명희는 수원여상을 졸업하고 지금까지 집안일을 돕고 있다. 비록 식당을 하지만 돈도 많이 벌었을 터이고 집안도 좋다. 인물도 그만하면 어디 내놔도 빠지지 않는다. 그런데 왜 나를 택했을까? 하긴 나도 허우대는 멀쩡하다. 175cm의 키에 중·고등학교 때부터 유도를 해서 몸도 좋다. 하지만 그것이 다리 한쪽에 가름하지는 못한다. 결혼 조건으로 내게 한 가지 장점이 있다면, 서 발 막대를 휘둘러도 걸리는 것이 없다는 점이다. 봉양해야 할 시부모가 없고, 옆에서 걸리적거리는 형제도 없다. 정년까지 직장이 보장되고, 봉급보다 많은 보훈연금이 나온다. 1급 상이자 보훈연금은 본인이 죽어도 배우자가 연금의 70%를 죽을 때까지 타 먹는다. 식당을 오래 하면서 많은 사람을 상대한 명희 아버지는 그걸 알았을 것이다. 그리하여 딸을 설득했을 수도 있다. 그 집 식구들은 나흘 동안 내 몸뚱이를 두고 많은 논의를 했을 것이다. 그래서 얻은 결론이 성형수술일 것이다. 명희 외삼촌이 서울에서 알아주는 성형외과병원 원장이라고 했다. 아무려나 나는 좋아하던 여자에게 장가를 들게 되었으니 그야말로 복덩이가 굴러들어온 것이다. 나는 이제 행복하게 살아갈 자신이 있다.

내 몸의 흉터 성형수술은 1년에 걸쳐 계속되었다. 그것은 부상 당했을 때 보다 더 큰 고통이고 치욕이었다. 그렇게 1970년이 가고, 1971년 10월 나는 천변곰탕집 딸 사명희와 결혼했다. 내가 스물일곱, 명희가 스물다섯 살이었다. 우리는 결혼 날짜를 한 달 남겨두고 사랑을 나누었다. 명희는 몸도 마음도 아름다운 여자였다. 내 왼쪽 다리와 몸의 흉터를 어루만지며 오래도록 서럽게 울었다. 흉터는 수술 전보다 훨씬 작아졌고, 작은 흉터는 보이지 않을 정도였다.

수원시 장안동에 집을 사고 신혼살림을 차렸다. 명희는 친정 식당에 나가 일을 하다가 이듬해 아들을 낳으면서 그만두었다. 나는 수원역에서 대전역, 서울역, 천안역을 거치며 일을 하다가 1978년 6월에 조치원역장으로 진급했다. 그 뒤부터 내 직장생활은 평탄했고, 가정도 평안하여 첫아들과 밑으로 딸 둘을 두었다. 2005년 나는 서울역 여객과장을 끝으로 정년퇴임 했다.

퇴임하는 날, 나는 참으로 오랜만에 문득 브티 즈엉을 생각했다. 그 여자도 이제 예순 살, 초로의 노인이 되었을 것이다. 좋은 가정에 그만한 얼굴이면 시집도 잘 갔을 것이다. 내가 행복한 만큼 그녀도 행복할 것이라고 스스로 위안을 삼았다.

며칠을 두고 고민하던 나는 마침내 결심을 하고 용수엄마에게 전화를 했다. A팀이었는데, 점심을 먹고 오후 3시에 퇴근하는 날이었다. 탐엔 탐스 커피점에 마주앉았다.

"바쁜데 미안해요."

여자가 환하게 웃으며 말했다. 저 웃음! 기억에 남아있다.

"회장님, 바쁘지 않습니다."

사촌 처남과 처조카가 운영하는 체인점이 있어 나를 회장으로 불렀다.

"고마워요. 근데 이름이 뭐예요?"

용수엄마는 눈을 동그랗게 뜨고 잠시 나를 보았다. 나는 그 눈동자에서 브티 즈엉을 보았다.

"브티 호아입니다."

"아!"

가슴이 툭 떨어졌다. 그러리라고 짐작했으면서도 가슴이 벌렁거리고 정신마저 혼미해졌다. 커피를 두어 모금 마시고 말했다.

"브티 호아! 예쁜 이름이군요. 고향이 베트남 어딘가요?"

호아는 눈을 가늘게 뜨고 잠시 생각하다가 대답했다.

"태어나기는 퀴논시 빈딘성이었지만 네 살부터 푸옌에서 자랐습니다.

네 살이면 기억에 없을 것이다. 1969년생에 네 살이면 1973년 월남이 패망하던 해다.

"아버지가 한국 군인이었다면서요?"

"그렇습니다. 엄마는 제가 세 살 때 결혼하여 저는 외할머니에게서 자랐습니다."

세 살 때면 월남이 패망하기 전이다. 브티 즈엉은 딸이 젖을 뗄 무렵 결혼했을 것이다.

"그럼 브티는 엄마 성을 따른 것이군요."

"그런 거는 모르지만 할아버지 이름이 브티 친나우였습니다."

브티 친나우! 떨어진 가슴에 덜컥 덧 얹히는 무형의 무게! 즈엉의 아버지 이름이다. 더이상 물어볼 것이 없다. 그렇다면, 결혼한 즈엉은 어떻게 되었을까? 그걸 알아야 했다.

"그럼, 결혼한 엄마는 어떻게 되었나요?"

호아는 금방 눈물이 글썽해졌다. 큰 눈에 가득한 눈물이 볼을 타고 흘렀다. 나는 고개를 들어 천정을 보았다. 저 눈물을 내가 닦아주어야 하는데…… 가슴이 아프다. 호아를 차마 볼 수 없어 눈을 감았다. 눈꼬리에 물기가 느껴졌다. 꾹 눌러 참아도 그렇다.

"저는 엄마 얼굴을 모릅니다. 세 살인 저를 두고 간 엄마를 다시 보지 못했습니다. 제가 일곱 살 때 할머니가 말해주었습니다. 엄마는 꽝남으로 시집갔는데 죽었다고 했습니다."

아! 브티 즈엉을 내가 죽였구나. 가슴에 한이 맺힌 여자를…… 나는 일어섰다. 호아 앞에서 눈물을 보일 수는 없다.

밖에 나가 마음을 가라앉히고 다시 마주 앉았다.

"그래서 외할머니 손에서 자랐군요. 예쁘게 잘 자랐으니 다행이네요."

"할머니와 둘이 살았습니다. 월남이 패망하자, 할아버지와 삼촌 둘은 미국과 한국군 군수품 밀매를 했다고 잡혀가서 돌아오지 않았답니다. 그래서 저는 할아버지 얼굴도 모릅니다."

이럴 수가! 전쟁은 참으로 모질고, 끈질기고, 잔혹하다. 내게 전쟁은 숙명인가? 나는 아직도 전쟁 중에 있다. 내가 죽어야 끝나는 전쟁! 전쟁으로 태어난 브티 호아를 내 품에 안으면 내 전쟁이 끝날까? 아니다. 또 다른 전쟁이 시작될지도 모른다.

호아가 말을 이었다.

"할아버지와 삼촌들이 잡혀가고, 반역자 재산을 몰수한다면서 집과 살림살이까지 빼앗겼답니다. 그래서 할머니는 저를 데리고 푸옌으로 갔습니다."

저런, 저런! 그랬을 것이다. 망한 나라의 잘 살던 국민. 점령군은 잔혹했을 것이다. 베트남이 통일되고 남부월남 국민들 30여만 명을 처형했다고 했다. 그뿐만 아니라 수십만 명이 조각배를 타고 조국을 탈출하여 소위 보트피플 난민이 되었다. 무일푼 맨몸으로 떠돌며 어린 외손녀를 키웠을 즈엉의 어머니 모습이 선명하게 그려졌다.

"혹시, 엄마나 할머니 사진이라도 간직하고 있나요?"

호아는 금방 눈을 반짝이며 대답했다.

"있어요. 제가 태어나서 찍은 가족사진도 있고요. 한국군 아버지와 엄마가 함께 찍은 사진도 있어요."

나는 얼결에 얼른 일어섰다. 호아가 사진을 기억하고 나를 알아볼 수도 있다. 잠시 바람을 쏘이고 와서 다시 앉았다.

호아가 좀 이상하다는 표정으로 나를 보다가 말했다.

"할머니는 한국에 가서 아버지를 찾으라면서 저를 한국에 가라고 했습니다. 나이도 많고 오른손 손가락이 없는 한국 남자가 저는 싫었지만, 할머니와 둘이 사는 것도 너무 힘들고 그래서 한국에 왔습니다."

가슴이 저리고 먹먹하다. 그러나 물어야 했다.

"그래서 아버지를 찾았나요?"

호아는 고개를 숙이고 울다가 대답했다.

"어떻게 찾아야 하는지 몰라서……. 남편에게 말했지만, 돈이 엄청 많이 있어야 한다고 했어요."

그랬을 것이다. 감히 엄두도 낼 수 없었을 것이다.

"그럼, 할머니는 살아계시나요?"

"저를 한국에 보내고 연락이 없어졌습니다. 지금까지도 모릅니다."

아! 이 모두가 나로 인해서 일어난 참상이다. 이제 일어서야 한다. 전쟁에서처럼 치밀한 작전이 필요하다.

"그만 나갈까요? 바쁜 시간 빼앗아서 미안해요."

내가 일어서자, 호아는 앉은 체 아기똥한 눈으로 쳐다보며 일어섰다.

"회장님, 저 바쁘지 않아요. 맛있는 커피 잘 먹었습니다."

하고 싶은 이야기가 많은 듯 미적거리는 호아의 등을 가볍게 두드려주었다.

호아는 허리를 깊숙이 숙이며 인사를 했다.

"회장님, 안녕히 가세요."

걸어가는 뒷모습에 브티 즈엉이 보였다. 콧잔등이 시큰해졌다.

겨울 모기

간밤에 때아닌 모기 때문에 잠을 설쳤다. 며칠째 계속 그랬지만 간밤은 유난히 더했다. 아무리 춥지 않은 겨울이라고는 하지만 그래도 아침저녁은 영하의 기온인데 모기가 극성을 부렸다. 친구에게 겨울 모기 때문에 잠을 설친다고 했더니 그 대꾸가 걸작이었다.

"요새 모기는 비아그라 먹은 사람 피를 빨아서 주둥이가 겨울에도 빳빳하다는 거 여태 몰랐어. 그래서 양기가 올라 겨울도 모르는 사시사철 모기가 되었다. 소설 쓴다고 골방에만 들어 엎드려 있으니 알 턱이 없지. 좀 배워라 배워."

대학 동기인 친구는 하도 빈정거려 별명이 '빈대기'다. 처서가 지나면 모기 주둥이가 삐뚤어진다는 건 옛말이 된 지 오래다. 요즘은 늦가을까지 모기가 극성이지만, 친구 말마따나 양기가 올라서 그런지 올해는 1월 한겨울인데도 모기가 사람을 괴롭혔다. 여름 모기는 피를 빨아먹어 배가 통통해서 불을 켜면 벽에 붙어 쉽게 잡는다. 그러나 겨울 모기는 피를 못 빨아서 그런지 불을 켜도 찾을 수 없다. 못 찾고 잠자리에 들면 또 귓가에서 앵앵거렸다.

새벽 3시까지 작업을 하다가 잠자리에 들었지만 모기와 전쟁을 하다가 동이 틀 무렵에 잠이 들었다. 배가 고파 일어나 11시에 아침 겸 점심을 먹는데 초인종이 울렸다. 받아보니 웬 남자였다.

"저어, 조순영 씨 댁이지요?"

잠시 정신이 멍하다. 조순영 씨라니! 조순영은 우리 집사람이다.

"그런데요. 누구세요?"

"아, 아버님 되시는군요. 죄송하지만 좀 뵙고 드릴 말씀이 있습니다."

목소리로 짐작컨데 젊은 사람이다.

"당신 누군데 우리 집사람을 찾아요?"

잠시 버벅대더니 대답했다.

"여기서 말씀 드릴 순 없고요. 좀 뵙고 싶습니다."

막무가내로 나오니 은근히 부아가 치밀었다.

"조순영 씨 지금 집에 없어요. 여행을 가서 사흘 뒤에 오니까 그때 오세요."

사내는 또 잠시 어리대다가 말했다.

"조순영 씨도 그렇지만 아버님께도 드릴 말씀입니다. 저 나쁜 사람 아닙니다. 좀 뵙게 해주세요."

참 이거야말로 땅 팔 노릇이었다. 아래층에 내려가 현관문을 열고 내다보았다. 대문 밖에 벙벙한 오리털 파커를 입고 섰던 사람이 굽실 인사를 했다.

"안녕하세요. 전 김철우라는 사람입니다. 긴히 드릴 말씀이 있으니 문 좀 열어 주세요."

내게도 할 말이 있다니 궁금하기는 하지만 함부로 문을 열 수도 없다.

"이봐요. 당신이 누군데 막무가내로 들어오겠다는 게야? 우리 집은 감시카메라가 작동하고 있어요."

사내는 주위를 두리번거리고 나서 애원하다시피 대답했다.

"아버님, 저 절대 나쁜 사람 아닙니다. 차를 여기 대놓았습니다. 보십시오."

베란다로 나가 내려다보니 대문 옆에 산타페 승합차가 있다. 일단 안심이 되어 문을 열었다. 40대 후반으로 보이는 사내가 계단을 올라와 코가 땅에 닿도록 인사를 했다.

"고맙습니다. 뵙게 되어 반갑습니다."

사내는 키가 훤칠하고 얼굴도 번듯하니 잘 생기고 순하게 보여 일단 안심했다.

"들어오시오."

내가 소파에 앉자, 사내는 넙죽 엎드리며 절을 했다. 깜짝 놀라 일어섰다.

"이거 왜 이래요? 웬 절을 하고 그래요."

사내는 꿇어앉아 말했다.

"어르신을 첨 뵙는데 절을 드려야지요. 저는 청주에서 온 김철우입니다."

청주! 청주는 내가 2년간 대학을 다닌 곳이다.

"어서 일어나 의자에 앉아요. 청주에서 왔다고요?"

사내는 소파에 앉으며 대답했다.

"예, 청주에 살고 있습니다."

사내와 마주 앉아 살펴보았다. 어디서 본 듯도 하고 아닌 것도 같은 얼굴이었다.

"그래, 꼭 하고 싶은 말이 뭐요?"

"아버님, 어머님 고향이 충북 제천이시지요?"

이런, 청주에서 또 웬 제천!

"그래, 그런데요?"

"저도 제천입니다. 혹시 제천 태양연탄공장을 아시는지요?"

나는 잠시 멍해졌다. 연탄공장은 제천에 둘이 있었는데, 아버지가 태양연탄 직매장을 했었다. 또한 그 사장 아들이 고등학교 1년 선배며 친구였다.

"알지, 알구말구."

"그 사장님 아들 김상태 씨도 아시겠네요?"

이거 뭐가 이상하게 돌아가는 것 같아 머리가 산만해졌다.

"그래, 김상태 알지."

사내는 빙그레 웃으며 말했다.

"김상태 씨가 제 아버지입니다."

나는 깜짝 놀랐다. 김상태는 당시 제천에서 소문난 바람둥이였다. 여고생부터 유부녀까지 건드리는 등 망나니였는데, 여고생을 임신시켜 스무 살에 결혼을 했었다. 그 아들이라면 젖먹이 때 내가 보았었다. 이제 보니 제 아비를 닮아 첫눈에 낯익게 보였다. 김상태는 10여 년 전에 죽었다는 소문을 들었다.

"그런데, 무슨 일로 날 찾아왔어?"

그는 얼굴이 얄궂게 일그러지며 잠시 어리대더니 대답했다.

"이거 참, 어떻게 말씀드려야 할지 모르겠습니다. 많이 놀라실 것 같아서요."

나참 이거야 원, 네가 놀라다니? 대체 뭔 말인지 이해가 되지 않아 궁금증보다 신경질이 났다.

"이봐, 내가 놀라다니? 안 놀랄 테니 말 해봐."

사내는 또 얼굴이 일그러지며 머리를 긁적이다가 말했다.

"저어, 사실은 참 죄송한 말씀이지만, 조순영 씨가 제 어머니입니다."

나는 순간적으로 가슴이 툭 떨어지며 이내 서늘해졌다. 대체 이게 뭔 말인가! 정신이 산만해 잠시 버벅거리다가 말이 터졌다.

"그게 뭔 소리여, 우리 마누라가 어머니라구?"

사내는 이제 당당하게 고개를 쳐들고 대답했다.

"죄송하지만 그렇습니다. 어머니는 핏덩이인 저를 태양연탄공장 사장님 부인에게 내던지고 서울로 이사를 가셨습니다."

이런, 기가 막혔다. 머리가 띵하고 어질어질하다. 마누라가 김상태 아들을 낳고 나와 결혼했다는 말인데, 어떻게 이럴 수가 있는가! 서서히 분노가 치밀었다. 그렇다고 이놈에게 분풀이를 할 수는 없다. 감정을 찍어 누르고 물었다.

"당신 올해 몇 살이여?"

녀석은 아까보다 더 당당해져서 곤댓짓을 하며 대답했다.

"1970년 3월에 태어났으니 쉰한 살입니다."

이제 자세히 보니 얼굴 눈매에 조순영 모습이 보였다. 허탈하고 기가 막혔다. 조순영의 끼로 보나, 김상태의 끼로 보아 있을 수 있는 일이었다. 70년이면 내가 월남전에 파병되었을 때다. 김상태는 스무 살에 결혼하여 군대에 갈 때는 아들 하나와 딸이 있었다. 그러니 조순영은 유부남과 연애를 하여 아들을 낳은 것이다. 조순영은 고등학교 때부터 나와 연애를 하던 사이였다. 게다가 김상태는 이웃에서 같이 자란 그야말로 불알친구인데 번연히 알면서 그런 짓을 했다.

내가 월남전에 파병되기 전 8월 강원도 양구 오음리에서 한 달간 훈련을 받을 때였다. 조순영은 토요일마다 면회를 왔었는데, 우리는 담배 냄새가 코를 찌르는 무덥고 허름한 여관방에서 전쟁터에 나가는 용기로 밤새도록 젊음을 불태우곤 했었다. 그렇게 결혼을 약속했던 여자가 18개월간 월남에 있는 동안 김상태와 붙어 아들을 낳았다는 결론이다. 당장 제주도에 있을 조순영에게 전화를 해서 확인하고 싶은 욕구가 솟구치지만, 생각해보니 그건 당사자 앞에서 내가 너무 비참해질 것 같아 참기로 했다. 조순영 아들이 틀림없다는 확신이 있기도 해서다.

김상태는 부잣집 아들이라 고등학교 때부터 돈을 그야말로 물 쓰듯 했다. 돈으로 유부녀도 꼬이고, 엄마 또래의 과부도 건드렸다. 1년 선배였던 그는 똑똑한 우리 친구 대여섯 명을 돈으로 거느렸다. 두 남녀 관계가 충분히 이해가 되자 마음이 안정되었다. 조순영은 충분히 그럴 수 있는 여자였다. 이 녀석에게는 아무런 죄가 없다. 귓전에서 모기가 앵앵거렸다. 손을 흔들어 모기를 쫓고 물었다.

"근데 왜 이제 와서 어미를 찾는 게야?"

녀석은 이미 궁리를 했던 듯 금방 대답했다.

"저는 어려서부터 엄마가 친엄마가 아니라는 건 알고 있었는데, 할머니와 아버지는 친엄마가 죽었다고 했습니다. 그런 데다 할머니도 아버지도 모두 일찍 돌아가셨으니 제가 알 길이 없었습니다."

"그런데 이제 어떻게 알고 찾아왔어?"

녀석은 쿨렁쿨렁 울다가 손수건으로 눈물을 닦고 말했다.

"두어 달 전 직장에 아주머니 한 분이 새로 들어오셨는데, 고향이 제천이라고 해서 저도 제천이라고 했지요. 그 아주머니는 태양연탄공장도 알고 우리 할머니와 아버지도 알고 있었습니다. 그리고 며칠 후 다시 만나 고향 얘기를 했는데, 제 생모가 자기 고등학교 때 친구 조순영 씨라고 말해주었습니다."

차차 가리새가 잡혀 물었다.

"그래서, 그 여자가 우리 집 주소를 알려주었나?"

"아닙니다. 주소도 전화도 모른다고 해서 제천에 가서 수소문 끝에 서울 상계동에 사신다는 것을 알아내고 오늘 뵙게 되었습니다. 놀라시게 해드려 죄송하지만 저는 어머니 거처를 알면서 찾지 않을 수 없었습니다."

눈물을 찍어내는 녀석을 바라보며 생각했다. 청주에 사는 조순영 친구, 누굴까?

"그 여자 이름을 알어?"

"예, 같은 직장이니까 박영자 씨라는 거 알았습니다."

박영자, 조순영 친구 맞다. 박영자와 조순영은 죽고 못 사는 단짝이었다. 우리는 고등학교 때부터 내가 청주에 있는 대학에 들어가기 전까지 어울려 다녔었다. 이제 알 것 다 알았으니 이 녀석을 보내야 했다. 당장 꼴이 보기 싫을뿐더러 분노가 치밀어 두들겨 패고 싶어 안달이 날 지경이었다.

"알았다. 니 어미 지금 없으니 가거라. 친구들이랑 어제 제주도 갔으니 사흘 뒤에 온다. 전화번호를 줄 테니 둘이 통화를 하고 다시는 우리 집에 오지 마라."

녀석은 잠시 미적대다가 말했다.

"이제 어차피 서로 알게 되었으니 가끔 찾아뵙겠습니다. 제 아버지가 안 계시니 이제부터 아버님으로 모시겠습니다."

울컥 분노가 치밀었다. 똥 싼 놈이 매화타령 한다더니, 이건 아주 주저앉겠다는 수작이었다. 뻔뻔스럽기가 제 아비 볼 줴지를 놈이다.

"그게 뭔 소리여, 내가 왜 니 애비여. 꼴도 보기 싫으니 어서 가거라."

전화번호를 적어주고 등 떠밀다시피 내보냈다. 녀석은 공손히 인사를 하고 나갔다. 현관문을 걸어 잠그고 분에 못 이겨 한참 마음을 가라앉히고는 제주도에 있는 조순영에게 전화를 걸었다. 왁자지껄 소리가 나면서 전화를 받았다. 치미는 분노를 억누르며 말했다.

"조용한데 나가서 전화해."

"우리 점심 먹으러 왔는데, 왜 그래요."

뻔뻔스런 목소리에 왈칵 열이 치받는다. 점심이 목구멍으로 넘어가나 어디 보자.

"나가서 전화 하라니까."

열을 받아 속이 부글부글 끓는데 10여 분이 지나서 전화가 왔다.

"대체 왜 그래요? 뭔 일이 있어요?"

"그래 있다. 당신 아들이 하늘에서 뚝 떨어졌다."

잠시 침묵하더니 말했다.

"여보, 그게 무슨 말이에요? 아들이 하늘에서 떨어지다니……."

"계속 시침이 뗄 거야? 당신이 낳아서 버린 김상태 아들이 하늘에서 뚝 떨어져 기어 들어왔다니까."

이번엔 한참 만에 대답했다.

"지금 거기 있어요?"

열불이 나서 소리쳤다.

"있기는, 하도 기가 막혀 내쫓았다."

전화를 끊은 줄 알고 열이 끓어오를 때 말이 들렸다.

"알았어요. 집에 가서 얘기해요."

전화가 끊어졌다. 더할 말이 있을 턱이 없을 것이다. 혼자 열을 받아 헐떡거리다가 한참 뒤에 진정이 되었다. 신경을 곤두세웠더니 속이 쓰리고 배가 고팠다. 식탁에 앉았으나 국이 식고 고등어구이도 식었다. 궁상맞게 웅크리고 앉아 밥 먹을 기분이 아니었다.

해장국집에 앉아 조순영에게 전화를 해도 받지 않고, 다시 걸면 계속 통화중이다. 틀림없이 어미와 아들이 만리장성을 풀고 있을 것이다. 당장 집에 오라는 문자를 넣고 해장국을 안주로 소주 두 병을 먹었다. 취한 상태로 푹 자고 싶었다. 밤에는 또 겨울 모기 때문에 잠을 설칠 것이다. 오늘 밤에는 인간 모기까지 나를 잠 못 들게 할 것이다.

오후 내내 낮잠을 자고 7시에 일어났다. 샤워를 하고 컴퓨터 앞에 앉았으나 작업을 할 수 없이 잡념이 일고 신경질이 났다. 배신감! 김상태 그놈은 조순영이 내 애인이라는 걸 알면서도 데리고 놀았다. 그래, 그놈은 워낙 그런 놈이니까 그렇다 치고, 조순영 그년은 죽 떠먹은 자리, 강물에 배 지나간 자리라 생각하고 돈을 펑펑 쓰는 그놈과 즐겼을 것이다. 그러고도 내 앞에선 요조숙녀인 척했다.

조순영은 홀어머니 손에서 자랐다. 아버지가 한국전쟁 때 보국대에 끌려가서 행방불명되었다. 일설로는 낙동강 전투에서 고지에 지게로 실탄을 져 나르다가 죽었다고 하지만 알 길이 없는 개죽음이 되었다. 얼굴이 반반한 조순영 엄마는 전쟁이 휴전된 뒤에 제천읍에서 미장원을 시작해 돈을 잘 번다고 소문이 났다. 조순영과 언니 혜영은 돈을 아까운 줄 모르고 잘 썼다.

조순영은 눈 흰자위가 옅은 분홍이다. 우리가 고등학교시절에 '산스타'라는 안약이 나왔었다. 나도 가끔 쓰던 그 안약 광고가 지금도 생각난다.

－피로한 눈 충혈 된 눈 산 산 산스타
－눈은 마음의 창, 아름다움의 심볼. 피로하고 충혈 된 눈, 아름다운 눈에 산스타

당시 처녀들은 물론 여학생들까지 산스타가 필수품이었다. 미스 아이 선발대회까지 있어서 입상한 눈 미녀들이 모델로 등장하는 등 미스 아이 바람을 타고 산스타는 약방에서 없어 못 살 정도였다. 산스타를 눈에 한 방울만 넣어도 흰자위가 하얗다 못해 푸른빛이 돌 정도로 눈이 반짝였다. 그 약을 하루에 대여섯 번씩 계속 넣으면 중독이 되어 눈 흰자위가 발갛게 충혈이 되었다. 그래서 또 넣으면 금방 하얗게 반짝였다. 그렇게 2－3년 계속하면 흰자위가 중독이 아니라 완전히 만성이 되어 산스타를 넣어도 희어지지 않았다.

그래도 시력이 나빠지지 않은 것은 다행이지만 조순영 눈은 일흔이 넘은 지금도 발갛다. 청주에 산다는 박영자 눈도 그렇다. 낮에 처음 보는 사람은 낮잠 자다 금방 일어나 나온 여자처럼 보였다.

우리 아버지는 제천에서 태양연탄 직매장과 쌀가게를 겸한 미곡상회를 운영했다. 쌀과 연탄을 배달하는 인부가 늘 대여섯 있었으니 제법 큰 상회였다. 고등학교를 졸업한 나는 1965년 청주에 있는 대학에 입학했다. 2년제 국어교육학과를 졸업하고 1968년 2월에 군에 입대하여 9월에 월남전에 파병되었다. 병과가 보급행정이던 나는 십자성부대 군수지원 제1단 사령부에서 18개월 근무하고 귀국했다.

당시 맏형이 서울 면목동에 살아서 나는 제대한 후 주소를 서울로 옮기고 면목중학교 국어교사로 발령받았다. 그리고 이듬해 73년 27세에 조순영과 결혼했다. 조순영 엄마는 1970년 서울에 올라와 청량리에서 미용실을 열고 딸 순영과 운영하고 있었다.

김상태 아들 철우가 1970년생이라고 했다. 조순영은 김상태 아들을 낳아 그 모친에게 던지고 서울로 올라갔을 것이다. 김상태 처 김연옥이 조순영보다 한 살 더 먹은 고등학교 한 학년 선배였으니, 족제비도 낯짝이 있다고 제천바닥에서 얼굴 들고 살 수 없었을 것이다.

우리는 결혼하여 비교적 행복하게 살았다. 첫아들을 낳고 둘째로 딸을 낳아 잘 키웠다. 아들은 k대학 영문과 교수이고, 며느리도 Y대학 영문과 교수다. 딸 부부도 고등학교 교사이니 우리는 교육자 집안이다. 조순영은 나와 결혼한 뒤 아들이 태어나자 전업주부로 두 아이만 지극정성으로 양육한 그야말로 현모양처였다. 그러다가 아이들이 대학에 들어가자 엄마 미용실을 이어받아 2017년까지 운영하다가 그만두었다.

나는 2005년 59세 늦은 나이에 신춘문예를 통하여 소설가로 등단하여 소설을 쓰다가 2007년 고등학교 교장으로 정년 퇴임하였다. 소설가로 등단한 지 15년이지만 나는 열세 권의 단행본을 출간하며 나이를 잊고 문학에 전념했다. 한데, 겨울 모기처럼 나타난 김상태 아들이 아무래도 내 문학에 걸림돌이 될 것 같은 예감이 들었다.

울화가 치밀고 답답하여 옥상 발코니로 올라갔다. 낮에는 바람을 쐬러 가끔 올라가지만 밤에 올라와 보기는 참 오랜만이다. 서쪽 하늘에 예쁜 조각달과 개밥바라기가 대각선으로 맞서 반짝였다. 의자에 앉아 하늘을 보았다. 아름답다! 드넓은 하늘에 별이 가득하다. 별이 전부터 저렇게 많았던가? 좀 외딴집이라 주변에 전깃불이 없어 별이 잘 보이겠지만 참 많기도 하다. 그런데도 나는 최근에 별을 보지 않고 살았다. 뭐가 그리 바빠서 머리 위에 있는 발코니에도 올라와 보지 못했던가! 빛나는 별을 보기 위해서는 깊은 어둠속으로 들어가야 한다. 간단하지만 그것이 가장 아름다운 별을 보는 방법이다. 그런데 나는 여태껏 가장 빛나는 별을 보기 위하여 깊은 어둠속으로 들어가 본 적이 없었다. 세상에서 가장 사랑하던 아내 조순영이 내게 별이었던가? 그래서 별

을 잊고 살았을까? 가장 사랑했던 여자가 애초부터 배신하고 50
년을 속였다.

조순영은 내가 별을 잊고 사랑했던 만큼 나를 사랑했을까? 찬
바람이 귓불을 스쳤다. 그래서 별이 더 싸늘하고 명징하게 보이
나보다. 나는 이제 60여 년간 사랑했던 허구의 별을 버리고 하늘
의 별을 보며 살 것이다. 하늘의 별은 나를 속이고 배신하지 않을
것이다. 희망은 절망에서부터 시작된다. 어둠이 짙을수록 별이
더 빛나듯이 나는 앞에 닥친 짙은 어둠 속에서부터 새로운 삶을
시작할 것이다. 으스스하게 춥다. 어차피 쉽게 잠을 이룰 수 없는
밤이다. 남쪽 하늘이 보이는 거실 창문 앞에 앉아 밤새도록 별을
보며 술을 마셔야겠다.

이튿날 10시경 전화벨 소리에 잠이 깼었다. 제주도에서 조순영
친구가 전화를 했다. 서울에 와서 사귄 친구라지만 두 여자는 마
음이 맞아서인지 아주 친하게 지냈다. 그들 부부와 우리 부부가
함께 여행도 다니고 하는 사이다.

"선생님, 집에 무슨 일이 생겼어요?"

나는 이내 감이 잡혔지만 인정할 내용이 아니다.

"아닌데, 왜 그러세요?"

"순영이가 집에 일이 생겼다며 아침에 갔어요."

지금까지 전화 한 통도 없는 여자가 먼저 왔다면 집에 오는 것

이 아닐 것이다. 둘러대는 수밖에 없다.

"아마 친정 조카에게 뭔 일이 있는 것 같은데 난 아직 잘 몰라요. 무슨 딴 말은 없었나요."

"없었어요. 근데 어제 오후에 누군가와 통화를 하더니 왠지 시무룩하니 기분이 처진 것 같기는 했어요."

왜 아니랴. 당연히 그럴 것이다.

"알았습니다. 이제 전화라도 하겠지요. 고맙습니다."

조순영, 아들을 만나러 청주에 갔을 것이다. 전화를 해도 받지 않았다. 문자도 넣지 않고 기다려 볼 것이다. 조순영은 십여 년 전부터 J여고 동창 3명과 서울에서 사귄 친구 3명, 자기까지 동갑내기 7명이 '칠공주파'라는 모임을 만들어 계절마다 여행도 다녔다. 이번에도 칠공주가 겨울 여행으로 제주도에 갔다.

어제부터 손에 일이 걸리지 않아 아무것도 못 하고 있다. 청탁받은 작품이 급하지만 작업이 되지 않았다. 이럴 때는 산에 가야 한다. 오늘은 지칠 때까지 산행을 할 작정으로 간식과 과일을 챙겼다. 불암산과 수락산을 완주하면 여섯 시간은 걸릴 것이다. 혼자 걸으며 조순영과 그 아들 문제를 차분히 생각해 볼 것이다.

이튿날 오후 2시에 조순영이 전화를 했다. 어쩌나 보느라고 모른 척했다.

"여보, 미안해요. 집에 가는 중이에요. 가서 모든 얘기 다 할게요."

"거기가 어딘데, 제주도야?"

"청주예요. 어제 청주에 왔어요."

"알았어."

　그건 솔직하다. 모자가 만났다는 걸 생각하니 분하고 허탈하다. 저 뻔뻔스런 여자, 대체 어떻게 나올 것인가 궁금하다. 그 오랜 세월 나를 속이고 잘도 살았다. 저런 여자를 안고 살았던 지난날들을 생각하면 소름이 돋았다. 나는 45년간 교단에 섰던 교육자다. 내 개념으로는 용서가 되지 않는다. 한데, 어미는 핏덩이로 버렸다는 아들 행방을 지금까지 모르고 있었을까? 김상태는 아버지가 죽자 그 넓은 연탄공장 부지를 팔아 건설업을 한다고 설치다가 쫄딱 망하고 술주정뱅이로 살다 환갑 전에 죽었다는 소문을 들었다. 그 소문은 조순영도 알고 있다. 그렇다면 어미는 아들 행방을 알았을 것이다. 그런데 어제 왔던 아들놈은 어미 행방을 몰랐다고 했다. 김상태 아들에게 생모가 조순영이라고 알려주었다는 박영자와는 가끔 전화를 주고받았다는 것을 나는 알고 있다. 생각할수록 화가 나고 속은 것이 억울하다.

　조순영은 6시에 집에 들어왔다. 오자마자 소파에 앉은 내 앞에 무릎을 꿇고 앉아 울면서 말했다. 딴에는 이틀간 속을 끓여서인지 얼굴이 핼쑥하다.

"여보, 죽을죄를 지었어요. 미안해요."

막상 얼굴을 대하니 분노는 치밀지만 마음은 차분히 가라앉았다. 어차피 버릴 여자 머리채를 잡고 싸워보았자 나만 손해다. 어제 산행을 하며 많은 생각을 한 효과일 것이다.

"조순영, 참 대단한 여자다. 숨겨놓은 아들이 쉰 살이 넘도록 어찌 그리 감쪽같이 나를 속이고 뻔뻔하게 살았냐? 어디 말 좀 해봐라."

"미안해요. 죽을죄를 지었어요. 나도 그동안 참 살얼음판을 밟듯이 마음 졸이면서 살았어요. 그 죗값으로 우리 애들한테 온갖 정성을 쏟으며 키웠어요. 그것만큼은 알아주셨으면 좋겠어요."

참 기가 막히는 궤변이다.

"어미가 자식들을 정성들여 키우지, 누군 건성으로 키우나? 대체 유부남인 그놈과 얼마나 붙어 분탕질을 쳤기에 애까지 낳았어. 어디, 좀 들어보자."

억지로 콧물 눈물을 짜내고 말했다.

"그런 게 아니라 단 한 번이었어요. 당신이 월남 있을 때 그놈이 제대를 했는데, 딱 한 번 어쩌다 걸려들었는데 임신이 되었어요. 그래서 우물쭈물하다 보니 애를 낳게 되었어요. 여보, 믿어주세요."

참 가증스럽기는 하지만, 당시는 낙태가 어렵던 시절이니 이해가 되기도 했다. 두 연놈의 끼로 보아 한번 터놓은 길을 가지 않을 수 없었을 것이다. 그 길은 처음 내기가 어렵지 한 번 터놓으면 일사천리다. 두 연놈이 붙어 그 짓거리를 하면서도 월남에 있는 내게 보낸 편지에는 구구절절 사랑한다, 보고 싶다고 했다. 그렇더라도 지금 내게 그것이 문제가 아니다. 벌써 50년 전인데 한 번이든 백 번이든 그야말로 죽 떠먹은 자리다. 그걸 모른 내가 바보일 뿐이다.

"이제 다 드러났으니 솔직하게 말 해봐. 아들놈 행방 진즉부터 알고 있었지?"

알고 있었다면 돈도 빼돌렸을 것이다. 어미는 펄쩍 뛰었다.

"몰랐어요. 정말 몰랐어요. 솔직히 궁금하기는 했지만 애초부터 찾을 생각은 안 했어요. 정말이에요."

속에서 열불이 부글부글 끓어올랐다.

"아들놈은 청주 사는 박영자에게서 생모가 조순영이라는 걸 알았다고 했어. 근데 당신 박영자와 지금까지도 연락하잖아. 그런데 몰랐어?"

"그건 오해에요. 어제 영자 만났어요. 영자도 그놈이 김상태 아들이라는 거 그때 첨 알았다고 했어요. 5년 전에 영자가 전화로 느닷없이 그놈 말을 해서 대판으로 싸우고 전화번호도 바꾸었어요. 그건 당신도 알잖아요. 이거 진심이에요. 여보, 믿어 주세요."

5년 전인가 언제 뜬금없이 집 전화도 휴대전화도 번호를 바꾸었다. 왜 그러냐고 했더니, 귀찮은 친구들이 하도 전화를 해서 바꾸겠다고 했었다. 전화통을 잡고 살던 여자였기에 그러려니 했었다.

"김상태가 사업하다가 쫄딱 망하고 죽었다는 거 당신도 알았잖아. 그런데 그 아들이 궁금하지도 않았다는 게 말이 돼?"

조순영은 진하게 펑펑 울면서 하소연했다.

"내게는 어려서 버린 그놈보다 우리 애들이 더 소중했어요. 그 사실이 드러나면 가정이 파탄 나는데, 내가 왜 그놈을 찾겠어요. 여보, 이건 내 진심이에요."

듣고 보니 그건 그렇다. 이해가 되기도 했다.

"그래, 이제 어떻게 할 것이여? 아들놈 만나서 무슨 얘기 했어."

이미 많은 궁리를 했던 듯이 금방 대답했다.

"다시는 우리 앞에 나타나지 않겠다고 다짐했어요. 그러니 용서해 주세요."

"뭐, 우리 앞에? 그놈이 내 앞에 나타날 이유가 없잖아. 근데 뭔 다짐을 해. 당신이 아들놈과 같이 살든 말든 이제 나하고는 상관없으니 맘대로 해."

잠시 생각하더니 고개를 바짝 쳐들고 말했다.

"아들놈과 살라니, 그게 무슨 말이에요?"

"무슨 말, 말 그대로지. 난 조순영이라는 여자와 더 살고 싶지 않으니 맘대로 하란 말이잖아.”

“그럼, 이혼을 하겠다는 거예요?”

“그럼, 이 마당에 계속 같이 살 생각을 했어?”

마침내 여자 얼굴에 독이 올랐다. 눈을 동그랗게 뜨고 대들었다.

“어쩌다 한번 한 실수였는데 이혼을 한다고요? 난 못해요.”

“뭐 어쩌다 한번 실수, 그게 실수였어? 서로 좋다고 붙어먹을 땐 좋았고 이젠 실수야? 조순영, 참 뻔뻔스럽다. 그럼 애들 앞에서도 한번 실수로 애를 낳았다고 말 할 거여?”

자식들 말이 나오자 어미는 또 진하게 펑펑 운다. 우는 꼴도 보기 싫을뿐더러 더는 말을 섞기도 싫어 내 방으로 들어와서 문을 걸어 잠갔다.

맨정신으로는 잠을 이룰 수 없어 술을 취하도록 마시고 잠자리에 들었는데 모기가 앵앵거려 잠을 이룰 수 없었다. 나는 체질적으로 모기약 냄새를 싫어해 여름에도 뿌리지 않지만, 오늘 밤에는 흠뻑 부려 모기를 잡을 것이다. 수건으로 입을 가리고, 선글라스를 쓰고 모기약을 안개처럼 뿌렸다. 계속 치익치익 뿌려대자 조순영이 들어와 약통을 빼앗았다. 나는 술김에 악을 썼다.

“이리 줘, 더 뿌려야 해. 난데없는 겨울 모기 모조리 잡아야 해.”

"내 방에도 뿌려야 해요."

여자는 뒤도 안 돌아보고 2층으로 올라가고, 나는 제풀에 죽어 작업실로 들어갔다. 온몸에 모기약 냄새가 진동하여 욕실에 들어가 샤워를 했다. 작업실 의자에 앉았다가 잠이 들었다. 추워서 깨어보니 새벽 3시다. 그래도 마누라라고 담요를 덮어주었다.

이튿날 아침, 조순영 얼굴도 마주하기 싫을뿐더러 숙취로 속이 거북스러워 나가서 해장국을 먹고 들어왔다. 쇠뿔은 단김에 뺀다고 오늘 결판을 내야 했다. 찻잔을 놓고 마주 앉았다.

여자는 기가 팍 죽은 모습으로 말했다.

"여보, 죽을죄를 지었어요. 용서해 주세요."

나는 뻔뻔스런 얼굴을 한참 바라보았다. 그 얼굴에 김상태 얼굴이 겹쳤다. 입술을 물고 빠는 모습도 보였다. 열불이 치밀어 벌떡 일어섰다. 죽어라고 패고 싶지만 그건 아니다. 거실을 한참 서성이며 분노를 삭이고 마주 앉았다.

"용서를 어떻게 하는 건데? 용서라는 게 뭐야?"

독한 여자다. 이젠 울지도 않았다. 잠시 뜸을 들이다가 말했다.

"아이들을 봐서라도 이번만 참아주세요. 내가 이 나이에 당신 없이 어떻게 살아요."

기가 막혔다. 아이들을 핑계 대고, 그 나이에 당신은 혼자 살

수 있겠냐는 말이다. 이 여자는 김상태가 살아있다면 얼씨구나, 하고 달려갈 여자다.

"아이들 얘기는 하지도 마라. 내가 죽는 날까지 애들한테는 김상태 얘기 하지 않겠다고 약속할게. 같이 살면 매일 싸우게 될 텐데 아들놈 말이 안 나올 수 있겠어? 우리 조용히 이혼하자. 지금도 각방을 쓰고 있잖아."

우리는 5년 전부터 각방을 쓴다. 내가 주로 밤에 작업을 해서이기도 하지만, 조순영은 잠자리에서 나를 가만두지 못했다. 60대 후반이 되면서부터 그것이 부담스러웠다.

"그래도 50년 넘게 살다가 어떻게 헤어져요. 내가 임금님처럼 모시며 살게요."

그건 그렇다. 나보다 한 살 아래인 조순영과 중학교 때부터 알고 친구며 애인이었으니 그 세월이 60여 년이다. 우리는 부부가 되어서도 서로 막말하며 싸운 적이 별로 없었다. 그러나 이제는 아니다. 내가 모르는 남자하고 살던 과부였다면 살 수 있지만, 이건 경우가 다르다. 조순영 얼굴을 볼 때마다 망나니 바람둥이 김상태 얼굴이 겹쳐 보이고, 한데 엉겨 붙어 헐떡거리는 모습이 떠올라 구역질이 날 것이다. 김상태는 고3 때부터 제 엄마 친구인 과부와 놀아나고는 그 행위를 우리에게 자랑하곤 했었다. 그런 놈이 데리고 놀던 여자와 내가 여적 살 섞으며 살았다. 모르고 살았으니 행복했다. 그 행복했던 지난날들조차 역겹다. 지울 수만

있다면 그 역겨운 지난날들을 모조리 지우고 싶다.

"자꾸 말하면 나 정말 화난다. 지금 온갖 힘으로 참고 있다. 그러니 두말 말고 헤어지자. 조용히 합의 이혼하자."

여자도 이미 이혼을 각오하고 있던 듯 담담하게 말했다.

"애들한테는 뭐라고 말해요?"

바로 그게 문제다. 우리 아들과 딸은 아빠 엄마처럼 금슬 좋은 부부는 세상에 없을 것이라고 늘 말했었다. 그 자식들이 엄마에게 혼전 아들이 있었다는 걸 알면 기절을 할 것이다. 다 늙어 이혼을 하게 되는 이유가 있어야 했다. 하지만 그게 없다. 그렇다고 하지 않을 수도 없다. 참 난감하지만 없으면 만들어야 했다.

"그냥 서로 싫증이 나서 당분간 떨어져 살겠다고 하자. 나는 젊어서 쓰지 못한 소설 본격적으로 쓰고 싶어 조용히 혼자 살겠다고 말할 것이여. 당신은 내 소원을 들어주기 위하여 요새 흔히 말하는 졸혼을 하겠다고 말해요. 다른 방법이 없어."

여자는 한참 생각하다가 대답했다.

"알겠어요. 그럼 어떻게 해요?"

"재산 문제인데, 내 친구 변호사한테 이혼 일임하구 재산분배 문제도 해결해 달라고 하지. 법적으로 방법이 있을 것이여."

"그렇게 해요."

이혼 못 하겠다고 울며불며 나댈 줄 알았더니 싱겁게 끝났다. 하긴 아무리 뻔뻔스런 낯짝이라도 버티지 못할 것이라는 생각은 했었다. 아이들에게 알리지 않겠다는 내 약속은 지킬 것이다. 그러나 당장이 문제다. 조순영 이 여자 얼굴도 보기 싫을뿐더러 목소리도 듣기 역겹다. 둘 중 하나는 집을 나가야 했다. 애들을 봐서라도 엄마를 내쫓을 수는 없고 당분간 내가 나가야 했다.

"서로 얼굴 보기 거북스러우니 내가 며칠 여행을 가지. 오늘 친구 만나서 모든 것을 일임하구 난 바로 동해안으로 가겠어. 일이 해결될 때까지 애들한테도 말하지 마."

"알겠어요. 내가 나가야 하는데, 미안하네요."

그래도 양심은 있는 여자다. 변호사 친구를 만나 창피를 무릅쓰고 이혼 수속을 일임했다. 오후에 집을 나와 동해안으로 향했다.

혼자 차를 몰고 포항에서 화진포까지 동해바다 곳곳을 돌아보기로 작정했다. 아무도 없는 겨울 바다가 그렇게 좋은 줄을 나는 이제 알았다. 고즈넉한 밤에 파도가 철썩이는 바닷가 백사장에 누워 하늘을 보면 온통 별 천지다. 우리 집 발코니에서 보던 별보다 훨씬 굵고 빛이 찬란하다. 어둠이 짙을수록 별이 아름답다는 것을 새삼 깨달으며 별과 벗이 되고 싶다는 생각을 했다.

차를 몰고 바닷가 도로를 달리다가 등산로가 있는 산을 만나면 산에 오르고, 한적한 바닷가에 숙소가 있으면 하룻밤씩 묵고는 했다. 스티로폼 깔개를 사서 차에 싣고 다니며 밤마다 백사장에 앉거나 누워 별을 보았다. 별을 보며 소주를 마시다가 술이 취해 잠이 들기도 했다. 깨고 나면 자정이 넘곤 하였다. 나이가 들어 소설가가 된 것이 참 행복하다는 걸 이제 깨달았다. 소설을 쓰지 않았다면 이러한 낭만과 그에 따른 행복을 알지 못했을 것이다. 그러면서 결심했다. 겨울마다 동해바다에 자주 오겠다고.

17일 만에 집에 들어왔다. 친구가 그동안 완벽하게 이혼 수속을 해놓았다. 용서 못할 여자지만, 아들딸을 잘 키워 출가시키고, 그동안 내조 잘해준 공이 있어서 현금 5억을 주었다. 언니 조혜영이 40대에 죽어 외동딸이어서 조순영은 엄마 재산을 물려받아 청량리에 아파트 한 채가 있다. 그만하면 먹고 사는데 모자람은 없을 것이다. 하기는 그래서 이혼을 쉽게 결정했을 것이다.

문제는 내게 있었다. 혼자 2층짜리 단독주택을 관리할 능력이 없다. 팔아서 아파트로 가야 편하다. 나는 지금까지 아파트에 살아보지 않았다. 아버지가 물려 준 집에서 40년을 살았다. 수락산 밑에 30여 평 작은 정원이 있는 아담한 집이다. 아깝기는 하지만 어쩔 수 없었다.

집에 들어온 이튿날 아들 부부와 딸 부부를 불러놓고 졸혼을 하겠다고 말했다. 느닷없는 선언에 자식들은 서로 멍하니 얼굴을 마주 보다가 아들이 말했다.

"아버지, 졸혼이라니요? 대체 무슨 말씀이세요?"

"무슨 말이기는, 오래 함께 살았으니 좀 떨어져 살고 싶어 그러기로 합의했다. 그리 알고 인정해다오."

자식들은 내 성격을 알아 두 말 해보아야 소용없음을 안다. 사람들은 흔히 말한다. 늘그막에 이혼하면 남자는 금방 죽는다고 했다. 딸과 며느리가 가장 걱정한 것이 그것이었다. 대놓고 말을 안 했지만, 늙어서 먹는 것이 부실하면 건강을 해친다고 했다. 밥은 기계가 하지만 반찬은 손으로 해야 한다. 며느리와 딸은 그 책임이 버거웠을 것이다. 그러나 나는 자신 있다. 20대 초반 청주에서 대학 다닐 때 2년간 자취하며 내 손으로 해 먹었다. 그러니 걱정 말라고 하자 대학교수 아들이 말했다.

"두 노인네가 지금까지 너무 포시랍게 잘 사시더니 고생을 자처하시는 군요. 저희가 간섭할 문제가 아닐 것 같으니 두 분이 알아서 하세요."

늙은 부모의 이혼을 충격으로 받아 들일까봐 큰 걱정을 했는데, 그게 아니었다. 반찬을 해 날라야 할 걱정이 우선이었다. 살아온 날들이 허무했다. 늙어가며 속이 좁아져서인지 섭섭하고 괘씸했다. 괜한 걱정을 한 것이 억울하다. 이제 보니 자식들은 어미가 혼전에 연애를 하여 아들을 낳고 아비와 결혼했다고 해도 놀라지 않을 것이다. 그러나 그 말은 내가 부끄러워 내 입으로는 못한다. 그래서 더 억울하다. 게도 구럭도 다 잃는다더니, 내가 그 짝이 되는가 싶기도 했다. 그러나 이미 엎질러진 물이다. 눈을 감으면 말은 더 잘 들린다. 그때는 보이는 것이 아니라 들리는 것에 집중해야 한다. 잘 듣게 되면 잘 보게 될 것이다.

늙은 부모는 결국 자식들에게 짐일 것이다. 난 그걸 이제 아들 말을 듣고 깨달았다. 그렇더라도 내 자식들이 아직 여든도 안 넘은 부모를 짐으로 생각할 줄은 몰랐다. 자식들을 생각하여 서울에 아파트를 살 생각을 했었는데 그게 아니다. 한적하고 경치 좋은 동해바닷가에 작은 집을 장만하고 별을 보며 살 결심을 했다.

아들이 에멜무지로 졸혼인지 이혼인지를 다시 생각해보라고 했다. 조순영이 기대어린 눈길로 나를 보지만 그럴수록 내 결심은 굳어졌다. 나는 자식들에게도 배신감을 느끼지만, 조순영과 김상태가 엉겨 붙은 상상을 하며 사느니 차라리 죽는 게 났다고 생각했다. 그 마음은 죽는 날까지 그럴 것이다. 지금까지 허깨비로 살았다는 자괴감이 들었다. 엊그제 보고 온 동해바다가 고향처럼 그립다. 아름답게 빛나던 굵은 별들이 보고 싶다.

혼자 살아도 건강을 지키며 잘 산다는 본때를 보여주기 위해서라도 나는 죽어라고 악을 쓰며 건강하게 살겠다고 결심을 했다.

손말명

나는 습관처럼 매일 불암산에 올랐다. 내가 3년째 오르는 등산로는 늘 같다. 오르막이 완만하고 발새가 편해 내 체력에 알맞기 때문이다. 오르는 중간의 쉼터도 전망이 좋고 자리도 편해 매번 그곳에서 쉬게 된다. 등산로에서 오른쪽으로 빠져 가파른 비탈길을 20여 미터 올라가면 바위 능선이고 밑은 절벽이다. 의자처럼 생긴 바위에 앉으면 앞이 탁 트여 아파트가 빼곡한 마들벌이 한눈에 들어오고 멀리 남산과 도봉산, 삼각산이 그림처럼 보이는 명당 쉼터다.

돔처럼 생긴 큰 바위를 안고 돌아가 내 쉼터를 보니 여자 등산객이 앉아 있다. 자리를 빼앗겨 은근히 심술이 나지만 어쩔 수 없이 4~5미터 아래 바위에 걸터앉아 여자를 쳐다보았다. 분홍색 등산복에 베이지색 모자를 썼는데, 멍하니 남산 쪽을 보고 있다.

배낭에서 물병을 꺼내 마시고 다크 초콜릿을 잘라 입에 넣고 보니 여자가 어느새 일어나 말바위를 돌아 올라가고 있었다. 나는 불현듯 관심이 가서 얼른 일어나 배낭을 지고 뒤따라 올라갔다. 말바위를 지나면 정상으로 올라가는 등산로이고 오른쪽은 중계동으로 내려가는 하산길이다. 어럽쇼! 금방 올라간 여자가 보이지 않았다. 위아래가 분홍색 등산복차림의 여자를 분명 보았는데 없다. 오르막길은 앞이 확 트여 내리막길로 몇 걸음 내려가 보아도 안 보였다. 하도 이상하여 무르춤하니 서 있는데 정상에서 남자 등산객이 내려왔다.

"영감님, 방금 올라가는 여자 보셨습니까?"

영감은 눈을 크게 뜨고 한참 바라보다가 대답했다.

"여자! 분홍색 등산복 입었지요?"

"예, 보셨습니까?"

영감은 빙그레 웃으며 말했다.

"못 봤죠."

"아니, 분홍색 등산복 여자라고 하셨잖아요?"

영감은 이상한 뉘앙스로 헛헛하게 웃으며 말했다.

"그 참, 이상하네. 당신도 보았구려."

영감이 하도 횡설수설하여 멍하니 마주 보다가 물었다.

"그게 무슨 말입니까? 이상하다니요."

"허허허, 그 참! 나한테만 보이는 줄 알았더니만……. 그 여자 손말명이라오."

나는 정신이 멍해졌다. '손말명?' 사람 이름인가 하다가 화들짝 놀랐다.

"손말명이라면, 처녀 귀신이란 말입니까?"

"허허허, 손말명을 아시오?"

영감이 섬뜩해졌다. 벌건 대낮에 처녀 귀신이라니! 정신 나간 영감이 분명하여 가던 길을 가려는데 영감이 말했다.

"눈으로 본 손말명이 궁금하지 않아요?"

퍼뜩 정신이 들었다. 분명 6~7미터 앞서가던 여자가 연기처럼 사라졌다. 그런데 영감은 그 여자를 알고 있었다.

"영감님, 대체 무슨 말씀이세요? 처녀 귀신이라니요."

"오늘은 못 보았지만, 난 분홍색 등산복 입은 그 여자를 두 번 보았답니다. 그 여자는 귀신입니다. 궁금하면 날 따라오시오."

난 정말 귀신에 홀린 기분이었다. 금방 생각이 나서 영감 주변을 살펴보았다. 그림자가 오른쪽에 내 그림자와 나란히 있다. 영감이 또 소름 돋게 웃으며 말했다.

"허허허…… 내가 귀신인가 그림자로 확인한 거요? 걱정 마시오. 난 사람이니까."

귀신은 그림자가 없다. 그림자를 보니 사람은 분명하지만 말하는 것은 귀신이다. 영감은 뒤도 안 돌아보고 방금 내가 쉬던 곳으로 내려갔다. 따라가지 않으면 내가 귀신이 될 것 같아 비척지척 따라갔다. 영감은 놀랍게도 그 여자가 앉았던 자리에 턱하니 앉아 있다. 나도 배낭을 진 채 그 옆에 앉았다. 영감이 멍하니 앞을 보며 말했다.

"그 여자가 바로 여기서 죽었지요."

나는 깜짝 놀랐다. 여기서 죽다니! 멍해진 나를 히죽이 웃으며 바라보던 영감이 말을 이었다.

"이제 생각났소. 당신이 여기서 쉬는 것을 내가 몇 번 보았지. 나도 2년 전부터 늘 쉬던 자리였는데 당신이 있으면 비켜 가곤 했지."

그건 나도 생각났다. 내가 앉아 있으면 영감은 내 등 뒤로 난 길로 구시렁거리며 올라가곤 했었다.

"저도 영감님이 생각납니다. 저 지금 정신이 산만합니다. 좀 자세히 말씀해 주세요."

"그럽시다. 지난 3월 초순이었으니까 석 달 전이네요. 난 그날도 11시경에 여기 왔는데 바로 이 자리에 앉으려다 보니 앞 소나무 가지에 빨랫줄이 팽팽하게 늘어져 있어요. 섬뜩한 생각으로 내려다보니 분홍색 등산복 차림의 여자가 매달려 있더군요. 기함을 해서 저위 말바위에 올라가 112에 신고를 했지요. 경찰이 와서 시신을 수습하는 것까지 보고 산행할 기분이 아니라서 내려갔어요. 그 뒤부터 여기를 피해 등산로로 곧장 올라가곤 했었는데, 한 달

전 11시경에 궁금하기도 해서 올라와 보니 분홍색 등산복 여자가 앉아 있더군요. 깜짝 놀랐지만 설마 하고 저 밑에 앉았지요."

영감이 가리키는 곳은 바로 아까 내가 앉아 여자를 보았던 자리였다.

"물을 한 모금 마시고 보니 여자가 말바위를 돌아 올라가요. 그래서 뒤를 따랐지요. 그런데 바로 아까 당신이 섰던 곳에서 여자가 사라졌어요. 머리가 쭈뼛하고 소름이 돋았지만 올라가 보았지. 그런데 없어요. 그리고 열흘 전에 또 여기서 똑같은 광경을 보았어요. 그러니까 나는 두 번, 당신은 한 번 그 여자를 본 겁니다."

으스스 몸서리가 쳐졌다. 대체 벌건 대낮에 처녀 귀신이라니! 바로 앞에 사람 팔뚝만 한 가지가 잘린 소나무가 있다. 언젠가 앉아 쉬는데 소나무 가지가 잘려져서 일부러 일어나 밑을 내려다보았더니 톱으로 잘려나간 가지가 5~6미터 바위 밑에 떨어져 있어 이상하게 생각했었다.

내 눈으로 보았으니 영감 말을 믿을 수밖에 없다. 그렇다면 그 손말명은 왜 우리 두 사람 눈에 띄는 것일까? 다른 사람도 보았을까? 나는 몸도 마음도 불편해서 말했다.

"영감님, 우리 가십시다. 여기서 더 얘기 하기는 좀 그렇군요."

영감도 기다리던 말인 듯 벌떡 일어나며 받았다.

"그럽시다."

우리는 아까 만났던 곳으로 올라갔다. 영감이 말했다.

"우리 내려가 점심이나 먹읍시다. 할 얘기도 남아 있고……."

이건 내가 하려던 말이다. 혼자 산행할 기분도 아니다.

"그러지요, 내려갑시다."

우리는 12시에 추어탕 집에서 마주 앉았다. 영감이 물었다.

"술 좀 하십니까?"

선글라스와 모자를 벗은 모습을 보니 여든은 넘어 보였다. 나보다 열 살 이상 더 먹어 보였다.

"예, 전 소주를 좀 마십니다."

"아, 그래요? 나도 소주만 먹는데 잘 됐군요."

미꾸라지 튀김과 소주를 시키고 물었다.

"근데, 그 손말명이 왜 우리 눈에만 보일까요? 저는 지금 꿈을 꾸고 있는 기분입니다. 이게 현실이라는 게 말이 됩니까?"

"그건 나도 그래요. 혹시 경인생 범띠 아닙니까?"

"예? 그걸 어떻게 아셨습니까?"

"역시 그렇군요. 나는 무인생이고, 그 여자는 병인생 범띠였어요. 그러니 우리 셋이 모두 범띠잖아요. 그런 인연도 있을 것 같고, 당신이나 나나 그 자리가 좋아 쉼터로 정했잖아요. 그런 공통점이 있을 것 같군요. 범은 원래 사냥을 해서 배가 부르면 앞이 탁 트인 그런 곳에서 쉰다고 합니다."

무인생이면 올해 82세, 병인생은 34세, 나는 경인생 70이다. 그렇더라도 이 대명천지에 왜 귀신이 보인단 말인가? 나는 아무래도 영감이 이상하고 믿기지 않아 물었다.

"영감님은 그 여자가 병인생이라는 걸 어떻게 아셨습니까?"

"여자 귀신을 처음 본 날 아무래도 이상하고 궁금해서 경찰서에 알아보았지요. 신고를 내가 했으니까요. 난 육군 중령으로 예편해서 경찰서장 하던 사람입니다. 신분을 밝히고 알아보았지요. 그 여자 처녀였어요."

"그러셨군요. 근데 우리가 뭔 헛것을 본 것은 아닐까요? 대체 벌건 대낮에 귀신을 본다는 게 말이 됩니까?"

"그러게 말입니다. 그런데 나만 본 게 아니라 당신도 보았잖아요? 나도 참 답답해서 미치겠습니다. 살 만큼 살기는 했지만 이러다 죽을 수도 있겠다는 생각도 듭니다."

지금 내 마음도 그렇다. 어디다 대고 말도 못하겠고, 참 미치고 환장할 노릇이다. 혼자 겪었다면 헛것을 보았다고 체념이나 하지, 둘이 겪고 보았으니 사실이 분명하다.

"저하고 띠동갑이시니 형님으로 부르겠습니다. 저는 초등학교 교장으로 퇴임한 윤경일이라고 합니다. 형님, 앞으로 어떻게 하시겠습니까?"

"그게 듣기에도 좋네요. 뭘 어떻게 해요. 지금 세상에 귀신 보았다고 하면 미친놈 취급당해요. 그냥 우리 둘이 가끔 만나 소주나 마시면서 가짜뉴스 들은 셈 칩시다."

"가짜뉴스요? 아니죠. 우리는 들은 것이 아니라 보았잖아요. 하긴 그렇군요. 귀신을 보았다고 하면, 저놈 가짜뉴스 퍼트린다고 하겠군요."

"그럼요. 지금까지도 천안함 폭침을 좌초니 침몰이니 우기고, 미국 잠수함이 어뢰를 쏘았다는 가짜뉴스를 진짜로 아는 사람 많잖아요. 처녀 귀신 보았다는 우리말을 진짜로 아는 사람도 있을 것이니 구태여 속 끓이며 살지 말고 귀신 보았다고 외치며 삽시다. 또 알아요. 불암산 처녀 귀신 보겠다고 등산객이 몰려올 수도 있어요."

"과연 형님다우신 말입니다. 요즘 사람들 구경거리라면 목숨 내놓고 달려들잖아요. 그건 그렇고, 우리가 구천을 떠도는 그 손말명 천도제를 지내줍시다. 혹시 알아요. 그러면 고마워서 우리 앞에 나타나지 않을지도 모르잖아요."

"천도제! 거 좋은 생각이네요. 근데 그걸 어떻게 하지?"

"뭐 그냥 그 자리에 가서 주과포에 막걸리 한 잔 부어놓고 부디 극락으로 가시라고 빌어주면 되지요."

"참 좋은 생각이네요. 당장 내일 합시다."

말로만 듣고 글자로만 보았던 범띠 손말명을 본 우리 두 범띠 무인생과 병인생은 친구가 되기로 약속하며 귀신에 홀린 듯이 아득히 취했다.

작품 해설

진실과 저주와 행복의 삼각구도

진실과 저주와 행복의 삼각구도
-박충훈 소설집 『사랑, 행복을 읽는 시간』에 부쳐

임헌영(문학평론가)

1. 보통사람들의 세상 살아가기

세상은 점점 요상해지면서 진기하고 흥미진진해지는데, 거꾸로 소설은 재미도 없는 데다 뭔 이야긴지도 모를 애매모호하기 짝이 없는 우리시대의 작단을 향해 작가 박충훈은 「나도 소설 좀 씁시다」에서 '괴발개발 써나간 허접쓰레기에 불과'하다고 꼬집는다. '소설이라는 것의 기본이 육하원칙이 있고, 기승전결이 있고 우선 재미'가 있어야 하건만 읽다보면 너무나 오리무중이라 '끝내 냅다 던지게 되고 욕지거리가 절로 나오는 소설'이라고 평론가를 대신해 일갈했다. 이런 말을 공공연하게 할 수 있는 작가인 지라 박충훈의 소설은 일단 손에 잡으면 술술 읽힐 정도가 아니라 흥미진진하여 그냥 빠져들어 찔끔거리는 오줌도 미룰 지경이다. 보통사람들의 보통 세상의 뒷이야기를 박충훈처럼 구수하면서도 속 시원하게 확 털어놓는 예는 흔치 않다. 그는 장·단편 소설을 꾸준히 발표해 오면서도 논픽션과 건강실용서 『밥상 위의 보약 산야초를 찾아서』, 『야생 생약재로 보약주 만들기』, 『소설가 박충훈의 건강차 35선』, 『잘 먹고 잘 누고 잘 자는 법』 등등으로 일정한 독자를 확보하고 있는 든든한 작가다.

이번 작품집에는 우리 시대 보통사람들의 삶을 황폐화시키는 기본 키워드로 인간답잖은 존재들의 악바리 같은 염치없는 뻔뻔스러움 앞에서 분노와 증오를 넘어 '저주'의 경지에 이르는 미세한 감정을 파헤치는데 초점을 맞추고 있다. 아무리 정직하고 착하게 살아가려고 해도 좀비처럼 번지는 악의 무리들이 횡행하는 세태라 어쩔 수 없이 맞닥뜨리는 횡액 앞에서 믿었던 법조차도 맥없이 악의 편을 옹호해버리는 절망감이 '저주'를 낳는다. 그것은 장엄한 비극이 아니라 코미디 같은 희극으로 우리 시대를 범람하고 있다.

그래서 '저주'의 감성은 풍자작가 고골이 일찍이 다룬 바 있는데, 그 대표작인 『외투』는 너무나 널리 알려져 있기에 제쳐두고 덜 알려진 『이반 이바노비치와 이반 니키포로비치』가 어떻게 싸우게 되었는가에 대한 이야기를 소개하고 싶다. 품위와 교양을 갖

춘 두 귀족은 이웃해 살면서 온 시내가 다 알만큼 친한 사이였는데, 니키포로비치가 옷들과 멋진 총을 햇볕에 말리고자 널어둔 것을 본 이바노비치가 탐이 났다. 그는 상대를 찾아가 갈색돼지와 귀리 두 자루를 줄 테니 총을 달라고 제안했으나 거절당하자 입씨름이 오갔다. 점잖게 시작된 대화가 오가던 중 니키포로비치가 "당신은 수커위요!"라고 하자 이바노비치는 "다시는 당신 집에는 오지 않겠소!"라고 절교를 선언하며 귀가해버렸다. 졸지에 원수가 되어버린 둘이 울타리 너머로 오가던 그 자리에다 니키포로비치는 거위집을 지었는데, 그걸 자신에 대한 모욕이라 더욱 분개한 이바노비치는 밤에 그 거위집을 부셔버리고도 성애가 안차서 지방법원에다 고소장을 냈다. 그러자 상대도 바로 고소장을 내서 온 고을에 화제가 되자 경찰서장이 화해를 시도했으나 실패, 고등법원까지 올라가 다투느라 둘은 호호백발이 되어버렸다. 고골은 소설의 끝 문장을 '세상은 우울하다.'라고 맺는데, 사소한 감정의 갈등이 빚은 인생유전을 풍자하고 있다.

필경 이 둘은 고등법원에서 어떤 판결을 내리든 여생을 상대에게 저주를 퍼부으며 불행하게 살아갈 것이며, 이걸 고골은 '세상은 우울하다'란 한 마디로 상징해 주고 싶었을 것이다.

어디 그들 만이겠는가. 세상은 온통 저주를 내리고 싶은 사람과 저주를 받아야 함에도 의젓하게 잘 살고 있는 사람이 공존하고 있다. 생존의 위협을 느껴서도 아니고, 원수진 일도 없으면서 남에게 저주 받을 짓을 태연하게 자행하는 인간들이 늘어가면서 세상은 점점 더 험악해지는 현상을 박충훈 작가는 「저주」에서 심층적이면서 구체적으로 실감나게 다루고 있다. 작가는 사건 전개에 앞서 소설의 서두에서 '저주를 무고巫蠱라고도 한다. 무당 무巫에 독 고蠱자를 쓰는데, 독이 있는 벌레, 악기惡氣를 이르는 글자이다.'라고 풀어주면서 이렇게 풀어냈다. 좀 길지만 주옥같은 대목이라 그대로 인용할 가치가 있다.

저주는 조선시대 왕가에서 흔히 일어나던 일이었다. 저주의 방법으로 죽은 사람의 두골·치아·손톱·머리카락 등과 벼락 맞은 나무, 무덤 위의 나무, 시체의 살, 닭, 개, 고양이, 쥐 등의 사체를 말려서 저주받을 사람의 처소에 숨겨두거나 자주 다니는 길에 묻는 방법이 있었다. 조선시대 궁중에서 일어난 저주 사건은 왕조실록 기록으로 남아있어 알게 되지만, 민간에서는 민담과 전설 같은 옛이야기로 전해진다.

저주란 인간이 집단을 이루는 원시시대부터 발생했을 것이다. 그 방법은 아주 은밀하지만 또한 공공연히 전승되어 민속신앙의 하나로 존재하며 면면히 이어졌다. 그러나 사람이 달나라에 여행을 예약하는 현대에는 저주의 방법으로 끔찍한 물건을 쓰거나 신앙적으로 주술을 하지 않는다.

저주받는 사람은 받을만한 과오가 있거나, 오해에서 비롯되는 수도 있을 것이다. 제삼자가 보기에는 아무것도 아닌 일도 당사자에게는 치명적이거나 치욕적인 고통일 수도 있으므로 나무라거나 충고도 할 수 없다. 게다가 저주란 드러내놓고 하는 것이 아니다. 오직 자신의 마음속으로, 전신의 기를 짜서 상대방이 죽거나 큰 불행을 당하도록 흑주술을 하는 것이다. 그것이 겉으로 드러나면 저주가 아니라 울화통이고 폭력으로 발전한다. 울화통을 못 참고 폭력을 쓰면 결국 나만 손해다.

—「저주」

사소한 빌미가 큰 재앙을 불러온다. 화자인 '나'는 동갑내기로 가장 친한 친구이며 이종사촌 동서지간인 법 없이도 살 사람이라는 한상우와 1996년에 똑같은 건물을 함께 짓기로 하고 공사를 시작하여 그해 8월에 완공했다. '나'의 시선으로 관찰한 한 사장의 오피스텔 건물 관리인의 수난사를 다룬 게 이 소설이다. 한 사장의 오피스텔은 7층인데, 50가구를 월세로 놓아 임대료가 매월 4천5백만 원씩 나온다. 또 다른 건물은 3층인데, 1층에 10평짜리 점포가 셋이고 2층과 3층은 주거용으로 4가구와 지하실을 월세로 놓아 전체 임대료 8백만 원이 나온다. 그의 살림집은 중계동 불암산 밑에 있는 50평짜리 아파트다.

그 건물 입주자들은 오물을 무단 투기하여 관리인들을 궁지로 몰아넣어 4년간 세 사람이 바뀐 뒤 65세인 김용학이 들어와 아예 그로 하여금 건물 3층으로 이사시켜 월세 없이 월급 2백만 원을 주고 있다.

김용학은 첫눈에도 광대뼈가 불거져 너부데데하고 거무튀튀한 데다 눈이 왕방울만 해서 우락부락하며 목소리 또한 인상에 걸맞게 괄괄해서 분위기를 압도하는데, 그의 부인은 키는 크지만 호리호리한 체구에 얼굴이 자그마한 데다 볼이 강파르고 턱이 뾰족해서 여우상으로 입씨름에서는 지지 않는지라, 밤중의 오물 무단 투기자들을 제압해 빌딩이 깨끗해지려니 기대했으나 허사였다. 그 오물 투기자들과 관리인의 대립과 갈등상을 통해 작가는 객관적인 관점에서 그대로 독자들에게 보여줌으로써 오늘의 한국사회가 겪고 있는 몰염치한 세력들의 뻔뻔스러운 모습을 느끼게 해준다. 전 9차에 걸친 대결을 통해 어떤 단속이나 감시도 그 악의 뿌리는 근절시킬 수 없다는 걸 작가는 보여주면서, 그 악행자들이 도리어 큰소리치며 떵떵거리는 걸 부각시킨다.

1차전은 김용학이 밤 9시부터 3층 베란다에 의자를 놓고 앉아 지키다가 오물 투기자가 나타나면 사진으로 찍고 되가져 가라고 할 참이었으나 여자는 골목 안으로 뛰어 달아나면서 싱겁게 패배했다.

2. 점점 격해져 다스릴 수 없는 증오심

2차전은 범법 현장과 가까운 지하실 입구에 쭈그리고 앉아 지키다가 두 여자가 커다란 쓰레기 봉지를 휙 던지자 불쑥 나타나 "아줌마, 왜 거기다 버려요?"하니 한 여자는 외마디 비명을 지르며 털썩 주저앉았고, 한 여자는 뛰어 달아나버렸다. 주저앉은 여자는 잠시 멍하더니 이내 통곡을 해댔다. 이내 여자의 남편이 나타나 관리인의 멱살을 거머잡기에 "쓰레기를 버리고 도망치기에 소리쳤더니 놀라서 주저앉았는데, 내가 떠밀었다고 대들잖아."라고 변명하자, 그는 "쓰레기를 버리던 말던 당신이 뭔 참견이여. 쓰레기 우리만 버리는 줄 알어?"했고, 용학은 "내가 이 집 주인이여. 앞으로 여기다 쓰레기 버리면 모조리 신고하여 벌금을 물게 할 테니 각오들 하시오."하니, 주저앉았던 여자가 "이 사람이 저기 숨었다가 튀어나와 나를 껴안았단 말예요. 그래서 놀라 비명을 질렀다고요. 난 쓰레기 버리지 않았다고요."라고 미투 역공을 폈다. 발 빠른 경찰이 5분 만에 왔지만 속수무책인 가운데, 용학의 아내가 "이 할마시가 시방 뭔 개떡 같은 소리여. 우리 남편이 집 앞에서 멀쩡하게 젊은 마누라 놔두고 왜 늙은이를 껴안아? 이게 뒈질려구 환장을 했잖아."라고 하자 기가 죽으면서도 기어이 자신은 쓰레기를 안 버렸다기에 쓰레기 봉지를 풀어보자고 하니 경찰이 "밤중에 이 많은 쓰레기를 다 풀어헤칠 수도 없으니 그만둡시다."라며 무책임하게 돌아가 버렸다.

  3차전은 외출복 차림의 여자가 쓰레기 봉지를 휙 던지고 전철역 쪽으로 횡허케 걸어가기에 용학의 부인이 쫓아가서 여자의 뒷덜미를 잡아채며 "쓰레기를 왜 거기다 버려요? 당장 가져가요."라고 따지자 여자는 손을 뿌리치고 앙칼지게 "이 여편네가, 깜짝 놀랐잖아. 누가 쓰레기를 버렸어? 왜 생사람을 잡아!"라고 오리발이었다. "경찰 부르기 전에 어서 치워요."라는 위협 앞에 그녀는 "에이, 재수 없어. 어디서 별 거지같은 년이 와서 개지랄이네."라기에 용학의 부인은 "뭐야, 거지같은 년! 이런 개쌍년이 어따대구 욕질이여. 너 어디 죽어봐라."라며 머리채를 잡고 쌈이 나자 그녀는 쓰레기 봉지를 들고 뒤뚱거리며 골목으로 사라졌다.

4차전은 용학이 견디다 못해 방을 써 붙였다.

경고
여기에 폐기물 버리신 분 오늘 중으로 가져가시오.
가져가지 않으면 석 달 안으로 비명횡사 할 것이오.

—건물주인 백

이게 말썽이 나자 주인은 '주인 백'이 아니고 '건물관리인 백'이라고 고쳐 써 붙였는데, 이튿날 아침에 그 경고문이 구겨진 채 배수로 폐기물 더미에 버려져 있었다. "내가 이 개새끼를 잡아 죽이지 못하면 인간이 아니다. 사장님, 이 새끼 먼저 그놈이 틀림없죠? 쫓아가 죽여 버릴까요?"라며 먼저보다 좀 더 높은 출입문 위에 경고문을 접착제로 붙였다.

경고
이 건물 배수로에 쓰레기나 폐기물을 무단투기 하는 사람은
3개월 안에 비참하게 비명횡사 할 것입니다. 죽기 싫으면 버
리지 마세요.

−건물관리인 백

이 일상적인 범법자의 소굴에서 용학은 "내 차라리 막노동을
하는 게 낫지, 이 짓거리는 못하겠네요. 양심이라고는 파리 좆대
가리 만큼도 없는 인간들이 세상에 이렇게 많다는 걸 예순이 넘
어 이제 알았네요. 오피스텔 사는 놈들도 그래요. 계단에 담배꽁
초, 깡통, 종이컵이 널려 하루에 두세 번씩 쓸어야 한다니까요.
음식쓰레기도 분리 안 하고 버리는 인간이 절반이 넘어요."라고
하소연하지만 아무런 효험도 없다.

그런데 이튿날 아침, 어제 아크릴판에 써 붙인 경고문에 빨간
페인트로 온통 벽까지 시뻘겋게 칠갑을 해놓아 용학은 방방 뛰면
서 "이 개 씹으로 빠진 개새끼 어디, 니가 이기나 내가 이기나 해
보자."라고 별렀다.

아니나 다를까, 5차전이 터졌다. 그 경고문에 시뻘건 페인트
칠갑을 하고는 컴퓨터로 글을 써 붙였다.

−이거 써 붙인 놈은 두 달 안에 피똥 싸고 비참하게 뒈질 것이다. −하느님 백

점점 강도가 높아지면서 용학은 "이 새끼 뒈질 때까지 제 돈으로 매일 써다 붙이겠습니다. 폐기물도 장마 때까지 그냥 두겠습니다. 제놈두 경고문 지우면서 지가 버린 폐기물 보면 괴로울 겁니다. 이거 허락 안 하시면 전 오늘부로 그만두겠습니다."라고 건물주에게 말했고, 사장도 다른 대안이 없어 묵인했다.

그런데 '저주'가 씌웠는지 그 증오의 대상이 처남 칠순잔치에 가서 술에 취해 부인이 운전해 와서 주차를 하다가 남편을 치어 죽어버린 사건이 터졌다. 이에 관리인은 경고문을 떼어버렸다가 다시 투기자들이 늘어나자 새로운 경고문을 써붙였다.

경고

이 건물 배수로에 쓰레기나 폐기물을 무단투기 한 사람은 누구나 3개월 안에 비참하게 비명횡사 할 것입니다. 석 달 전에 버린 사람은 죽었습니다.

−건물관리인 백

그러자 "당신이 저주해서 남편이 죽었다"고 사자의 아내(장순옥)가 고발했다며 경찰이 관리인을 연행했다. 어찌어찌하여 결

국 김용학은 무혐의지만 그 경고문은 혐오감을 주니 떼라는 조건으로 풀려났으나, 건물 골목 입구와 배수로 벽에 '쓰레기 무단 투기는 죄를 짓는 일입니다. 그 죄는 자식 대대로 불운하게 만듭니다.'라는 현수막이 걸렸고, 그 밑에서 싸움이 벌어져 두 사람이 모두 죽었다. 반 지하에 사는 조카가 2층의 재당숙모와 눈이 맞아 사통을 하다가 들켜 싸운 것이었다. 그들 두 사람은 악질적으로 쓰레기를 무단 투기하여 김용학과 멱살잡이를 했었다.

작가 박충훈은 경찰도 해결 못하는 우리 시대의 악행을 '저주'가 대행한 것으로 결말짓는데, 이런 권선징악적 가치관은 이미 고대소설에서 관리들도 못 하는 걸 원귀冤鬼가 해결하는 걸 현대화한 기법이다.

3. 숨겨진 죄악과 밝혀질 진실 사이

그런데 막상 우리의 현실은 '저주'의 감정으로도 해결 안 되는 악행이 버젓이 성행하고 있음을 그린 소설이 「운수 나쁜 날」이다. 현진건의 「운수 좋은 날」을 패러디화한 이 작품은 이미 발표했던 「소설가 박길부씨의 하루」와 겹치는 부분이 있지만 「저주」와 같은 범주에서 다뤘다는 점에서 주목할 만하다. 「소설가 박길부씨의 하루」에서는 폭행에다 기물 파괴 전과 4범으로 등장하는 김 사장이 「운수 나쁜 날」에서는 그 사이에 또 전과가 늘어나 6

범이 되어 재등장한다. 소설속의 작가 박길부는 골목에다 주차해둔 차를 들이받은 한 젊은이가 도리어 역정을 내며, "이봐요, 아저씨! 아무리 자기 집골목이라지만, 차를 주야장창 골목 입구에 처박아놓는 법이 어디 있습니까? 이 골목만 들어왔다 하면 차 돌리기가 늘 지랄 같다니까."라고 공세를 취한다. 세상이 다 자신은 옳고 상대는 틀렸다는 옹고집으로 철옹성을 이룬 듯하다. 경찰들도 막무가내인 그 젊은이에게 손재수를 당하고도 참으며 박길부 작가가 지구대를 나오려는데 착하디착한 선행가인 한 영감이 전과 6범의 깡패 김 사장에 이끌려 지구대로 들어서기에 그 자초지종이 궁금해 도로 앉았다.

화불단행禍不單行이다. 재활용품을 팔아 불우이웃을 돕고, 동네 노인정에 난로 피울 연탄을 사거나, 노인정에 라면을 떨어지지 않게 사다 놓아 점심을 굶는 노인들이 없게 하는 등 좋은 일을 하기 때문에 동네에서도 알아주는 소문 난 한 노인이었다. 한 노인은 박길부 작가가 버릴 책을 노인정에 비치해 이웃 사람들도 그 도서실을 이용케 하는 등 선행이 만발한 주인공이다.

이런 한 영감이 전과 6범인 김 사장네가 잃어버린 강아지(도그)를 찾아주고 사례비 1백만을 받으며 사단이 났다. 그 도그는 한 영감의 절친인 김 사장의 아버지(김치수)가 학대했다가 며느리와 싸우고 한겨울에 쫓겨나 길거리에서 얼어 죽었다고 소문난 강아지였다. 친구를 생각하며 그런 회상에 잠긴 한 노인은 강아지를 온 가족이 귀여워하는 꼴에 부아가 치밀어 김 사장의 따귀를 한 대 갈기자, 도그가 깡깡 짖으며 대들자 냉큼 잡아서 패대기를 쳤는데 그만 죽고 말았다. 이에 김 사장과 그의 마누라와 아이들이 울며불며 법석을 떨어 지구대로 끌려온 것이다.

그 전말을 듣고 박길부가 분개하던 중에 김 사장이 쌍말을 하며 한 영감을 몰아붙이자 자신도 모르게 따귀를 한 대 갈겼다. 그 깡패는 얼씨구나 하고 공격의 화살을 박길부에게 돌려 전치 4주의 진단서(김 사장의 자해로 상처를 더 크게 만든 결과다)까지 첨부한 고소장을 냈고, 졸지에 선량한 작가는 빵살이까지 하게 된 것이 이 소설의 전말이다. 김 사장의 주장은 너무나 당당하게 "그거야 대한민국 법대루 치르는 것이지. 그걸 나두 모르니까 법대루 하자는 거 아뇨?"라는 말로, 이젠 법조차 악의 편임을 드러내준다.

「저주」에서는 악행이 보복을 당하는데 여기서는 도리어 큰소리치며 떵떵거리는 모습으로 변하는 건 작가가 우리 시대의 악은 너무나 막강해 우주의 섭리나 귀신들도 손 못 댈 정도임을 경고하는 것인지 모른다.

「행복을 읽는 시간」과 「사랑을 읽는 시간」은 짝을 이루는 소설로 함께 읽는 게 좋겠다. 「행복을 읽는 시간」은 한국전쟁 때 강원도 산골의 벙어리 아낙이 미군 흑인 상사의 정부가 되어 낳은 아들이 등장하는 전쟁 비사의 한 토막이다. 무지막지했던 1950년 대 산골의 외눈박이에다 농투사니의 아내였던 벙어리 여인은 얼굴과 몸매가 뛰어나 흑인 상사의 눈에 들어 옴짝 없이 수청을 들듯이 몸을 바쳤고, 흑인은 1954년 휴전 이듬해에 자기 아들을 데리러 와서 집안은 풍비박산 나버려 화병으로 남편은 일찍 죽어버렸으나 그 아들은 천신만고 끝에 성공하여 잘 살고 있다.

그런데 1973년 그 흑인이 20년 만에 아들을 데리고 내한하여 배 다른 형을 만나 벙어리 여인을 미국으로 데리고 귀국하는 전말을 그린 게 이 소설이다. 분단 한국소설사에서 착한 흑인 병사가 등장한 건 극히 이례적인데 비하여 이복형(즉 농민의 아들)은 비록 자신을 버리고 떠나긴 했으나 생모가 미국에서 어떻게 지냈는지 등등에 대해서는 깊은 관심이 없이 색을 밝히는 여자라는 등 힐난조로 표현한 건 작가가 의도한 것이리라. 그것은 아마 남의 시선과 형식적인 윤리의식의 속박에서 벗어나지 못한 한국 가부장제 남성들이 지닌 위신과 위선을 나타내고자 함에서일 것이다. 여담이지만 박충훈 작가는 영월 출신답게 이 산골의 자연을 멋지게 묘사해주었다.

이와는 달리 「사랑을 읽는 시간」은 월남전에 참전하여 19개월을 근무했던 나(이상운)는 거기 남겨둔 애인의 딸이 한국 군인이었던 아버지를 찾고자 나이도 많고 손가락이 없는 한국 남자에게 시집을 왔다. 파월 장병들이 월남에서 뿌렸던 씨앗이 나중에 한국의 아버지를 찾는 소재는 우리 소설에 빈번한데 대개 애초에는 부인하다가도 끝내는 자신의 정체를 밝히는 것과 반대다. 다만 자신을 속인 이런 죄의식으로 주인공은 다문화가정 출신 어린 학생들에게 애틋한 인정을 베풀게 된다. 이상운이 월남에서의 아름다운 추억을 숨긴 것은 그가 악한이라서가 아니라 오로지 아내와 자식들에 대한 애착과 가정 보호본능 때문일 것이라는 점에서 「행복을 읽는 시간」의 농투사니 아들과 같은 궤가 아닐까 싶다. 사회가 개방되는 속도와 비교해 보면 아직도 우리의 윤리의식은 한 세대가 넘는 시대에 머물러 있다 하겠다.

그래서 우리나라는 외국인 망명자나 이주자에 대하여 가장 편견이 심하다는 평을 듣고 있다. 그럼에도 불구하고 이상운 같은 인간상의 반은 개방, 반은 나의 비밀이라는 이중 잣대가 예사로 통하는 게 한국 아닌가. 이런 관점에서 접근하면 「우리 집에 오는 천사들」의 주인공인 '나' (할아버지)가 다문화 가정을 적극 수용할 뿐만 아니라 적극적으로 도와주는 자세를 충분히 이해할 수 있을 것이다.

이와 같은 맥락에서 아내가 처녀 때 낳아 버린 아들이 훌쩍 커서 생모를 찾아 등장하면서 전개되는 노년의 부부 별거사건을 다룬 「겨울 모기」도 이해할 수 있다. 남자는 아내의 과거를 치욕으로 여겨 자식들에게 그 사실은 숨긴 채 졸혼이란 명분으로 사실상 이혼을 감행하는 건 여전히 한국은 남성위주의 윤리의식에 얽매여 있음을 반증해준다.

이제 박충훈 작가도 인생 후반기에 들어섰다. 지금까지의 엄청난 업적을 초석삼아 만년의 대작 한 편을 시도할 때가 된 듯하며, 나는 충분히 이런 기대를 실현해 내리라 기대한다.

사랑, 행복을 읽는 시간

초판 1쇄 인쇄일 • 2021년 4월 20일
초판 1쇄 발행일 • 2021년 4월 26일

지은이 • 박충훈
펴낸이 • 임성규
펴낸곳 • 문이당

등록 • 1988. 11. 5. 제 1-832호
주소 • 서울시 성북구 동소문로 65-2 삼송빌딩 5층
전화 • 928-8741~3(영) 927-4990~2(편)
팩스 • 925-5406

전자우편 munidang88@naver.com

ISBN 978-89-7456-535-0 03810

값은 뒤표지에 표시되어 있습니다.